오황묵의 「여수잡영」

120년 전 여수를 읊다

오횡묵의 「여수잡영」

120년 전 여수를 읊다

김준옥·김병호·김희태

「여수잡영(麗水雜詠)」은 여수지역의 여러 문화 명소와 자연 경관, 산업 생활 현장 이곳저곳을 106수의 시로 읊은 문학작품이다. 여수군 초대 군수를 지낸 오횡묵이 지었다. 그 중심연대가 1898년이요, 시문을 탈고한 시기가 이때로 추정되니 올해가 2주갑이 된다.

「여수잡영(麗水雜詠)」은 여수지역의 여러 문화 명소와 자연 경관, 산업 생활 현장 이곳저곳을 106수의 시로 읊은 문학작품이다. 돌산지역은 따로 행정편제가 되어 있어 포함되지 않았다. 여수군 초대 군수를 지낸 오횡묵이 지었다. 그가 여수 군수로 재임한 게 1897년 4월부터 1899년 6월까지이다. 그 중심연대가 1898년이요, 시문을 탈고한 시기가 이때로 추정되니 올해가 2주갑이 된다.

문학작품도 세월이 흐르면 기록유산이 된다. 「여수잡영」은 120년의 세월이 흘렀다. 여수의 다양한 문화재와 경관을 읊었으나 그동안 그 원형이 많이 변했고, 심지어 현장은 물론 땅 모양마저 변했다. 돌이켜보면, 이미 「여수잡영」은 여수의 엄연한 역사문화 기록유산이 되어 있는 것이다.

올해 초, 전남도청 김희태 문화재전문위원이 120년 전의 여수를 고스란히 담아 놓은 여수문화재 「여수잡영」이 묵혀 있음을 못내 안타까워하면서 이를 함께 풀어 내 보자는 제안을 해왔다. 일찍이 누구보다도 『여수총쇄록』에 관심을 가졌던 여수지역사회연구소 김병호 이사장은 쌍수를 들어 환영했다. 우리는 시의 내용을 음미하면서 시작 현장의 연혁과 변천을 살펴보기로 뜻을 모았다. 오횡묵의 생애와 저술, 옛 사진과 고지도 등도 곁들이고 현재의 모습을 사진으로 첨부해 두면 누구나 쉬 볼 수 있고 관광안내서의 구실도 할 수 있을 것 같았다.

시문의 한역과 감상은 김준옥, 자료 수집 정리와 해설은 김병호와 김희태가 맡기로 했다. 뜻은 모아졌지만 마음같이 쉽지는 않았다. 때마침 마한문화연구원 조근우 원장과 임직원 여러분의 지원과 격려가 있었다. 이에 용기를 냈다. 시어를 풀어내고 감상하는 것, 현장을 추적하고 자료를 뒤적이는 것, 고증과 답사 등이 그렇게 호락호락한 일은 아니었다. 그래도 시작했다. 시작이 반이라더니 다행히 한 해가 가기 전에 마무리가 되었다.

본서를 해설하는 데 있어 고지도(1815년, 1847년 「전라좌수영지도」)는 규장각 한국학연구원 소장자료, 옛 사진은 국립중앙박물관 유리건판 사진 등을 인용하였다.

2019년이면 전라좌수영 설치 9주갑 540년이 된다. 「여수잡영」은 여수군 창설 무렵의 자료이지만, 기본적으로는 전라좌수영의 역사성 및 공간과 함께한다. 이 저술이 현대인들에게 120년 전의 여수는 물론 540년을 거슬러 전라좌수영의 역사적 공간을 사실적으로, 감성적으로 이해하는 교재가 되기를 바란다. 더불어 그동안 방치되다시피 한 『여수군총쇄록』을 비롯한 소중한 지역의 옛 자료가 번역 해설되는 촉매가 되기를 기대한다.

이번 『120년 전 여수를 읊다』를 상재하는 데 도움을 준 마한문화연구원에 거듭 감사한 마음을 전하며, 자료제공에 협조해 준 여수시와 여수지역 사회연구소에 감사드린다. 그리고 정성들여 출판해준 심미안 송광룡 대표와 사원 여러분에게도 그 고마움을 여기에 남긴다.

2018년 11월 30일
필자 일동

목차

제1부

「여수잡영」에 대하여

「여수잡영」에 대하여

「여수잡영」 106수를 소개하며

여수의 명소지명경관을 읊은 106수의 연작시 「여수잡영(麗水雜詠)」을 우리 말로 옮겨 해설하고 작품마다 연혁과 유래를 밝히며 지금은 어떻게 변화되었 는가를 살펴보고자 한 뜻에서 이 연작시에 천착했다. 그 시가 창작된 지 2주갑 120년이 되는 2018년 올해에 나온다는 것도 무척 의미 있는 일이라 여겨졌다.

여수군은 1897년 6월 1일 신설된다. 삼국시대부터 여수반도에 원촌현과 돌산현 이 있었다. 고려시대에 원촌은 여수로 바뀐다. 조선시대에는 우리 역사상 군사적 으로 중요 거점이라 할 전라좌수영-삼도수군통제영 본영이 있었다. 그러나 행정 적으로는 여말선초의 역사적 사건으로 지방관이 파견된 고을로서는 조정으로부터 크게 대접받지 못했다. 그러다가 드디어 1897년 6월 1일 여수군이 회복 신설된다.

1897년, 여수군의 신설과 함께 초대 군수로 오횡묵이 부임한다. 그는 지도 군수(智島郡守)에서 신설 여수군수로 임명을 받고 지금의 신안군에서 광주를 거쳐 여수로 오는 길목 따라 들르는 곳, 만나는 사람, 보는 경관마다 시를 읊고 글을 짓는다. 광주를 거친 것은 1896년 8월 4일 전라남도가 개도하면서 관찰 부를 광주에 두었기 때문에 아마도 관찰사에게 부임 보고를 하러 갔을 것으로 짐 작된다. 이미 지도군수로 재임할 때에는 『지도군총쇄록』을 남긴 터이니, 오횡 묵의 기록정신은 특출나다고 할 것이다. 어쩌면 「여수잡영」 106수의 장편 서사 는 예견되었다고 할 수 있다.

오 군수는 여수군에 관한 많은 기록을 남긴다. 가장 대표적인 저작이 『여수총쇄록』이다. 책 이름이 약간씩 다르게 몇 종이 전하기는 하지만, 그가 남긴 총쇄록 가운데 가장 많은 분량이다. 신설군으로서 열정적을 일했던 결과라 보이기도 하고, 여수의 인문적 기반이 그만큼 다양했기에 많은 저작이 가능했다고도 할 수 있다.

「여수잡영」 106수의 이해를 위해서 초대 군수 오횡묵의 행적과 저술을 살펴보고 「여수잡영」의 시문학적 특질과 역사문화적 의의 및 활용방안에 대해서 정리해 보고자 한다.

초대 군수 오횡묵과『여수총쇄록』, 「여수잡영」

오횡묵(吳宖默, 1834~1906)은 조선 후기~대한제국기의 행정가이자 학자이다. 자는 성규(聖圭), 호는 채원(茝園), 채인(茝人), 택방(澤舫), 본관은 해주(海州)이다. 1853년(철종 4) 20세 때 동지 정경준, 김기인, 오응묵, 오상묵, 조홍렬, 오정묵, 김종건, 강민식, 안효준과 채원(茝園)에서 삼짓날 계회(禊會)를 열고 시작(詩作) 활동을 활발히 하였을 정도로 시문에 능하였다. 이후 1866년까지 지속적으로 모임을 갖는다.

오횡묵은 1874년(고종 11) 41세에 무과에 합격하여 수문장(1877.12~1878.7), 군자감 판관(軍資監判官1883.3~1884), 공상소 감동낭관(工桑所監董郎官, 1884~1886), 영남 별향사(嶺南別餉使, 1886~1887.3), 정선군수(1887.3~1888.8), 자인현감(통정대부, 1888.8~1889.3), 함안군수(1889.3~1893.1), 고성부사(1893.1~1894.10), 징세서장(1895.6~1896.1), 지도군수(1896.1~1897.4), 여수군수(1897.4~1899.6), 진보군수(1899.6~1900.12), 익산군수(1900.12~1901.2), 겸임전라북도 양무감리(量務監理, 1901.2~1902.6), 평택군수(1902.6~1906.5) 등을 지냈다.

지방의 수령으로 있을 당시 시문(詩文)과 함께 관청에서 중요하게 집행되었던 일과 내외에서 일어났던 중대한 일 등을 일기체로 엮은『지도총쇄록(智島叢鎖錄)』, 『정선총쇄록』, 『여수총쇄록』 따위를 남겼다. 당대의 정무와 풍습, 사회현상을 알려주는 귀중한 자료이다. 업무 수행 중 느낀 술회를 표현한 시도 함께 수록하여 생생한 현장감을 주고 있으며 그 분량 또한 방대하다. 지리에 관한

『여재촬요(輿載撮要)』도 저술(1894년)하였다.

현재 전하고 있는『총쇄록』으로는『영남구휼일록(嶺南救恤日錄)』1책,『강원도정선군일록』1책,『경상도자인현일록』1책,『경상도함안군총쇄록』3책,『경상도고성부총쇄록』2책,『전라도지도군총쇄록』2책 등이 있다. 모두 국립중앙도서관과 장서각 등에 필사본 형태로 소장되어 있다. 또한 저자는 생전에 각 지역의『총쇄록』에서 필요에 따라 시문을 가려 뽑아 조병호, 정태경, 김두실 등 주변의 지인들에게 배포하였다. 1898년 여수군수 재임 때에는 그동안 지은『총쇄록』에 수록된 시문을 뽑아 자편하고 김인길에게 서문까지 받아『총쇄만선(叢瑣謾選)』으로 정리하기도 하였다. 이와 관련하여 국립중앙도서관에『총쇄만선』9책,『총쇄록선』3책,『채원시초(茝園詩抄)』2책이, 고려대학교 중앙도서관에『총쇄록』5책이, 장서각에『총쇄초선』6책이, 일본 아천(阿川)문고에『총쇄시초』2책이 소장되어 있다.

한국학중앙연구원 장서각 소장『총쇄(叢瑣)』(K4-6566)는『총쇄록』전체에서 시문을 가려 뽑아 수록한 24책의 괘인사본으로 현전하는 저자의 시문 선집 가운데 가장 방대한 분량이다. 체제는『총쇄록』을 초선하여 만든 소규모 지역별 선집들을 통합하여 크게 시와 문으로 재편하고, 다음 단계에서 시는 지역별(시기별)로, 문은 문체별로 구분하여 편차하려고 한 것으로 보인다. 한국고전번역원에서 한국문집총간 속 141~142집으로 간행하고 한국고전번역DB(http://db.itkc.or.kr)에서 원문 이미지를 제공하고 있다.

장서각본『총쇄』24책 가운데 3책이『여수총쇄록』이다. 책9와 책10은 시, 책19는 문이다. 책9는『여수군총쇄록시선』으로 240제의 시이다. 1897~1898년 여수군수 재임 중에 지은 시를 뽑아 놓은 것이다. 갑작스런 전속 명을 받고 부임하게 된 내용을 적은 시부터 함평, 영광, 무안, 나주, 광주, 화순, 보성, 순천, 돌산 등을 거쳐 부임하는 중에 지은 시들이 실려 있다. 책10은『여수군총쇄록』으로 259제의 시이다. 1898~1899년까지 여수군수 재임 중에 지은 시를 뽑아 놓은 것이다. 시회에서 화운한 시도 있다. 책19는 문으로『여수군총쇄록』이다. 송(1), 서(序)(10), 기(7), 제문(15), 상량문(1), 전문(箋文)(1), 율령문(律令文)(1), 애사(哀辭)(1), 설(2), 서(書)(20), 하첩(8), 전령(1), 제사(題辭)(15), 보부문(報府文)(4), 쇄언(瑣言)(1)이다. 1899년〈기해원조송(己亥元朝頌)〉, 진남관 상량문 따위이다. 그리고 책15~17에도 여수 관련된 글이 들어 있다.

여수군의 지역 사정에 대해 날씨, 개인적인 사건, 인물, 서신의 왕래 등 사적인 일상생활과 지방 행정 전반에 걸친 기록과 관찰을 남기고 있다. 정무는 물론 지리, 물산, 풍습, 인물 등이 수록되어 있다

「여수잡영(麗水雜詠 一百六截)」은 오횡묵이 여수의 각종 자연자원과 문화경관지에 대해서 읊은 106수의 연작시이다. 여수 지역의 관아(官衙), 향교(鄕校), 누대(樓臺), 재당(齋堂), 정각(亭閣), 정려(旌閭), 비각(碑閣), 사단(祠壇), 사찰(寺刹), 진보(鎭堡), 역참(驛站), 점(店), 봉수(烽燧), 산천(山川), 도서(島嶼), 나루(津), 천지(泉池), 기암(奇巖), 염전(鹽田), 제언(堤堰), 어기(漁磯) 따위에 대해 자세히 묘사하고 있다. 그리고 시제목 다음에 위치와 현상 등에 대해 보완 설명하고 있어 120년 전의 여수지역 역사문화현장에 대한 중요한 문화정보를 제공해 준다. 각 시의 끝에 '주석'이란 항목으로 소개하였다.

「여수잡영」은 『총쇄(叢瑣)』 9책에 있는데 한국고전번역원에서 한국문집총간 속집 제141집으로 영인본(337~342쪽)이 나온 바 있다. 본서에서는 이 장서각 본을 대본으로 한역하였고, 원문(영인)을 실었다.

「여수잡영」의 시문학적 특질

번역은 창작이다. 일반적으로, 창작은 문화 생산자가 미적 체험을 통하여 작품을 구상하고 생산하는 활동이라 정의한다. 여기서 중요한 것은 예술적 표현과 진실하고 정확한 내용이다. 따라서 번역도 예술적 미감과 진실하고 정확한 내용을 상실하게 되면 그것은 이미 창작이 아니다. 오횡묵의 「여수잡영」을 번역하는 하는 데도 작자의 창작 의도와 일치해야 한다는 전제가 선행 과제이다.

한시문은 완벽한 번역이 불가능하다는 주장도 있다. 한문의 문법, 운율, 뉘앙스, 전고(典故)와 용사(用事), 언어유희, 비유, 어조 등이 모국어인 한글과 같지 않기 때문이다. 또, 한문은 국어인가 외국어인가 하는 논쟁도 끊이지 않고 있을뿐더러 한글세대들에게 한문이 점차 관심 밖의 언어가 되고 있는 것도 한시문 이해의 장애 요인이다.

그러나 한문은 상당 기간 동안 우리의 언어였고, 우리의 중요한 기록문화유산으로서 엄연히 존재하여 왔다. 현재도 우리의 언어생활에서 차지하는 비중을

따질 필요도 없을 만큼 막대하다. 우리의 역사와 전통의 계승이라는 관점에서 생각할 때, 한문은 결코 소홀하게 취급할 수 없는 우리의 유산이다. 오횡묵의 「여수잡영」은 지역의 문화유산, 지역 정체성, 전통문화의 계승 등을 담보한 기록문화유산인 것이다. 만일, 이러한 유산을 외면하는 것은 현재의 우리까지도 내다버리는 일이 아닐 수 없다. 이런 점에서 비록 한 작가가 한문으로써 여수라는 한정된 공간에서 한 시대에 창작된 하나의 장르일지라도 이를 번역하는 작업은 중차대한 시대적 사명이라 할 것이다.

한시문은 어떻게 번역할 것인가? 여기에는 몇 가지 난제들이 있다. 먼저 작가, 독자, 역자 사이에서 주체에 대한 고민을 하게 된다. 원작에 충실하면 이 시대를 사는 독자와 커다란 간극이 생기고, 역자 마음대로 풀어쓰게 되면 작가의 정신세계를 왜곡시킨다. 지나치게 독자에 치우치게 되면 진정한 우리 문화유산 계승 문제가 발생한다. 비록, 한시가 중국에서 건너온 장르라 해도 엄연히 한국문학으로 존재하는 한 전고(典故)와 용사(用事)를 외면할 수 없고, 비유와 상징, 형식과 율격, 압운 등을 모두 고려하지 않을 수 없다.

이러한 어려움에도 불구하고, 역자는 「여수잡영」의 작가의 시정신과 원작의 의미를 살리는 데 충실하면서 율문으로서 읽기 편하도록 시 다운 음악성을 배려하며 우리말로 옮겼다. 이 과정에서 직역과 의역을 상관하지 않았다. 형식과 율격 그리고 압운과 같은 형태적 특이성도 고려하지 않았다. 쉽고, 자연스럽게, 미적으로 표현하려 했을 뿐이다. 그래서 때로는 작가의 개성과 직관이 무시되고, 무지에서 비롯된 얼토당토하지 않는 역어도 있을 것이다. 이렇게 얻어진 결과물로 「여수잡영」의 특징을 살피면 다음과 같이 크게 네 가지 안에서 논의할 수 있다.

첫째, 지금부터 120년 전의 여수 모습을 사실대로 고스란히 살필 수 있다. 「진남문」을 보자.

수많은 화살 시위 어느 해에 진(陣)이 됐나	萬弩何年跡已陣
좌수영을 오늘에야 새로이 돌아봤네	鎭南今日運回新
천혜의 굴강 해자(垓字), 성 주변은 굳건하고	天將絕塹邊城固
물 있고 바람 없어 중요한 해변 요새	積水無風要路濱

진남문은 진남관 정문이다. 이 시는 전라좌수영성의 모습을 시로 그렸다. 회화적 이미지의 발현이지만, 작가의 감성이나 심성은 거의 담지 않았다. 그대로 경물적 태도가 드러나 있다. 맹자는 아무리 아름다운 미인이라 하더라도 오물을 뒤집어쓰면 사람들이 모두 코를 막고 이를 지나친다고 말한 바 있다. 경물시도 이와 마찬가지이다. 아름다운 언어를 동원하여 시적 형태를 갖추었더라도 그 진의를 전달하지 못하면 그 작품은 독자들의 가슴에 와 닿지 않는다. 오 군수의 경물시는 전고를 인용하는 용사는 절제되어 있다. 그러면서도 시적 대상에 대해서는 아주 객관적으로 묘사하면서 기어이 칭송한다. 그래서 현학적이거나 난해하지 않다. 있는 모습 그대로 그림 그리듯 표현했으되 격정적이지도 않다. 독자들은 충분히 그 경물에 취할 수 있고, 그 칭송에 공감할 수 있다. 「총인문」, 「내아」, 「만하정」, 「염산」 등이 그렇다. 「석천사」, 「충무공비각」, 「충무공영당」, 「종명산」, 「예암산」, 「장군도」, 「화대」, 「석인」, 「유목천」 등도 여기에 속한다.

둘째, 당시 민중들의 고단한 삶을 애틋하게 표현하였다. 「달한포방죽(達汗浦堤堰)」을 보자.

곤이(鯤鮞)가 홍수를 막아도 흉년은 들었고	鮌堙洪水績無稔
한나라는 포하(匏河)에서 흉노에게 당했었지	漢塞匏河勞謾甚
우리 여수 순한 지형 그에 비해 어떠한가	何似吾州順地形
연년세세 그대로 곳간 채우며 살아가네	坐令歲歲儲豊廩

달한포는 월내 하촌마을 포구 이름이다. 현재는 여수산업단지 조성으로 흔적조차 찾을 수 없지만, 옛날에는 전답도 제법 있었기 때문에 해수도 막고 영취산에서 흘러내린 물을 농업용수로 이용하기 위하여 여기에 제방을 쌓고 농사를 지었다. 1, 2구에는 전고가 있다.

정약용은 시를 지을 때에 반드시 용사를 위주로 하여야 한다고 주장한다. 물론 중국고사만을 사용하는 것에 대한 반감에서 이른바 조선시(朝鮮詩)를 주장한 것이지만, 경사서(經史書) 또는 다른 사람의 시문에서 특징적인 관념이나 사적(事迹)을 한두 개의 어휘로 담은 것은 시의(詩意)를 배가시키는 구실을 한다. 오 군수도 전고와 용사의 기법을 적당히 동원했고, 이로 인해 자간과 행간에 암유, 상징, 기탁, 우의, 여운 등이 은근히 나타나 있다. 「걸망해제」, 「대포수

여수정당(동그라미 안). 좌측에 진남관이 웅장하다.

철점」, 「부산」, 「주흘루」, 「사직단」, 「성황단」, 「여제단」, 「연등석강」 등을 보라.

바름은 끝까지 행위 알고 안온하게	正由有限知行穩
사정(司正)은 언제나 사건 근본 밝히라	司警爲常明事本
이름을 따져 묻고 의리 신분 생각하라	試問顧名思義誰
근래에 개문룻길 억울한 이 많더라	邇來門路多招損

「개문루(開門樓)」다. 개문루는 좌수영성 외삼문(外三門)이다. 이 시는 수사를 공정하게 하라는 일종의 지침과 같다. 위에서 인용한 작품처럼 애민 정신도 도처에서 느낄 수 있다. 작가의 자상하고 너그러운 인품이 느껴진다.

셋째, 목적시로 분류할 수 있는 작품도 있다. 애국사상 고취, 민중계도, 비판적 풍자를 목적으로 하는 작품들이 여기에 속한다. 「진남관」에서는

궐패(闕牌)를 우러르며 선장(仙仗)을 차려놓고	開殿瞻宸仙仗盡
향불 피워 절을 하고 조의(朝衣) 접고 물러났네	焚香稽首朝衣引
진남이란 객사의 뜻 정말로 빛이 나고	鎭南宇義正煌煌
임금 덕화 저 멀리 여수까지 젖어오네	聖化遐濱玆有隕

라 노래하였다. 망궐례를 올리면서 느낀 소회다. 봉건시대에는 임금에 대한 충

성이 곧 애국이었다. 오 군수는 자신의 애국심이 민중들에게까지 전달되기를 바랐을 것이다. 이런 의식을 직감할 수 있는 작품으로는 「정당」, 「간숙당」, 「종명각」, 「망해루」, 「통의문」, 「둑당」, 「성첩」, 「유애비」, 「당두진」 등이 있다.

가을 달빛 밝은 데서 관리의 거동 보고	秋月光中看吏儀
봄바람 따스한 곳에서 백성을 대하네	春風煖處待民資
모든 사람 희로애락은 오직 마음속에 있는 것	蒼生憂樂惟方寸
언제나 자문(自問)하여 자신을 속이지 말게나	每問身心毋自欺

「찰미헌(察眉軒)」이다. 『명심보감』에 "평생 눈살 찌푸릴 일을 하지 않으면 이빨 가는 원수가 생기지 않는다(平生不作皺眉事 世上應無切齒人)"는 말이 있다. 상대방의 눈살 찡그리는 일을 하지 말라는 일종의 금언이다. 이런 계도적인 말은 조선조 내내 민중 교화의 방법으로 활용되었다. 오 군수는 시로써 감성적인 언어로 민중을 계도했다. 「성원토전」, 「향교」, 「종포」, 「명륜당」, 「회유소」, 「충효열정각」 등을 보면 이를 확인할 수가 있다.

한편, 이런 작품도 있다. 「응봉(鷹峰)」이다.

번뜩 날아 우뚝하게 산머리에 앉았네	飜疑突兀山頭坐
다시 보니 왔다갔다 구름 속을 노니네	更似翺翔雲裏過
도랑 따윈 시샘 말고 배부르면 떠나시게	且莫猜渠飽則揚
통발의 고기들도 살도 좀 쪄야지	草梁羣族政肥大

응봉은 상적마을 동남쪽에 있는 매봉산이다. 이 시를 읽고 있노라면 마치 정약용의 비판적 풍자시를 읽는 듯한 착각에 빠진다. 구름 속을 나는 매는 착취를 일삼는 탐관오리들이다. 통발 잔고기들과 제비는 연약한 민중들이다. 이런 식의 작품은 「나지포 장시」 등이 있는데, 이것들이 「여수잡영」의 본류는 아니다. 그래서 오 군수가 다산처럼 당시의 사회적 모순을 척결하고자하는 의지의 시인이었다는 결론을 내리기 어렵다. 다만, 그가 민중 구원의 인덕을 갖춘 지방관이었다는 판단은 할 수 있지 않을까 싶다.

넷째, 자신을 끊임없이 성찰하는 태도를 취한다.

거울 같은 맑은 마음 먼지 한 점 없어라	澄心如鑑點塵無
서리보다 굳은 절개 옥구슬과 함께 하네	貞節凌霜戛玉俱
죽풍(竹風)과 수월(水月)은 진정으로 나의 마음	竹風水月眞余素
잊을 수 없다 해도 나는야 잊혀 지겠지	不忘者存故忘吾

「수죽당(水竹堂)」이다. 수죽당은 동헌에 걸렸던 당호인데, 여기에는 스스로 경계하고 조심하고자 한 뜻이 담겨 있다. 오 군수는 자신을 대나무에 부는 바람으로, 물에 비친 달로 상치시켰다. 서리보다 냉찬 절의와 옥구슬과 같이 단단한 품성을 지닌 불망자존(不忘者存)이고 싶은 마음이 이 작품에 감춰진 진의이다.

일이 있어 날마다 정문을 왕래했지	門路有由日往來
속된 진애(塵埃) 그림자 피하기 어려웠네	影形難遁俗塵埃
사람 마음 비춰보면 바뀌기 참 어려워	照得人心誠未易
애오라지 거울 '경(鏡)'자 현판으로 걸었네	聊將鏡字揭扁裁

오 군수는 이처럼 「경명문(鏡明門)」을 드나들 때마다 오로지 티 없는 맑은 마음, 명경지수만을 생각했다. 끊임없는 자신의 성찰이요, 자경(自警)의 심사이다. 「읍청헌」, 「수죽당」, 「연처초연각」, 「한산사」, 「척산」, 「귀봉산」, 「고소대」, 「연무각」, 「농구정」, 「관덕정」, 「마래산」 등에서도 자신을 돌아보면서 무인으로서의 절인, 지방관으로서의 덕인, 개인으로서의 현인을 다짐하는 구절들이 여기저기서 쉽게 발견된다.

물론, 이밖에도 미미한 특이점은 발견된다. 많은 문화변동에도 불구하고 아직 유교적 질서가 유지되던 시대였는데도 도학문학에 매몰되어 있지 않았다. 「당두진」처럼 비장미가 느껴지는 작품도 있으나 시대적 상황에 대한 우국(憂國) 정의(情意)를 표출한 작품은 거의 없다. 산수를 읊었으되 자연미를 발견할 수가 없다. 「비장산」이나 「앵무산」에서는 언어의 기교도 부렸다. 전체적으로 106수 모든 시편들이 7언절구로만 탈고되었고, 서정성이 짙게 드러나 있지 않다는 것도 특징이라면 특징이라고 할 수가 있다.

여수잡영의 역사문화적 의의와 주요내용

여수는 육지와 바다가 있어 아름답고 풍요롭다. 여수의 섬과 바다는 한려해상국립공원과 다도해해상국립공원의 중심에 자리 잡고 있어 여수를 '호남제일형승(湖南第一形勝)'이라 예찬하고 있다.

여수의 풍요로운 환경은 신석기 시대에 사람들을 끌어 모아 39곳의 유적에 그들은 일본과 중국의 유물을 흔적으로 남기고 있고 청동기 시대에는 여수의 정체성을 가늠해 볼 수 있는 세계적 분포와 규모를 가지고 있는 고인돌들과 이를 축조할 수 있었던 정치적 경제적 배경을 설명할 수 있는 청동검과 옥이 우리나라에서 가장 많이 출토되고 있는 지역의 한 곳이다.

삼국 시대의 여수는 문헌을 통해 백제의 원촌현과 돌산현 쯤으로 이해하고 있으나 고고학적 발굴 성과를 살펴보면 백제, 마한, 소가야, 아라가야, 대가야 등의 유물과 함께 왜(倭:일본)의 유물들이 함께 출토되고 있어 여수문화의 국제성과 다양성을 짐작할 수 있게 한다.

일반적으로 여수는 군사적으로 최전방에 위치한 전라좌수영(삼도수군통제영)을 중심으로 국난을 극복한 호국의 성지로 인식되어 여수 시민들의 자긍심을 형성하는 근거가 되어왔다. 그러나 한편으로는 여수의 문화를 문자향(文字香)이나 서권기(書卷氣)하고는 거리가 먼, 남쪽 변방의 작은 어촌에서 형성된 진중문화 정도로 치부해 버리는 데 주저 없이 동의해 온 것도 사실이다. 그러나 여수에는 주옥같은 선현들의 수많은 묵적이 묵향을 뿜으며 후예들을 기다리고 있으나 어느 누구도 눈길을 주지 않고 있다.

그런 의미에서 오횡묵의 총쇄록, 특히 제영 106수는 역사적·문화적으로 여수에서 차지하는 가치는 클 수밖에 없다.

문화를 넓은 의미로 정의하면, 지식, 신앙, 예술, 법률, 도덕, 관습 그리고 사회의 한 성원으로서 인간에 의해 얻어지는 능력이나 관습들을 포함하는 복합적인 총체라고 할 수 있을 것이다. 그것을 다시 분류하면 문화 담당층의 신분에 따라서 상층문화와 기층문화로 구분하고, 향유계층에 따라서 엘리트문화와 민중문화 등으로도 분류할 수 있을 것이다. 쉽게 말하면 지배계층이라고 할 수 있는 엘리트에 의해 세련된 고급문화와 민중사회 또는 전통사회를 기반으로 하고 있는 농어촌사회 중심 문화로 분류한다는 것이다.

제영 106수의 내용을 살펴보면 문화의 정의를 만족 시킬 수 있는 모든 요소를 포함하고 있다. "모든 관광은 문화적이다(Toutes les tourrism sont culturelles)."라는 프랑스의 관광 구호가 있다. 여수군수 오횡묵은 여수의 모든 것에 문화라는 옷을 입혔다.

다음의 도표는 총쇄록 제영 106수를 크게 관아, 유교, 단묘, 불교, 석조, 시설, 자연, 산업으로 분류하고 다시 당헌(堂軒), 문루(門樓), 누대(樓臺), 향교(鄕校), 재당(齋堂), 정각(亭閣), 정려(旌閭), 제당(祭堂), 사단(祠壇), 사암(寺庵), 부도(浮屠), 석등(石燈), 전각(殿閣), 석인(石人), 석교(石橋), 화대(火臺), 비각(碑閣), 진보(鎭堡), 역참(驛站), 봉수(烽燧), 목장(牧場), 고분(古墓), 산천(山川), 도서(島嶼), 나루(津浦), 천지(泉池), 기암(奇巖), 숲(藪), 염전(鹽田), 제언(堤堰), 어기(漁磯) 등 31종으로 분류했다.

여수잡영 106수 분류표

분류	종별	제영
관아 (官衙)	당헌(堂軒)	간숙당(簡肅堂), 내아(內衙), 여수 정당(政堂), 읍청헌(挹淸軒), 종명각(鍾鳴閣), 진남관(鎭南館), 찰미헌(察眉軒), 수죽당(水竹堂),
	문루(門樓)	경명문(鏡明門), 영화문(迎和門), 진남문(鎭南門), 총인문(摠仁門), 통의문(統義門)
	누대(樓臺)	개문루(開門樓), 망해루(望海樓), 북장대(北將臺), 고소대(姑蘇臺), 주흘루(拄笏樓)
유교 (儒敎)	향교(鄕校)	명륜당(明倫堂) 향교(鄕校)
	재당(齋堂)	방해재(放海齋), 종명재(鍾鳴齋), 향사당(鄕射堂), 회유소(會儒所), 봉명재(鳳鳴齋)
	정각(亭閣)	관덕정(觀德亭), 농구정(弄龜亭), 만하정(挽河亭), 복파정(伏波亭), 연무각(鍊武閣), 연처초연각(燕處超然閣)
	정려(旌閭)	강씨김씨 효자정려(姜金兩孝旌閭), 충효열정각(忠孝烈旌閣)
단묘 (壇廟)	제당(祭堂)	둑당(纛堂), 사직단(社稷壇), 성황단(城隍壇), 여제단(厲祭壇)
	사단(祠壇)	차문절공묘(車文節公廟), 충무공영당(忠武公影堂), 충민사 고기[옛터](忠愍祠舊址)
불교 (佛敎)	사암(寺庵)	석천사(石泉寺), 안심사 고기[옛터](安心寺古基), 용문암(龍門庵), 한산사(寒山寺), 흥국사(興國寺)
	부도(浮屠)	보조국사부도(普照國師浮屠)
	석등(石燈)	장명등(長明燈),
	전각(殿閣)	봉황루(鳳凰樓),

분류	종별	제영
석조 (石造)	석인(石人)	석인(石人)
	석교(石橋)	연등 석강[돌다리](蓮登石矼), 홍교(虹橋)
	화대(火臺)	화대(火臺)
	비각(碑閣)	유애비(遺愛碑), 충무공비각(忠武公碑閣)
시설 (施設)	진보(鎭堡)	고돌산진(古突山鎭), 만리성(萬里城), 석보들판(石堡坪), 석창(石倉), 성첩(城堞), 참경도고성(斬鯨渡古城)
	역참(驛站)	덕양역(德陽驛)
	봉수(烽燧)	우산봉수(牛山烽燧)
	목장(牧場)	어목문(禦牧門)
	고분(古墓)	우배산 고분(牛背山古墓)
자연 (自然)	산천(山川)	귀봉산(歸鳳山), 까치산(鵲山), 마래산(馬來山), 무선산(舞仙山), 부산(夫山), 부흥천(富興川), 비장산(飛將山), 앵무산(鸚武山), 영취산(靈鷲山), 예암산(隸巖山), 운곡(雲谷), 응봉(鷹峰), 전봉산(戰鳳山), 종명산(鍾鳴山), 척산(尺山), 취적산(吹笛山)
	도서(島嶼)	오동도(梧桐島), 장군도(將軍島), 참경도바다(斬鯨島海)
	나루(津浦)	당두진[당머리나루](堂頭津), 미두진(米頭津), 종포(宗浦)
	천지(泉池)	석천(石泉), 주홀루 방지[연못](拄笏樓方池), 유목천(柳木泉)
	기암(奇巖)	쌍교암(雙轎巖), 여기암(女妓巖), 역의암(易衣巖), 이별암(離別巖), 장군암(將軍巖), 금대동굴암[짐대 동굴바위](金帶洞窟巖)
	숲(藪)	장대 숲(將臺藪)
산업 (産業)	염전(鹽田)	염산(塩山), 중방 염전(中方塩田)
	제언(堤堰)	거망해언[걸망해제](巨望海堰), 달한포방죽(達汗浦堤堰)
	어기(漁磯)	국포어기[국개 낚시터](菊浦漁磯)
	장시(場市)	나지포 장시(羅支浦場市)
	대장간(水鐵店)	대포 수철점[대장간](大浦水鐵店)
	지소(紙所)	만흥지소(萬興紙所)
	어살(土箭)	성원 토전[어살](星院土箭)
	물레방아(水砧)	미평 수침[물레방아](米坪水砧)

위의 표에서 보는 바와 같이 분류한 관아, 유교, 단묘, 불교, 석조, 시설, 자연, 산업의 주요 내용을 간단한 해설로 독자들의 이해를 돕고자 한다.

먼저 관아는 당헌, 문루, 누대로 분류 하였는데 그 위치나 규모는 『호좌수영지』등 여러 문헌을 통하여 비교적 상세히 알 수 있다. 관아 중 북장대를 제외한 나머지는 전부 전라좌수영성 내에 있는 건물들로서 좌수영성을 복원할 때 매우 중요한 자료가 될 수 있으며, 건물의 명칭 역시 주목할 필요가 있다. 건물의 명칭(堂號) 가운데 정무를 보거나 자주 출입하는 당헌이나 문루(門樓) 등은 이름을 바꿨는데 동헌인 운주헌을 간숙당으로, 결승당을 종명각, 정변문을 경명문, 완경루를 주홀루로 바꿨다. 대표적으로 운주헌을 간숙당으로 바꾼 배경을 보면 군사기지인 좌수영의 동헌과 행정 치소인 여수군청의 의미를 살린 것으로 운주헌은 '군막 속에서 전략을 세운다'라는 군사적 의미가 있고 간숙당은 '백성의 일에 임해서는 간편히 하고 질서를 부릴 때는 엄하게 하라'는 행정적 의미가 있다.

유교와 관련된 시로는 13수가 있는데 여수향교는 여수 유림(儒林)의 한을 담고 있는 곳이다. 조선이 세워지자 당시 여수현령 오흔인은 불사이군(不事二君)의 충정으로 조선의 건국을 부정한다. 결국 여수현은 폐현이 되고 순천부에 속하게 되면서 조선 500년간 향교가 없는 시골 마을로 전락하고 말았다. 이후 순천부와 전라좌수영 사이에서 엄청난 이중고를 겪었으며 꾸준히 전개된 복현운동으로 3번 복현이 되나 매번 1년도 못가서 폐현이 되었으니 이른바 여수의 피눈물 나는 '3복3파(三復三罷)'라는 역사가 그것이다. 그래서 여수군이 설군이 되자 제일 먼저 주민들이 추진한 것이 향교의 설립이었다.

여수는 향교가 없는 가운데에서도 서당을 세워 꾸준히 인재를 양성했다. 종고산 아래에 동서재인 종명재를, 구봉산아래에는 서서재인 봉명재를, 좌수영 안에는 방해재가 그것이며, 오횡묵 군수는 수시로 이곳들을 왕래하면서 학생들을 격려하였다.

여수군에는 전라좌수영이 있었던 곳이라서 무예를 연마하던 정각(亭閣)이 많았다. 광무동의 관덕정, 군자동에 있었던 활터인 군자정이라고도 불렀던 연처초연각, 동장대에 있었던 연무각 등이다. 그리고 좌수영성과 고돌산진성 밖에는 농구정, 만하정, 복파정이 있었는데 분위기가 군사기지답지 않게 매우 평화 지향적이다. '거북선과 놀다(弄龜).'라던가 '파도를 재운다(伏波).'라던가 '은하수를 끌어다, 갑옷과 병장기를 씻어 쓰지 못 하게 한다(挽河).'라는 시제(詩題)가 그렇다. 이것 역시 군사 기지인 좌수영에서 행정 치소인 여수군으로 체제를 전환하면서 오횡묵 군수가 바랬던 것이 아닌가? 이런 바람의 결과 군사들의 구령소리가 요란했던 연무각에 여수고등학교가 세워지게 된 것도 우연이 아닐 것이다.

전국에서 가장 먼저 세워지고 사액을 받은 충무공이순신장군 사우 충민사

단묘(壇廟)는 둑당과 사직단, 성황단, 여제단이 있었다. 『전라남도여수군읍지』에 각각 위치가 나오는데 정확한 곳을 알 수 없는 것이 안타까우나 군대와 백성들의 안녕과 풍요를 위해 제를 지냈음을 알 수 있다. 현재 여수시에서는 5월에 열리는 '거북선축제'때 둑당에서 지냈던 둑제를 재현하고 있으며 둑당을 복원하기 위하여 토지를 매입하였다. 단묘 중 사단(祠壇)으로 차문절공묘, 충무공영당, 충민사 옛터가 있다. 차문절공묘는 여수비행장 활주로 확장 공사로 훼철되고 충무공영당은 전라남도 민속자료 제44호로 지정되어 있으며 충민사는 국가사적 제381호로 지정되어 있다. 시제를 충민사가 아니고 '충민사 옛터'라고 한 것은 흥선대원군의 서원철폐령에 따라 충민사가 1870년(고종 7)에 충민단(忠愍壇)만을 남기고 철거되었기 때문이다.

불교 관련 시는 8수로 당시 여수군에 있었던 절을 모두 돌아보고 시를 남겼으니 오 군수의 부지런함이 가상하기도 하다. 특히 흥국사 부도밭에 있는 보조국사부도는 지금도 누구나 눈여겨보는 이가 없는 데도 불구하고 오횡묵 군수는 이끼가 덕지덕지 덮인 보조국사부도의 가치를 알아보고 옥부도(玉浮屠)로 표현했다. 흥국사 대웅전 앞에 다소곳이 서 있는 장명등 역시 눈길을 주는 사람들이 별로 없다. 너무 촌스럽다는 것이다. 그러나 보면 볼수록 친근감이 든다.

조선 후기의 민화를 보는 느낌이다. 홍국사는 임진왜란 때 소실된 후 1624년 (인조 2) 계특대사(戒特大師)가 중건한 것이라서 시기적으로 그렇게 오래된 절이 아님에도 불구하고 보물이 10점이나 지정되어 있다. 조선후기 최고의 건축, 조각, 공예, 회화 등이 집결된 곳이다. 장명등 역시 조선 후기 석등 중 최고의 작품인 것이다.

석조물에 대한 시는 6수가 있다. 현재 진남관 앞의 비각에 남아 있는 역대 수사들의 유애비, 이순신장군이 만들고 『난중일기』에 실려 있는 진남관 앞의 화대, 충무공의 대첩비가 있는 충무공비각, 숙종 때 김세기 수사가 만든 석인, 현재 연등천의 범민교에 위치했던 연등돌다리 등 석조물에도 세세한 관심을 보이고 있다.

시설에 관한 시는 10수가 있다. 먼저 군사 시설인 진보를 보면 조선시대의 군사제도의 영(營), 진(鎭), 보(堡)를 전부 시제로 삼고 있다. 영(營)은 성첩에서, 진(鎭)은 고돌산진에서, 보(堡)는 석창에서 읊었다. 영은 잘 알려져 있는 전라좌수영이다. 고돌산진은 화양면 용주리에 있었던 만호진이다. 이곳은 중종 때 혁파되고 권관이 수호하는 작은 진으로 남았었는데 광해군 때 이를 고돌산진으로 개칭하였다. 현재 주민들은 고돌산진을 줄여서 고진(古鎭)이라고 한다. 보는 석창을 이른 말이다. 원래 이곳은 여수석보(麗水石堡)로 돌산포만호진이 혁파될 때 군사를 철수하고 대신 환곡의 창고로 활용하면서 석보창이라고 했다. 석창은 여기에서 나왔다. 아울러 시에 나오는 석보들 역시 석창 주위의 들을 말한다. 참경도고성은 참경도 즉 장군도에 있는 고성(古城)으로 연산군 때 이량 장군이 왜구를 막기 위해 축조한 우리나라 유일의 수중성인 장군성을 말한다.

역참, 봉수, 목장은 군사, 교통, 행정의 중요한 제도였다. 덕양역(德陽驛)은 순천과 좌수영을 연결하는 역(驛)으로 조선시대 역원제를 알아 볼 수 있는 지명이다. 아울러 덕양역과 순천역 사이에 있는 지금의 신풍역 역시 옛 선(성)생원으로서 덕양역과 함께 역원제의 흔적을 알아볼 수 있는 곳이다.

우산봉수는 현재 미평 선경아파트 뒤편 저당산 오른쪽에 있던 봉수였는데 지금은 흔적이 없다. 조선시대 화양면 일대에 감목관(종6품)이 관리한 백야곶목장이 있었는데 광해군 때 곡화목장이라고 명칭이 바뀐다. 어목문은 바로 곡화목장성의 문으로 지금도 주민들은 '문꾸지'라고 부른다.

자연은 33수로 가장 많은 시를 남겼다. 여수군의 산천과 섬, 나루, 샘, 기암, 숲 등 2년간 근무 하면서 33수를 지었으니 오 군수도 여수 경관에 반했던 모양이다. 자연에 보이는 지명은 지금과 거의 같거나 비슷하여 해설이 필요 없으나 미두진의 위치는 추정하기 어렵다. 특이한 것으로는 장대숲(將臺藪)으로『호좌수영지』에 수림(藪林)의 그림이 있다. 이곳은 현재 공화동 926, 1042번지 부근으로 동장대 서쪽에 있는 숲이어서 장대숲이라고 했다. 솔밭거리, 수동(樹洞)이라고 불리던 곳이다.

여기암 등 기암(奇巖)을 노래한 6수는 지금도 전설이 그대로 전해지고 있어 시와 어우러지면 훌륭한 스토리텔링 관광 자원이 될 수 있겠다.

산업은 염전, 제언, 어기, 장시, 대장간, 지소, 어살, 물레방아 등 10수를 실었다. 지금은 거의 사라져 본래의 모습을 찾아 볼 수 없지마는 '얼시고나 절시고 장으로 장으로 넘어간다. 쭉 늘어졌다 나지개장 낮아서도 못보고…'라는 나지포장의 장돌뱅이 노래인 장타령이 나지포장시(羅支浦場市)의 모습을 그대로 재현해 준다.

「여수잡영」106수의 가치를 위해

「여수잡영」은 120년전 초대 여수군수 오횡묵이 재직하면서 남긴 106수의 시이다. 형상화된 문학작품이지만, 경물과 현장과 사실을 담고 있다. 지방관의 심미안을 볼 수도 있고, 여수의 인문적 기반도 나타난다. 나아가 여수 지역의 역사유산과 문화 공간의 당시 이야기를 읽을 수 있다. 지금은 상전벽해가 되어 버렸지만, 19세기 말 변혁의 시기 여수의 곳곳을 돌아보면서 살펴볼 수 있다는 것은 지금의 시점에서 보면 현재를 사는 우리들의 행운일지도 모른다. 저자의 시심을 함께 느껴 보고 그 속에 내재된 역사와 문화 현장을 살펴 보려 했다. 그러나 부족한 부분이 많다. 앞으로 보완해 나갈 것이다.

시문학적인 면에서 김준옥 교수가 앞서 밝힌 특징을 정리하면, 첫째, 지금부터 120년 전의 여수 모습을 사실대로 고스란히 살필 수 있다. 「진남문」, 「총인문」, 「내아」, 「만하정」, 「염산」, 「석천사」, 「충무공비각」, 「충무공영당」, 「종명산」, 「예암산」, 「장군도」, 「화대」, 「석인」, 「유목천」 따위가 여기에 속한다.

둘째, 당시 민중들의 고단한 삶을 애틋하게 표현하였다. 「달한포방죽」, 「걸망해제」, 「대포수철점」, 「부산」, 「주홀루」, 「사직단」, 「성황단」, 「여제단」, 「연등석강」, 「개문루(開門樓)」 등이다.

셋째, 목적시로 분류할 수 있는 작품도 있다. 애국사상 고취, 민중계도, 비판적 풍자를 목적으로 하는 작품들이 여기에 속한다. 「진남관」, 「정당」, 「간숙당」, 「종명각」, 「망해루」, 「통의문」, 「둑당」, 「성첩」, 「유애비」, 「당두진」, 「찰미헌」, 「성원토전」, 「향교」, 「종포」, 「명륜당」, 「회유소」, 「충효렬정각」 등을 보면 이를 확인할수가 있다.

넷째, 자신을 끊임없이 성찰하는 태도를 취한다. 「수죽당」, 「경명문」, 「읍청헌」, 「연처초연각」, 「한산사」, 「척산」, 「귀봉산」, 「고소대」, 「연무각」, 「농구정」, 「관덕정」, 「마래산」 등에서도 자신을 돌아보면서 무인으로서의 절인, 지방관으로서의 덕인, 개인으로서의 현인을 다짐하는 구절들이 여기저기서 쉽게 발견된다.

역사문화적 의의와 주요 내용을 살펴보자. 먼저 관아는 당헌, 문루, 누대 등인데 그 위치나 규모는 여러 문헌을 통하여 상세히 알 수 있다. 관아 중 「북장대」 외에는 전라좌수영 안에 있는 건물들로서 좌수영성을 복원할 때 매우 중요

흥국사 대웅전 목조석가여래삼존상과 후불탱화

한 자료가 될 수 있으며, 건물의 명칭 역시 주목할 필요가 있다. 「간숙당」, 「내아」, 「여수 정당」, 「읍청헌」, 「종명각」, 「진남관」, 「찰미헌」, 「수죽당」, 「경명문」, 「영화문」, 「진남문」, 「총인문」, 「통의문」 등이다.

유교와 관련된 시는 13수이다. 「향교」는 여수 유림의 '3복 3파(三復三罷)'의 한을 담고 있는 곳이다. 그래서 여수군이 설군이 되자 제일 먼저 주민들이 추진한 것이 향교의 설립이었다. 그 이전에는 「종명재」, 「봉명재」, 「방해재」 등 서당을 세워 꾸준히 인재를 양성했다. 전라좌수영 지역이라 무예 연마 정각이 많았지만 「농구정」, 「만하정」, 「복파정」은 분위기가 군사기지 답지 않게 평화 지향적이다. '거북선과 놀다(弄龜).'라던가 '파도를 재운다(伏波)'라는 시제가 그렇다. 단묘는 「둑당」과 「사직단」, 「성황단」, 「여제단」이 있었다. 정확한 위치를 알 수 없으나 군대와 백성들의 안녕과 풍요를 위해 제를 지냈음을 알 수 있다. 사단으로 「차문절공묘」, 「충무공영당」, 「충민사 옛터」가 있다.

불교 관련 시는 8수로 당시 여수군에 있었던 절을 모두 돌아보고 시를 남겼다. 특히 흥국사 「보조국사부도」의 가치를 알아보고 옥부도(玉浮屠)로 표현 했다. 석조물에 대한 시는 6수로 역대 수사들의 「유애비」, 「화대」, 「충무공대첩비」, 「석인」, 「연등돌다리」 등이다. 시설에 관한 시는 10수로 군사 시설인 영(營)—「성첩」, 진(鎭)—「고돌산진」, 보(堡)—「석창」을 전부 시제로 삼고 있다. 「참경도고성」은 장군도에 있는 고성(古城)으로 유일의 수중성이다. 역참, 봉수, 목장은 군사, 교통, 행정의 중요한 제도로 「덕양역」, 「우산봉수」, 「어목문」 등을 읊었다.

자연은 33수로 가장 많다. 산천과 섬, 나루, 샘, 기암, 숲 등이다. 지명은 지금과 거의 같거나 비슷하다. 「미두진」의 위치는 추정하기 어렵다. 「장대숲(將臺藪)」은 '솔밭거리', '수동(樹洞)'라고 불리던 곳이다. 「여기암」 등 기암(奇巖)을 노래한 6수는 지금도 전설이 그대로 전해지고 있어 시와 어우러지면 훌륭한 관광 자원이 될 수 있겠다. 산업은 염전, 제언, 어기, 장시, 대장간, 지소, 어살, 물레방아 등이다. 장타령이 전하고 있어 민요가 「나지포장시」의 내용은 더욱 흥미를 끌게 한다.

여수의 각종 자연자원과 문화경관지에 대해서 읊은 106수의 연작시 「여수잡영(麗水雜詠 一百六截)」은 문화의 정의를 만족 시킬 수 있는 모든 요소를 포함하고 있다. 여수군수 오횡목은 여수의 모든 것에 문화라는 옷을 입힌 셈이다. 앞으로 『여수총쇄록』 3책에 실린 문화정보도 국역과 함께 감상과 해설을 곁들이는 일이 이어져야 할 것이다.

　아울러 총쇄록의 「여수잡영106수」는 문화관광상품으로 활용할 수 있을 것 같다. 문화관광 분야는 전 세계적으로 어떤 다른 유형의 관광 보다 빠르게 성장하고 있다. 문화관광자들은 문화유산에 담겨 있는 다양한 아이디어들을 숙고하면서 다른 사람들의 생활 모습을 탐험하거나 경험하기를 원하는 사람들이다. 따라서 「여수잡영」의 활용은 이런 사람들의 관광 욕구를 충족시킬 수 있는 매력적인 상품이 될 것이다.

　이를 위해서 「여수잡영」을 활용한 문화관광상품 개발은 다른 지역에서 찾아볼 수 없는 매력 요소를 과감히 도입하여 차별화 시키는 전략적 선택을 해야 한다. 이렇게 특수한 주제와 체험을 창조할 수 있도록 개발된 「여수잡영」은 관광객에게 다양한 체험 기회를 제공하는 생동감 있는 문화관광 상품이 될 것이며, 여수시가 가지고 있는 관광의 사각(死角)인 계절성관광을 극복할 수 있는 대안이 될 것이다.

　「여수잡영」의 활용은 관광상품 뿐 아니라 구도심권과 농어촌지역을 살려내는 도시재생의 촉진제로서 대안적 경제 전략의 중요한 도구가 될 것이다. 또한 관광객의 수를 증가시켜 고용 증대와 부의 창출로 침체된 경제를 소생시킬 수 있는 다중적 효과를 노리는 사업일 수도 있다.

　「여수잡영」의 관광상품화계획은 주제별, 지역별로 재구성하고 이것을 다시 한나절, 온종일, 1박 2일 코스 등으로 구체화 시키면 된다.

　마지막으로 「여수잡영」은 관광자원인 동시에 역사·사회교육의 자원으로 활용될 뿐 아니라 시민들의 자부심과 애향심을 고취시킬 수 있는 자료가 되기에 충분하다.

제2부

여수를 읊다

제대로 민심 살펴 충성하란 저의렷다

청사 낡아 새로 지어 준공을 보았네	舍舊圖新謹厥終
제대로 민심 살펴 충성하란 저의렷다	秉彝敦俗底于衷
조정의 대신들은 편을 갈라 싸우는데	三槐九棘分朝始
지방관도 국가 은혜 한 가지 아니던가	偏荷邦恩一視同

정당은 지방 관아이다. 요즈음으로 말하면 시청사쯤 된다. 오횡묵 군수가 여수에 부임했을 때는 청사가 되게 낡았던 모양이다. 그래서 이를 마음먹고 새로 지어 준공을 보고 이 작품을 지었다.

당시 조정은, 민중들은 안중에도 없이 러시아와 일본을 등에 업은 세력들 간에 싸움질로 날 샌 줄을 몰랐다. 고종은 일본의 간섭을 벗어나기 위해 1896년 경복궁을 나와 러시아 공사관으로 피신했다가 이듬해 경운궁으로 갔다. 이 때 대신들도 양대 세력으로 갈리게 된다.

이런 와중에 작자는 1897년 천리 변방 여수의 초대 군수를 맡았다. 와서 보니 청사는 낡아 있었다. 곧바로 새로 일을 도모하여 마침내 궐종(厥終)을 보게 되었다. 끝을 보았다는 뜻이다. 오 군수는 새 청사 신축을 타고난 직분을 그대로 지켜[秉彝], 풍속을 돈독히 해서[敦俗] 국가에 충성하라는 엄중한 저의(底意)로 받아들였다.

삼괴구극(三槐九棘)은 조정 대신들을 뜻하는 말이다. 줄여서 괴극(槐棘)이라고 한다. 중국 주(周)나라 때, 조정에 회화나무[槐樹] 세 그루를 심어 이를 향해 삼공(三公)이 앉고, 가시나무[棘樹] 아홉 그루를 심고 오른쪽에는 경대부(卿大夫), 왼쪽에는 공(公)·후(侯)·백(伯)·자(子)·남(男) 등이 앉았다. 여기서 이 말이 나왔다. 위에서 언급했던 것처럼, 당시 대신들은 양편으로 갈려 있었다. 분조(分朝)는 왕이 거느리는 조정 외에 위급한 상황에서 따로 설치한 작은 조정을 말한다. 여기서는 조정이 러시아와 일본 세력으로 나누어진 권력다툼으로 이해하자.

조선시대에도 궁궐 주위에 위 두 나무를 많이 심었다. 서원이나 향교 등 학당에는 회화나무를 심었다. 아무리 회화나무를 심고 가시나무를 가꾸어 높은 자리에 올라도 민심을 제대로 살피지 못하고 개인의 욕심만 부리는 형편없는 관리는 탐관오리일 뿐이다. 이는 예나 지금이나 마찬가지다. 작가는 조정 대신이나 외방의 군수 자리도 모두가 국가

여수 정당(좌수영 동헌) 건물터 출토 '鄭晟' 명 기와 (2018.2월 전남문화재연구원 발굴, 여수시청 제공)

의 은혜가 아니냐 반문하고 있다. 여기에는 본인도 지방관으로서 민심을 잘 살피고 임금에게 충성하겠다는 도스름이 담겨 있다. 지시적 화법의 문학적 표출이다.

여수의 역사는 선사시대까지 거슬러 올라가는데, 마한 연맹체의 하나인 원지국(爰池國)과 관련 있을 듯싶다. 백제 때 원촌현과 돌산현, 통일신라 때 해읍현과 여산현이었는데, 여수라는 이름은 고려 충정왕 때 처음 등장한다.

불행하게 여수는 조선 건국과 함께 폐현과 복현을 세 번이나 거듭하게 된다. 그러나 성종 때 현보다 위계가 높은 전라좌수영이 설치되어 5관 5포를 관할했다. 그러다가 1896년 돌산군이, 다음해인 1897년 여수군이 신설되었다. 돌산 초대 군수 조동훈(趙東勳)은 여수군 복설에 큰 역할을 했다고 알려져 있다. 여수 초대 군수는 오횡묵이었다. 여수와 돌산은 100여 년이 지나며 여수시, 여천시, 여천군으로 쪼개졌다가 지난 1999년 여수시로 통합되어 오늘에 이른다.

여수정당은 여수 군청이니 원래 전라좌수영의 동헌이었다. 여수군청은 1917년 8월 15일 밤 1시 경 야근원이 촛불을 들고 서고에서 문서를 찾다가 실화로 불이나 부속 건물들과 함께 사흘간 불탔다고 한다. 불타 버린 전라좌수영 동헌이 복원될 것이라 하니 옛 모습을 볼 날도 머지않았다. 2018년 2월 건물터가 확인되었고 '정성(鄭晟)'명문 기와가 출토되었다. 1718년의 진남관 중건 인명록 현판에 '책응도감 정성'이 있어 정성이 공사 책임관으로 동헌과 진남관을 수리했음을 알 수 있다.

위치 여수시 진남로 89(군자동 465) 일원
주석 여수는 비단 행정상에 있어 이 군의 이름이어 또한 가히 취할 수 있는 탓에 게판하여 그대로 했다[麗水政堂○麗水 非但是郡名於行政上 亦有可取故揭爲常自].

명언이 여기 있다, 이 말씀 따르리

눈서리 몰아친다, 아니다, 장엄하다 　莊嚴非謂雪霜衝

비와 이슬 내린다, 그렇다, 어루만진다 　撫宇聊同雨露濃

새로 건 빛난 현판 참으로 좋구나 　　新額煌煌眞可愛

명언이 여기 있다, 이 말씀 따르리 　　名言玆在念玆從

　간숙당의 원래 이름은 운주헌이었다. 운주(運籌)는 궁리하고 계획한다는 뜻이다. 오 군수는 운주헌을 간숙당으로 고쳐 현판을 붙였다. 간숙이란 덕을 오로지하고 마음을 잡아 결단한다는 뜻이다. 군수는 간숙당을 민중들과 소통하고 관리들과 숙의하는 공간으로 활용했던 것으로 보인다.

　설상(雪霜)과 우로(雨露)는 문학에서 전혀 반대 개념의 대치어로 쓰인다. 눈과 서리는 민중을 무섭고 고통스럽게 한다. 하지만 비와 이슬은 민중을 어르고 쓰다듬는다. 1구와 2구는 간숙당이 민중을 벌주는 곳이 아니라 헤아리는 곳이라는 함의를 내포하고 있다.

　북송 때였다. 유안례(劉安禮)가 주자(朱子)의 스승 정호(程顥)에게 백성을 다스리는 도리를 물었다. 정호는 '백성들로 하여금 각각 그들의 뜻을 펴게 하라.'고 대답했다. 다시 아전을 거느리는 도리를 물었다. 이번에는 '자신을 바르게 함으로

간숙당

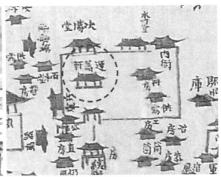

간숙당(운주헌)

써 다른 사람도 바르게 하고 사물의 이치를 끝까지 파고들게 하라.'고 일렀다. 『명심보감』에 나와 있다.

이 시는, 지방관으로서 민중들에게는 뜻을 펴게 하고, 아전들에게는 자신의 바른 모습을 보여주는 것, 그것이 공직자로서의 태도라는 걸 말하고 있다. 오 군수는 간숙당 현판을 걸어 두고 유안례와 정호의 대화를 상기하면서 민중들에 대한 솔선수범을 스스로 보여주려 했던 것이 아니었을까? 4구에서는 그렇게 하겠다는 비장한 각오가 읽혀진다.

여수군청의 정당(동헌)인 간숙당은 원래 운주헌(運籌軒)으로 4칸인데 결승당(決勝堂) 앞에 있었다.

동헌은 정면에는 '당(堂)'이나 '헌(軒)' 등의 편액을 걸었는데, 감영에서는 '교화를 베푼다'는 뜻의 '선화당(宣化堂)'이 가장 많은 반면, 병영과 수영에서는 '군막 속에서 전략을 세운다'는 뜻의 운주당(運籌堂) 또는 운주헌이란 명칭을 많이 사용하였다. 특히 이순신 장군 본영의 처소는 항상 이 이름으로 불렀다고 한다.

초대 군수로 부임한 오횡묵은 운주헌이 군영의 명칭이기 때문에 행정의 치소의 의미를 가진 간숙당으로 당호를 바꾼 것으로 생각한다.

1847년에 간행된 『호좌수영지(湖左水營誌)』에는 결승당과 운주헌이 별도로 존재하는 것으로 명기하고 있으나, 1870년에 간행된 『호좌영사례』의 '공해각처(건물현황)'의 내용 가운데 결승당과 운주헌)과 관련한 기사에서 기사년에 두 건물을 합쳐 운주헌으로 중수하였다고 밝히고 있다.

위치 여수시 진남로 89(군자동 465) 일원
주석 간숙당은 대청내 ㅁㅁ이다. 옛 운주헌인데 명호를 붙이지 않았다가 이번에 백성의 일에 임해서는 간편히 하고 이서를 부릴 때는 엄히 하라는 뜻을 취해 고쳤다[簡肅堂ㅇ 大廳內ㅁㅁ卽舊運籌軒名號不着故今改取臨民以簡御吏以肅之義].

진수성찬 바라보니, 아차 이곳이 변방이구나

만물의 움직임은 헤아리기 어려워도	一生萬動量無雙
삼기육평 악률에 그 가락이 있느니라	三紀六平律有腔
자신 경계와 병무 생각이 오직 나의 소임인데	警身思武惟余用
진수성찬 바라보니, 아차 이곳이 변방이구나	鼎食從看此海邦

　　종명각은 결승당(決勝堂)의 그 전 이름이다. 이 충무공의 한산대첩 때, 여수의 주산 종고산도 승전을 예감하며 3일 동안이나 울었다고 한다. 아마도 오 군수는 그 울림으로 결승당을 종명각으로 이름하고 이 시를 탈고하지 않았나 싶다.

　　오행(五行)사상에 따르면, 물이 낮은 곳으로 흐르는 기본 속성을 잃게 되면 영험이 있는 산이나 바위에서 저절로 종이 울리고 곧 이어 여러 가지 이변이 발생한다고 한다. 이를 미리 헤아리기란 어려운 일이지만, 옛 선비들은 이런 자연의 소리를 악률로 해명하여 시가와 접목시켰다. 다산 정약용은 악률이 일원(一元) → 삼기(三紀) → 육평(六平) → 십이율(十二律)로 전개된다고 했다. 여기서 이를 일일이 해명하기는 번거롭기도 하거니와 군더더기일 것 같다. 다만, 이 시에서 삼기(三紀), 육평(六平), 강(腔)은 모두 흐르는 물처럼 일원에서 나오는 악률의 범주로 이해하면 된다. 그러면서 유학자들의 사상적 기저에는 시가가 풍속과 민심 교화

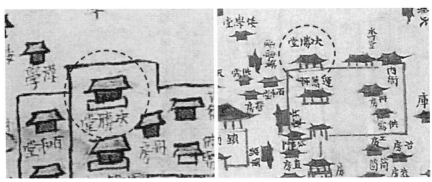

종명각(결승당)

의 호재로서 예(禮)와 악(樂)을 동일시했다는 것도 헤아리면 될 것이다.

비록, 지방일지라도 군수는 행정 및 재정권과 병권 등 막강한 힘을 가지고 있었다. 그래서 자칫 이를 잘못 쓰게 되면 탐관오리가 될 수 있었다. 실제로 조선 말기는 삼정의 문란으로 민중 생활은 피폐하기 이를 데 없었다. 그로 인해 여기저기서 봉기도 일어났다. 이러한 때, 오 군수가 여수에 와서 종명각 앞에서 오로지 민정에 대한 끊임없는 경계를 게을리 하지 않았다. 적어도 이 시를 보면 그렇다는 걸 알 수 있다.

4구에 어려운 시어가 하나 있다. 정식(鼎食)이다. 이 말은 종명(鍾鳴)과 함께 쓰인다. 종명정식은 종을 울려서 사람을 모으고 솥뚜껑을 벌여 놓고 다함께 밥을 먹는다는 뜻이다. 원래 귀족의 호화롭고 사치스런 생활을 비유하는 말로,『사기』에 나와 있다. 오 군수는 진수성찬 앞에서 이곳이 바다를 방비해야할 변방임을 깨닫는다. 작가 자신에 대한 깊은 성찰이라 할 것이다.

결승당은 운주헌(간숙당) 뒤에 있었던 건물로 우후가 집무하던 곳이다. 우후(虞候)는 각 도 절도사에 소속된 관직으로 주장인 절도사의 막료로서 주장을 보필한 까닭에 아장(亞將: 副將)이라고도 한다. 수군절도사에 소속된 우후는 정4품이고, 임기는 720일(2년)이다.

결승당의 당호 역시 군영의 당호라 간숙당으로 개명했는데 여수의 주산인 종고산(종명산)에서 그 이름을 취했다고 한다.

종명(鐘鳴)은 임진왜란 때 전라좌수영의 주산인 종고산이 종소리 같은 소리로 울었다고 한데에 유래 한 것이다.

위치 여수시 진남로 89(군자동 465) 일원
주석 종명각은 옛 결승당이다. 이번에는 붙이지 않았다가 주산의 이름이 넉넉하여 명자를 취하였다[鍾鳴閣○即舊決勝堂 今則不着故 取主山名足之以鳴字].

봄바람 따스한 곳에서 백성을 대하네

가을 달빛 밝은 데서 관리의 거동 보고	秋月光中看吏儀
봄바람 따스한 곳에서 백성을 대하네	春風煖處待民資
모든 사람 희로애락은 오직 마음속에 있는 것	蒼生憂樂惟方寸
언제나 자문(自問)하여 자신을 속이지 말게나	每問身心毋自欺

찰미헌(察眉軒), 참 재미있는 말이다. 이 말은 전한(前漢)의 정치가 동방삭(東方朔)과 관련이 있다. 동방삭은 반은 사람이요 반은 짐승이었는데, 서왕모(西王母)의 복숭아를 훔쳐 먹고 삼천갑자 1만 8천 년을 살았다고 전한다. 그는 상대방의 눈살 찡그리는 모양을 보고 상대의 근심과 즐거움을 알아냈다고 한다. 그래서 미사(眉事)라는 교시적인 말이 『명심보감』에도 이렇게 나와 있다. "평생 눈살 찌푸릴 일을 하지 않으면 이빨 가는 원수가 생기지 않는다(平生不作皺眉事 世上應無切齒人)"고….

꾸지람은 아무도 안 보는 곳에서 하고, 칭찬은 여러 사람 앞에서 하는 법이다. 관리들의 비위는 항상 어두운 곳에서 벌어지기 때문에 감독자가 이를 알아내기 위해서는 은밀한 접근이 필요하다. 반대로 민중들에게는 밝은 데서 따뜻한 말로

찰미헌

칭찬을 곁들이면 선정을 폈다고 말할 수 있다. 칭찬은 고래도 춤추게 한다고 했다. 오 군수는 이런 적극적 보상의 기술을 터득하고 민중들과 늘 함께 했다.

방촌(方寸)은 사람의 속마음을 말한다. 겨우 사방 한 치 정도 크기의 심장은 사람들의 가장 깊숙한 곳에서 숱한 걱정이나 기쁨을 모두 관장한다. 이를 다스리는 것은 자기 자신이다. 이 시에서 자신에게 끊임없이 질문하라는 뜻은 곧 자신의 심신을 명경지수처럼 닦으라는 말과 같다. '자신의 닦음'이라는 수기(修己)는 인간 개개인의 주체적인 자기완성을 의미한다. 이는 남을 다스리는 치인(治人)의 절대적 선결 요건이다.

120년 전, 실제로 오 군수가 이런 선결 요건을 다 갖추고 지방관으로서 선정을 폈는지는 확실치 않다. 그래도 그가 찰미헌에서 자신에게 정직하면서 밤낮으로 아래 관리를 다스렸고, 여수 사람들을 살갑게 대했을 것이라 예측은 할 수 있다. 오 군수는 감성적 언어로 선정을 폈던 게 아니었을까?

찰미헌의 위치는 정당 즉 간숙당 앞(政堂前軒)에 있다고 쓰고 있으나 사진으로 보면 정당의 동쪽이 아닌가 추정된다. 그 이유는 다른 사진을 보면 왼쪽에 '여수'라는 현판이 보이기 때문이다.

찰미(察眉)는 '마음 알려거든 눈썹 먼저 살펴보소(欲會心願察眉)'했듯이 여기서는 '백성들의 눈썹을 살펴서 바라는 뜻을 속속들이 다 보며 마음을 헤아려 선정을 펴라'는 뜻으로 곧 "백성들의 걱정과 즐거움을 눈썹에서 살핀다"는 의미다.

위치 여수시 진남로 89(군자동 465) 일원
주석 찰미헌은 정당 앞에 있는 건물이다. 동방삭이 창생이 즐거워 하는가를 눈썹을 보듯이 가히 살펴라고 하였다[察眉軒○卽政堂前軒用 東方朔所云 蒼生憂樂 見其眉事 可察之語].

서산의 상쾌한 기운 아침햇살 쫓는다네

홀제(笏制)는 원래 살못을 방비하는 것이니	制笏元來備失違
벼슬 따라 언제나 예의 위엄 갖추었지	隨紳常自正儀威
짬 내서 한가로이 관루 올라 바라보며	休暇官樓還拄頮
서산의 상쾌한 기운 아침햇살 쫓는다네	西山爽氣趁朝暉

주홀루는 그 전에 완경루(緩輕樓)였다. 완경은 여유 있고 한가로운 생활을 의미한다. 오 군수는 완경루를 주홀루라 바꾸고 여유가 있을 때마다 이곳에 올라 승경을 즐겼을 것으로 짐작된다.

홀(笏)은 옛날 문무 관리들이 관복을 차려 입고 임금을 뵐 때나 의례 때 손에 들었던 물건이다. 한 자 정도의 길이에 두어 치 정도의 폭으로 옥, 상아, 괴목, 대나무 등으로 얄팍하게 깎아 만든다. 처음에는 어명을 잊지 않으려고 기록하던 문서기능의 실용적 기구였으나 후에는 신분을 나타내고 임금에게 충성한다는 장비로 쓰였다. 그래서 홀은 그 자체가 예의와 위엄의 상징이었다.

진나라 왕희지의 아들 왕휘지(王徽之)가 환충(桓沖) 부하로 있을 때였다. 환충은 황휘지가 소임을 다 한다는 말을 듣고 기꺼워 요즈음은 어떻게 지내는 지를 물

주홀루(완경루)

었다. 왕휘지는 뜻밖에도 마치 동문서답하듯 홀로 턱을 괴면서 "서산의 아침 기운 지극히 시원하구나(西山朝來 致有爽氣)."고 응대했다. 아주 여유롭고 편안한 생활을 하고 있다는 뜻이다. 여기에서 주홀간산(拄笏看山)이라는 말이 나왔다.

이 시는 왕휘지의 주홀간산에 그 근간을 두고 있음을 쉽게 알 수 있다. 누정 이름도 그렇거니와 아침부터 저녁까지 망중한을 즐기는 작가의 심상이 그대로 드러나 있기 때문이다. 주홀간산이야말로 요즘 유행어로 말하면 힐링(healing)과 한 가지 아닐까? 힐링은 대개 자신이 겪은 상처나 괴로움 그리고 피로 등을 한가로운 여유와 아름다운 경물을 통해 회복한 기운이다. 주홀루는 오 군수에게 힐링 명소와 다름이 아니었다.

『호좌수영지』에 완경루(緩輕樓)는 2층 3칸인데 정변문 앞에 있으며 옛이름은 정원(定遠)이다. 1684년(숙종 10, 강희 23)에 절도사 한근(韓根)이 창건하고 1759년(영조 35, 건륭 24) 을유에 절도사 이윤덕(李潤德)이 개건하고 친히 서액하였다. 『호남여수읍지』는 주홀루를 정당의 서루라고 했다.

위치 여수시 진남로 89(군자동 465) 일원
주석 주홀루는 곧 옛 완경루였는데 지금은 왕유의 '주홀간산(拄笏看山)'의 뜻에서 취하여 고쳤다[拄笏樓○卽舊緩輕樓 今改取王維拄笏看山之義].

흰 파도 청량한 산, 바라보면 아름답고

마음 티끌 씻어내며 무이시(武夷詩)를 읊으면서	掃劫挹淸詠武餘
새로운 마음으로 여수에 부임했네	蹟新滌舊蒞衙初
흰 파도 청량한 산, 바라보면 아름답고	烟濤山爽登臨美
거문고와 책이 있어 지내기 그만이네	更有琴書佐起居

읍청(挹淸)이란 맑고 깨끗한 천지를 바라보면서 세속의 때를 씻어낸다는 의미이다. 옛 선비들은 벼슬로 나서는 것과 자연 속에 묻혀 은일 자적(隱逸自適)한 생활을 동일시하였다. 이 시에서는 아름다운 여수 앞바다와 주변의 산에 취해 은일자적한 작자의 심상이 은연중에 느껴진다.

여수는 풍광이 아름답다. 그래시 팔경이 전한다. 19세기 말에만 해도 봄바람에 푸른 물결이 넘실거리는 대섬, 휘영청 떠오르는 고소대의 달, 은은한 저녁 종소리에 밤이 깊어 가는 한산사, 만선의 고깃배들 돌아오는 경호도, 목동들의 풀피리 소리 아름다운 예암산, 만선의 고깃배들 뱃노래에 흥겨운 종포, 아침 햇살 찬란히 오르는 봉강 언덕, 아지랑이 넘실대는 마래산 등 8경은 그대로 그림같이 보였을 것이다.

중국 복건성에 있는 무이산은 수많은 기이한 봉우리와 그 사이를 아홉 번 꺾여 흐르는 계곡이 어울려 일대가 장관을 이룬다. 주자(朱子)는 여기에 무이정사(武夷精舍)를 세워 심신을 닦고 후학을 가르치며 성리학 이론을 정립하였다. 그의 생활과 저술은 말할 것도 없고, 특히 뱃노래 「무이구곡가(武夷九曲歌)」는 조선조 내내 우리나라 선비들의 시를 짓는 교범이었다.

읍청헌에 오르면 여수의 아름다운 승경이 눈앞에 펼쳐진다. 시를 쓰는 사람에게 이러한 진경산수는 그대로 음악이 있는 언어로 그림이 된다. 오 군수도 여수의 아름다운 자연을 진지하게 바라보면서 주자의 생활과 학문을 수용하겠다는 뜻을 유장한 시어로 그림 그리듯 형상화 했다. 4구에다는 작자 자신의 유유자적한 정의(情義)를 거문고와 서책에 의탁하여 담아냈다.

탁열(濯熱)이란 말이 있다. 북송 때의 유명한 정치가이며 학자(學者)인 사마광(司馬光, 1019~1086)의 「독락원기」에 나온다. 더울 때 사마광은 대얏물로 몸을 씻었다.

또한 탁열은 탁족과도 닿아 있다. 맹자(孟子)는 "창랑의 물이 맑음이여, 나의 갓끈을 씻으리라. 창랑의 물이 흐림이여, 나의 발을 씻으리라(滄浪之水淸兮 可以濯吾纓 滄浪之水濁兮 可以濯吾足)."하였다.

탁열이든 탁족이든 일종의 피서법이라 하겠는데, 정작 그 진의는 마음에 묻은 때를 씻고 수양한다는 말이다. 사마광이 독락원에 독서당을 짓고 5,000여 권의 서책을 진열해 두고 은일자적하며 이를 읽었던 것이나 퇴계 이황이 한여름에도 방문을 걸어 잠그고 밤낮으로 성현들의 글을 읽었던 것은 다 그런 뜻이다. 서하당 김성원(金聲遠, 1595~1597)의 작품으로 알려진 성산계류탁열도(星山溪柳濯熱圖)는 성산 주변의 맑은 물을 배경으로 서하당, 식영정, 환벽당이 그려져 있다. 이곳에서 선비들은 독서도 하고 시회도 가졌다.

오 군수는 영무헌을 탁열읍청에서 취하여 읍청헌이라 주석을 달았다. 결국 읍청헌은 아름다운 진경을 배경으로 독서도 하고 글쓰기도 하면서 마음을 수양하는 곳이었음을 알 수 있다. 다만, 그 정확한 위치를 알 수 없음이 아쉽다.

주석 읍청헌은 옛 영무헌인데 이번에 '탁열읍청(濯熱挹淸)'의 뜻을 취하여 고쳤다[挹淸軒 ○卽舊詠武軒 今取濯熱挹淸之義].

서리보다 굳은 절개 옥구슬과 함께하네

거울 같은 맑은 마음 먼지 한 점 없어라	澄心如鑑點塵無
서리보다 굳은 절개 옥구슬과 함께하네	貞節凌霜蔓玉俱
죽풍(竹風)과 수월(水月)은 진정으로 나의 마음	竹風水月眞余素
잊을 수 없다 해도 나는야 잊혀지겠지	不忘者存故忘吾

　수죽당은 동헌과 내아 사이에 있었던 건물이다. 당시, 여수 동헌 주변에 물이 흐르고, 대나무가 곱게 한들거리는 언덕이 있었는지, 오 군수는 죽풍수월(竹風水月)을 현판 이름으로 끌어 들였다. 그러면서도 스스로 경계하고 조심하고자 한 뜻을 이 절구에 담았다.

　대나무는 사철 푸르고 곧게 자란 성질을 가지고 있다. 그런 물성 때문에 사군자의 하나로서 지조와 절개의 상징으로 인식되었다. 문학적으로, 겉으로 드러난 성질은 외연으로, 감정적 연상은 내포로 정의한다. 이 시에서 1구는 꼿꼿한 대나무의 외연이, 2구는 절의라는 내포가 어울리는 조응관계를 이루고 있다.

　공자는 안연에게 이런 말을 한 적이 있다. "비록 내가 죽어 잊더라도 나는 잊혀지지 않고 언제나 존재하리라(雖忘乎故吾 吾有不忘者存)." 다소 난해한 이 말은, 사람은 해가 뜨고 지듯이 자연의 변화와 함께 살아갈 뿐이고, 죽은 사람이 추

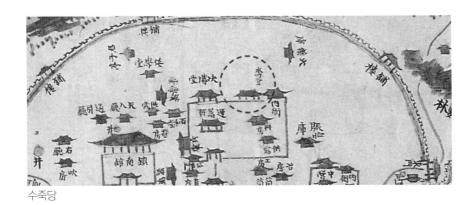

수죽당

구했던 올바른 사상이나 본질은 그대로 남아 이어 간다는 뜻이다. 스승으로서 제자에게 겉으로 드러나는 스승의 외연만 익히지 말고, 내적 본질과 가치를 배우고 깨우치라는 당부의 뜻이다.『장자(莊子)』에 나와 있다.

오 군수는 자신을 대나무에 부는 바람으로, 물에 비친 달로 상치했다. 이것은 자연의 변화와 함께 잊혀 질 현상이다. 4구에서 자신을 잊혀 질 것으로 표현한 속내는 대나무 속성처럼 잊혀지지 않는 존재로 남고 싶다는 역설일 것이다. 서리보다 냉찬 절의와 옥구슬과 같이 단단한 품성을 지닌 불망자존(不忘者存)이고 싶은 마음이 이 작품에 감춰진 본뜻이라 하겠다.

수죽당은 정당인 간숙당(운주헌)과 내아 사이에 있는 9칸 건물이다. 「전라좌수영지도」에서도 내아와 결승당 사이에 나와 있다. 지붕은 팔작지붕형태로 관아 건물의 위엄을 보여주고 있다.

위치 여수시 진남로 89(군자동 465) 일원
주석 수죽당은 내동헌인데 예전부터 걸려 있어 지금은 그대로 하였다[水竹堂○即內東軒舊揭今仍存之].

보국의 굳은 마음 어느 때나 다하리요

대궐 향한 높은 누각 바로 앞은 깊은 바다	望闕高樓傍海蹄
기둥들과 대들보가 하늘을 받쳤구나	負樑砥柱擎天齊
보국의 굳은 마음 어느 때나 다하리요	存心報國何時了
종이에 시 쓰려니 제목도 못 붙이겠네	覓紙新詩謾自題

망해루는 진남관 문루(門樓)이다. 문자 그대로 바다를 바라보는 누각이라는 뜻이다. 이 시는 누각에 올라 바다를 바라보면서 나라에 충성하겠다는 뜻을 의미심장하게 표출하였다. 무인의 기개가 엿보인다.

기둥과 대들보는 건축물을 떠받치는 핵심이다. 동량지재(棟樑之材)는 여기에서 나왔다. 문학적으로는 나라의 큰 인물로 비유된다. 망해루 동량은 핵심적인 인물이고, 망해루 건축물은 나라를 지키는 보루이다. 망해루에 올라 진충보국을 상기하지 못했다면 나라의 중책을 맡은 지방관으로서 그 책무를 잃어버렸다 할 것이다.

봉건시대는 임금이 곧 국가였다. 보국은 임금에 대한 충성이 그 처음이자 마지막이었다. 망궐례(望闕禮)도 그 의식의 하나였다. 직접 임금을 배알하지 못한 지방관은 나무에 궁궐과 임금을 상징하는 '궐(闕)'자와 '전(殿)'자를 새긴 패(牌)를 만

복원된 망해루

망해루(『호좌수영지』)

들어 관아의 객사에 정중하게 봉안하고 국왕이나 왕후의 탄일을 비롯하여 명절과 매월 초하루, 보름에 예를 올렸다. 이 시는 첫 시어부터 '망궐'로 시작했다. 임금에 대한 충성 다짐이 이 시의 착상이었다는 뜻이다.

　일반적으로 한시는 작품의 소재나 주제를 제목으로 삼는다. 이 시의 소재는 망해루이다. 망해루는 그 어의만을 생각한다면 멋진 풍류와 정감이 넘치는 소재이다. 그런데 바라보는 객관 상관물은 아름다워도 아름답다고 할 수 없는 변방의 여수바다이다. 그래서 이 시는 비장미가 느껴진다.

　『호좌수영지』에 '망해루는 2층 3칸인데 진남관 앞에 있었다. 1664년(康熙 3년, 현종 5)에 절도사 이도빈(1664. 3~1666. 3 재임)이 개건하고 유혁연(柳赫然)이 서액하였다.'라는 기록이 있다.

　읍지에는 '망해루는 객사로 문루가 9칸이다.'이라는 기록이 있고 현재의 건물은 일제강점기에 철거한 것을 1991년에 다시 복원한 것이다. 중층 누각 건물로 정면 3칸, 측면 2칸. 지붕은 팔작지붕이다.

위치　여수시 동문로 11(군자동 472)
주석　망해루는 객사의 문루이다[望海樓 ○ 客舍門樓].

원로들과 어울려 거문고로 흥을 돋네

한가로운 가운데 화살과 함께하며	共閑作伴鶴形骸
원로들과 어울려 거문고로 흥을 돋네	與老相隨琴興懷
산수의 맑은 소리 이 또한 얻었으니	山水淸音兼以得
진락에 취한 것과 다름이 없네 그려	熱中眞樂逈無涯

연처초연각(燕處超然閣)은 군자정(君子亭)의 다른 이름이다. 오 군수는 군자정 현판을 이렇게 바꾸고 이 시를 지었다. 이 작품에는 한가로운 가운데 활쏘기와 노래를 즐기며 산수를 완상하는 장면이 정감 있게 그려져 있다.

활쏘기는 옛날에 짐승을 잡거나 전쟁에서 사용했던 무기였다. 그러다가 양반 자제가 반드시 익혀야 할 필수과목이 되었다. 심신을 단련하고 대장부로서의 호연지기(浩然之氣)를 기르는 데 이만한 놀음이 없기 때문이었다. 그래서 궁도라는 또 다른 이름을 가지게 되었다. 심기(心氣)를 집중하고, 예절을 지키며, 몸과 마음을 바르게 해야만 터득할 수 있는 궁술은 근래에는 건강 및 정신수양에 도움을 주는 스포츠로 일반화되었다. 오 군수가 재임했던 시절에도 궁도는 무술이 아니라 스포츠였을까?

연처초연(燕處超然)은 세상사에 얽매이지 않고 즐겁게 산다는 뜻이다. 『도덕경(道德經)』에, '성인(聖人)은 하루 종일을 가도 무거운 짐을 실은 수레를 떠나지 않고, 비록 영화로운 곳이 보이더라도 편안히 거처하며 초연한다(聖人 終日行不離輜重 雖有榮觀燕處超然.)'하였다. 명예나 부에 현혹되지 않는, 스스로의 마음을 다스릴 줄 아는 지혜가 필요하다는 뜻일 것이다.

활은 길고 가늘어서 학의 뼈대를 연상케 한다. 오 군수는 활쏘기 놀음을 하고, 원로들과 함께 어울려 노래를 즐긴다. 거기다가 아름다운 산수가 있으니 이만한 놀이터가 또 어디 있었겠는가? 이 정도면 진락(眞樂)을 즐긴다 할 수 있겠다. 작가의 여유가 유장한 언어로 리듬 있는 시작품이 되었다.

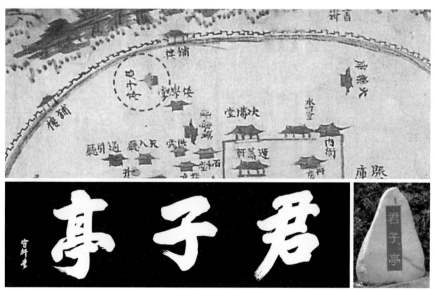

연처초연각(군자정, 위), 군자정 편액(아래 왼쪽), 군자정 표지석(아래 오른쪽)

연처초연각은 진남관 뒤편에 있던 활터로 옛날 군자정(君子亭)으로 4칸이었다.

1895년 전라좌수영이 기능을 잃어 헐리자 그 자리에 곽경환과 지역 유지들이 충무공 이순신의 얼을 받들기 위해 1918년 일제강점기에 무계(武契)를 조직하고 정을 중수하고 궁도장으로 활용했었다. 그러나 1935년에 일본이 가만두지 않아 광무동(궁동—광무동 사무소 뒤편의 산 비탈)으로 옮겨야 했다. 광복 뒤 다시 궁도연마를 위해 사우회를 조직하고 1975년 6월 10일 군자동으로 옮겼으나 현 진남체육공원내에 있던 "진남정"과 통합하여(1999년 10월 18일) 현재의 자리에 터를 잡았다.

위치 여수시 군자동 전26번지
주석 연처초연각은 옛 이름이 군자정인데 활쓰기를 익히는 곳이다. 이번에 제명을 붙이지 않았는데 개편하였다[燕處超然閣○舊名君子亭 卽習射所 今非着題 而幽閒軒敞○□□□□□ 故以是改扁].

사람 마음 비춰보면 바뀌기 참 어려워

일이 있어 날마다 정문을 왕래했지	門路有由日往來
속된 진애(塵埃) 그림자 피하기 어려웠네	影形難遁俗塵埃
사람 마음 비춰보면 바뀌기 참 어려워	照得人心誠未易
애오라지 거울 '경(鏡)'자 현판으로 걸었네	聊將鏡字揭扁裁

오 군수의 숙소는 내삼문 밖에 있었던 모양이다. 공적인 일은 동헌에서 보아야 했기 때문에 언제나 이 문을 드나들었을 것으로 생각된다. 그런데 내삼문에는 현판이 걸려 있지 않았다. 오 군수는 이곳에 경명문(鏡明門)을 현판으로 걸었다. 심신 수양을 위한 자기 다짐의 수단이었다고나 할까?

진애(塵埃)는 사전적으로 미세 먼지 같은 미립자이지만 문학적으로는 세속을 가리킨다. 불교적으로는 번뇌에 사로잡혀 있는 미혹한 중생의 세계를 뜻한다. 문학적으로나 종교적으로 생각하면 명예에 집착하고 이권을 탐하는 이 세상이 다 진애 천지다. 유가에서는 이 진애를 털어내기 위하여 명경지수(明鏡止水)를 마음 안으로 끌어 들였다. 이는 또한 입신을 위한 전제이기도 하였다.

정(鄭)나라 때였다. 신도가(申徒嘉)는 자신의 동문 정자산(鄭子産)에게 '거울이 밝으면 티끌이 앉지 않고, 티끌이 앉으면 밝지 못하다(鑑明則塵垢不止 止則

여수경명문

不明也)'고 말한 적이 있다. 『장자(莊子)』에 있다. 또 공자는 자신의 제자 상계(相季)에게 '얼굴은 흐르는 물에 비추면 보이지 않지만 고요한 물에 비춰야 볼 수 있다.(人莫鑑於流水 而鑑於止水)'고 충고한 적이 있다. 『논어』에 있다. 명경지수는 이 두 명언의 합성어이다.

근묵자흑(近墨者黑)이요, 근주자적(近朱者赤)이다. 검은 사람과 같이 있으면 흰 사람도 검어지고, 붉은 사람 가까이 있으면 함께 붉어진다. 한번 물들면 바꿔지기 쉽지 않다. 오 군수는 끊임없는 마음의 수양을 위하여 내삼문을 드나들 때마다 오로지 티 없는 맑은 마음, 명경지수만을 생각했다. 이 작품은 끊임없이 자신을 성찰하고자 하는 뜻을 담은 자경시(自警詩)라 할 것이다.

경명문(鏡明門)은 원래 전라좌수영 동헌의 정문인 정변문으로 여수군이 설치되면서 여수군청의 정문이 되었다. 오횡묵 군수는 출입하는 사람들의 마음이 거울같이 밝은 마음을 지니라는 의미로 경명문이라고 했다.

위치 여수시 진남로 89(군자동 465) 일원
주석 경명문은 내삼문이다. 군명이 여수임으로 이 문을 출입하는 사람은 마음을 거울같이 밝게 하라는 뜻을 취했다[鏡明門○內三門 以郡名麗水 而取出入此門者 持心如鏡之明云].

물 있고 바람 없어 중요한 해변 요새

수많은 화살 시위 어느 해에 진(陣)이 됐나   萬弩何年跡巳陣

좌수영을 오늘에야 새로이 돌아 봤네   鎭南今日運回新

천혜의 굴강 해자(垓字), 성 주변은 굳건하고   天將絶塹邊城固

물 있고 바람 없어 중요한 해변 요새   積水無風要路濱

진남문은 진남관 정문이다. 『조선환여승람』에는 만노루(萬弩樓)가 있었다고 기록되어 있다. 그 만로루가 진남문일 것이다. 이 시는 오 군수가 무인이 되어 진남문에서 좌수영성을 바라보며 그 위용을 노래한 절구이다.

전라좌수영성은 바다가 굴강처럼 감싸고, 고소대 같은 절벽이 성벽을 이룬 천혜의 요새이다. 고지도를 보면, 옛날에는 사방 5리 안에 진남관, 진남문, 망해루 등 수십 동의 건물들이 들어서 있었다. 그 중 진남문은 좌수영성의 남문이면서 정문이었다.

여수는 조선조 내내 해구들이 출현하는 길목이었다. 그래서 수영을 설치하여 방비했는데, 그 역사의 흔적이 지금도 여러 군데 남아 있다. 만노는 충북 진천의 옛 이름이기도 하다. 남북국시대에 만노는 백제 소속이었으나 고구려에게 빼앗

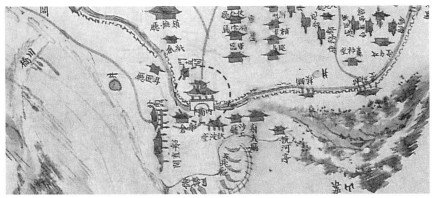

진남문(내남문)

겼다가 나중에 신라의 영토가 된다. 전라좌수영이나 만노는 치열했던 피아의 각축장이었다는 점에서 일체성이 있다. 그래서 만노를 작품의 첫 시어로 앉힌 것이 아니었을까?

오 군수는 원래 무과로 벼슬길에 오른 사람이었다. 그럼에도 시 짓는 솜씨 또한 뛰어났다. 그래서였을까? 주로 여러 곳의 외직을 맡으며 가는 곳마다 시를 남겼다. 이 시는 좌수영성의 위풍당당한 모습을 시로 그렸다. 무인다운 작가의 체취가 그대로 느껴진다.

진남문(鎭南門)은 전라좌수영의 남문으로 진남루 또는 만노루라고 불렸다. 철문으로, 『호좌수영지』에는 3층 3칸, 『호남여수군읍지』에는 2층 6칸으로 기록하고 있다. 진남관, 동헌과 함께 전라좌수영의 3대 건물로 칭한다. 좌수영의 남문은 지도에서 보는 바와 같이 좌수영의 남문인 내남문(진남문)이 있고 좌수영의 선소를 통제하기 위하여 만든 외남문이 있었다. 외남문의 현재 위치는 진남상가 입구이다.

위치 여수시 군자동 진남상가 입구
주석 진남문은 성의 남문이다[鎭南門○城南門].

아침에 뜨는 해가 똑바로 비추는 곳

아침에 뜨는 해가 똑바로 비추는 곳	天官直射扶桑昕
남포 구름 가로 질러 바닥에 깔리었네	地界橫連南浦雲
나를 앞서 영민(營民)들은 인수성에 오르고	敺我民躋仁壽城
봄이 오니 어른들은 농사 모습 보고 있네	春來翁且看耕耘

　총인문은 전라좌수영성 동문이다. 동문에서 바라보는 바깥세상은, 날마다 해가 뜨고 때로는 바다를 가로질러 바다 안개가 자욱하다. 풍광도 아름답거니와 오고가는 사람들도 태평하다. 이 시에는 그런 모습이 사실적으로 잘 나타나 있다.

　부상(扶桑)은 중국 전설에 나오는 동쪽 바다 건너 탕곡(湯谷) 위의 해 뜨는 곳을 말한다. 탕곡에 있는 부상나무는 불사와 재생의 힘을 갖고 있다고 한다.『산해경(山海經)』에는 '하루에 태양이 나왔다가 하루에 나간다(一日方至 一日方出)'고 했다. 여기에서 연유하여 부상은 그대로 동쪽을 가리키기도 한다. 동쪽은 그래서 불사와 재생의 의미를 지닌 상서로운 곳이다. 상서로운 좌수영성 동쪽 바다에 낮게 깔린 구름이라. 신비하리만치 아름다운 장관이다.

　지역사람들이 만족스럽게 사는 데는 아무래도 지방관의 책임이 중하다. 근심

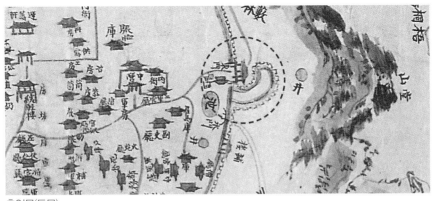

총인문(동문)

걱정 없이 어질게 오래 사는 삶이야말로 어느 인간이나 가장 바라는 바일 것인데, 여기서는 이를 '인수성(仁壽城)'으로 대치시켰다. 지역 사람들이 그 인수성을 오르는 장면은 바로 태평성대를 상징하는 것이 아니겠는가?

지혜로운 자는 즐겁고, 어진 자는 장수한다(知者樂 仁者壽).『논어』에 있는 말이다. 오 군수는 동문에서 부상을 바라보며 즐겁고 어진 지역사람들을 생각하지 않았을까? 이 시에는 요순시대를 내심 그리워했던 작가의 심상이 잘 드러나 있다.

총인문(摠仁門)은 전라좌수영의 동문루(東門樓)로, 2층 3칸인데 절도사 김등(金等=金永綬)이 철문으로 지었다. 총인문의 현재 위치는 여수시 관문동 1012번지, 동아아케이드 뒤편 속칭 여수극장골목 입구이다.

위치 여수시 관문동 1012
주석 총인문은 성의 동문이다[摠仁門ㅇ城東門].

'통의' 뜻 모름지기 현판으로 남아 있네

천리 길 국경에서 바다 지키고 있으니	千里關山護海門
성첩에 바람 불어 시흥이 돋는구나	一城風日動詩魂
서문 밖 바라보니 무엇인가 감춰 있는데	西成物色收藏地
'통의' 뜻 모름지기 현판으로 남아 있네	統義須知墨法存

통의문은 좌수영성 서문이다. 인의예지신(仁義禮智信)은 사람이 갖추어야 할 다섯 가지 도리이다. 이 오상(五常)에서 인의(仁義)는 그 머리이다. 그래서 동쪽은 인(仁)과, 서쪽은 의(義)와 결합된다. 동문을 충인문이라 하고, 서문을 통의문이라 하는 데는 이런 까닭이 있다

의는 유가에서 인을 실현하기 위한 실천적 방안이다. 군신관계든 부자관계든 의로써 질서가 유지되고, 잘잘못도 의리를 가지고 따진다. 도학, 절의, 의병 등 다 여기에서 나왔다. 동학이나 독립운동 나아가 4·19와 촛불혁명까지도 의의 실천으로 이해할 수 있지 않을까?

오 군수가 부임했던 19세기 말에도 여수는 변방이었다. 특히, 대한제국기 일본의 대륙 침탈 야욕이 노골화된 시기에 전라좌수영의 폐지(1895년)와 여수군의 설

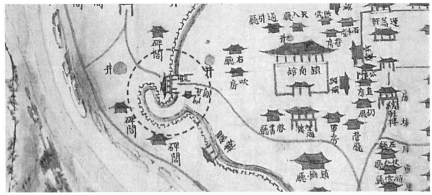

통의문(서문)

치(1897년)로 오 군수의 군사적 책무는 너무나 무거웠을 것이다.

변방 여수의 수장(守長)으로 부임한 오 군수는 좌수영성 서문에 올라 통의문 현판을 바라보며 시흥을 주체하지 못하고 이 시를 썼다. 통의문 현판은 작가의 의리정신과 한뜻으로 연결되어 있다고 할 것이다.

통의문(統義門)은 전라좌수영의 서문루로 2층 3칸인데 갑오에 절도사 김등이 철문으로 지었다. 현재 진남관 주차장 서편 삼거리이다. 인접해서 서문 독다리와 좌수영의 해자가 있다. 지금도 주민들은 서문 '깔크막'이라고 한다.

위치 여수시 군자동 진남관 주차장 서편 삼거리
주석 통의문은 성의 서문이다[統義門○城西門].

흥폐 내막 말하려니 슬픔이 밀려와

애석하다, 옛 축대를 후대에 보다니	憶昔築臺後代看
지금은 석양에 사슴이 놀고 있네	至今遊鹿夕陽殘
흥폐 내막 말하려니 슬픔이 밀려와	欲言興廢多怊悵
술잔 들고 웃으면서 이 슬픔 억누르네	把酒猶堪一笑歡

석양이다. 비탈진 고소대에서 사슴이 놀고 있다. 동양화 같은 한가로운 풍경 아닌가? 그런데 오 군수는 왜 슬픈 감정을 이 시에 담았을까?

옛날, 고소대는 전라좌수영 관아 남쪽에 있는 전방 지휘소였다. 전라좌수영 하면 충무공이 떠오르는데, 이 축대를 이순신 장군이 쌓았을 것으로 생각하는 사람이 많다. 그것은 틀렸다. 자연이 만들었다. 오 군수는 자연이 만든 이 고소대를 바라보면서 춘추전국시대 오(吳)나라와 월(越)나라 간에 얽힌 흥망성쇠를 내면화했다.

오나라 왕 부차(夫差)는 월나라와 싸워 이겼다. 이에 월나라 구천(勾踐)은 미인 서시(西施)를 부차에게 바쳤다. 서시는 경국지색이었다. 부차는 정사는 돌아보지도 않고 고소대를 세우고는 날마다 이곳에서 그녀와 노닐기만 했다. 신하 오자서(伍子胥)가 간절하게 애원했는데도 부차는 막무가내였다. 그러자 오자서는 부차

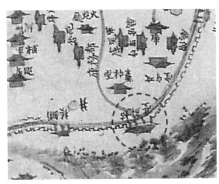

고소대

1914년 고소대

를 마지막으로 알현하고 '이제 곧 오나라가 망하여 고소대 아래에서 사슴이 노니는 것을 보게 될 것이다'고까지 간곡하게 아뢨다. 이후 얼마 지나지 않아서 오나라는 와신상담하던 구천에게 정말로 망한다. 『사기』에 나와 있다.

중국의 4대 미인은 중국의 역사를 바꿔 놓는다. 그 여인들은 얼마나 예뻤던지 침어낙안(浸魚落雁), 폐월수화(閉月羞花)에 빗댄다. 침어는 서시가 호수에 얼굴을 비추니 물고기들이 넋을 잃고 헤엄치는 것을 잊어 그대로 가라앉아 버렸다하여 붙여졌고, 낙안은 기러기가 하늘을 날아가다 한나라 왕소군(王昭君)을 보고 날갯짓하는 것을 잊어 추락할 정도라 하여 붙여졌다. 폐월은 달이 초선(貂蟬)을 보고 부끄러워 구름 뒤로 숨는다는 뜻이며, 수화는 당나라 양귀비(楊貴妃)를 보고 꽃들도 부끄러워 고개를 숙인다는 뜻이다. 이들은 모두 왕이나 장수를 홀린 미모를 지녔다. 오나라 멸망의 비극도 서시의 미모에 의하여 야기되었다. 그래서 오군수는 고소대를 바라보며 오나라 망국의 한을 슬퍼했다. 이 시의 비애미는 여수와 오나라 동일한 지명 고소대로 인하여 더욱 극대화되었다.

고소대의 현재 위치는 여수시 고소동 620번지로 이충무공대첩비각이 있다.
『호좌수영지』에 '동문 좌포루가 5칸으로 장대를 겸하는데 곧 고소대의 옛터로 갑오년에 김등이 새로 지어 물거정(勿去亭)이라고 개명하여 그 액호를 친히 썼다.'라고 기록되었고 읍지에는 '계산성(雞山城) 위에 1칸이 있다.'는 기록이 있어 고소대의 규모의 변화를 알 수 있다.

위치 여수시 고소동 620
주석 고소대는 계산사의 남쪽에 있는데 지금은 폐지되었다[姑蘇臺○在雞山祠之南 今廢].

장한 뜻 바람 임해 목을 빼고 바라보니

어느 누가 무술 닦아 난국을 구제하랴	何人鍊武濟時艱
멀리 와 시나 쓰며 등한하니 부끄럽네	遠客題詩愧等閑
장한 뜻 바람 임해 목을 빼고 바라보니	壯志臨風故延佇
빈 산 푸른 물이 구름 속에 묘연하네	山空水碧杳雲間

연무각은 동문 밖 장대였다. 장대는 군사 지휘소이다. 장수가 올라서서 지휘하도록 높게 짓는다. 누각의 이름으로 보면, 이곳은 군사 훈련을 겸했던 것 같은데, 오 군수는 여기에서 자신의 유한한 감정을 잔잔하게 술회하였다.

연무는 무인의 일상이다. 그런데 무인이었던 오 군수는 훈련 대신 시에 젖어 살았다. 지방관으로서 가는 곳마다 수많은 시를 남겼으니 오히려 문인이라 듣는 편이 더 적합했다. 연무각에서 원객(遠客)으로서 시만 쓰는 자신을 돌아보니 오히려 부끄럽기까지 하였다.

장지(壯志)는 마음속에 품은 큰 뜻이요, 연저(延佇)는 발돋움하여 목을 길게 빼고 바라본다는 의미이다. 오 군수는 오랜만에 씩씩하고 장한 뜻을 품고 바람 부는 누각에서 목을 빼고 사방을 조망해보았다. 빈 산 푸른 물이 구름 속에 아물아물할 뿐이었다.

연무각(동장대)

동장대터

이 시는 사회적 교화에 치중했던 풍교(風敎)의 시풍과는 거리가 있다. 오히려 자회(自悔)에 가까운 격조다. 전고(典故)나 사실을 인용하여 기교를 부리지도 않았다. 무인으로서의 호장한 기개 또한 없다. 다만, 원객을 시적 자아로 내세운 그윽한 서정이 이 시의 지배적인 분위기라 하겠다.

연무각은 전라좌수영의 동장대로 망해각이란 다른 이름이 있으며, 장대(將臺)는 3칸으로 좌수영성 동쪽 3리에 있다.

현재 위치는 여수고등학교 북동쪽 모서리 여수시 수정동 2번지이다. 다른 이름은 망해각이다. 신항을 옛날에는 장대너머로 불렀다.

위치 여수시 수정동 2
주석 연무각은 동문밖에 있는 장대이다[鍊武閣ㅇ東門外 卽將臺].

농구정 앞에서는 안개도 사라지네

나무 파서 배 만들기 전해오는 방식인데	刳木爲舟古制傳
거북이 형상으로 새롭게 고안했네	倣龜取象新模宣
지휘하기 그만이고 전세(戰勢) 돌릴 힘도 있어	指揮能事回天力
농구정 앞에서는 안개도 사라지네	氛氣消磨此閣前

농구정은 남문 밖에 있었다. 다른 이름으로는 복파정(伏波亭)이었다. 복파는 사나운 파도를 잠재운다는 뜻인데, 여기서는 '거북과 놀다'로 바뀌었다. 정자에서 거북선을 앞에 두고 이 시를 읊었다.

원시시대, 배는 통나무를 파서 만들었다. 이를 남해안에서는 통구민이라 불렀다. 그런데 난중에 거북선이 전함으로 등장했다. 아직까지 그 원형에 대해서 이런저런 여러 이야기가 있지만, 거북선은 세계해전사에도 의연히 등장할 만큼 놀라운 기술로 평가받는다. 임란 때 거북선을 앞세운 해전은 연전연승이었으니 더욱 그럴 만하다.

거북은 예부터 신령스러운 동물로 여겨졌다. 고시가 「구지가」나 「해가사」에도 거북은 가히 신앙적 영물의 상징이다. 거북은 영물이어서 이를 해할 경우에는 반드시 좋지 않은 결과를 초래한다. 거문도에서는 마을사람들이 거북을 잡아먹은

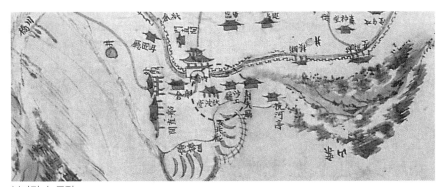

복파당=농구정

뒤에는 전혀 고기가 잡히지 않았다는 이야기도 전한다. 당나라 때 거북을 잡아먹고 온 몸에 부스럼이 돋고 눈썹과 손발톱이 빠지는 사람도 있었다고 한다. 이런 경우에는 거북을 달래는 묘방을 해서 액운을 물리쳤다.

거북이 영물이면 거북선은 영선이다. 그러니 오 군수가 거북선을 희롱의 대상으로 여겼겠는가? 이 시에서는 거북선이 짙은 안개도 사라지게 하는 천력(天力)을 지녔다고 했다. 작가는 정자에서 노는 즐거움을 읊은 게 아니라 거북선의 위용을 예찬했다. 구선송(龜船訟)이다. 거북선 찬시(讚詩)이다.

위치 여수시 군자동 진남상가 부근
주석 농구정은 남문 밖에 있다. 일명 복파정이다[弄龜亭○南門外 一名伏波亭].

쓸쓸한 정자 터엔 나뭇가지만 웃자랐네

활쏘기로 덕을 쌓고 자기 공로 사양하며	射將觀德讓功超
예를 다해 차례 지켜 정성들여 맞이했지	禮有序賓存款邀
변방에도 지금은 전운이 돌지 않아	邊塞祇今無戰氣
쓸쓸한 정자 터엔 나뭇가지만 웃자랐네	空留遺址長林梢

관덕정은 과거에 서문 밖 연등천변에 있었다. 오 군수가 부임했을 때, 정자는 없어지고 그 유지만 남아 있다. 이 시는 관덕정이 섰던 빈터에서 활쏘기를 상상하고 현재의 쓸쓸한 심정을 읊은 서정시다.

활쏘기는 생존의 수단으로 개발된 무술이었다. 잔인한 일이지만, 사냥을 할 때는 먹잇감을 맞춰야하고 전쟁을 할 때는 적을 죽여야 했다. 이에 정신을 집중하지 않으면 도리어 먹잇감은 놓치고, 자신은 거꾸로 당할 수밖에 없었다. 그런 두려움을 극복하고자, 활쏘기는 심신 수양의 생활 도구가 되었지 않았을까?

관덕(觀德)이란 『예기』의 '활쏘기는 크고 훌륭한 덕을 보기 때문이다(射者所以觀盛德也)'에서 따온 말이다. 『장자』에도 몸으로 익힌 활쏘기는 재주에 불과하고, 정신으로 터득한 활쏘기는 도(道)와 통한다는 이야기가 전한다. 『시경(詩經)』에는 화살을 쏘아 맞힌 결과로 빈객의 순서를 정하며(序賓), 설령 그 순서가 뒤지더라

관덕정 터

도 남을 업신여기지 않음을 덕으로 여긴다 하였다. 이를 사례(射禮)라 하였다. 2구는 바로 『시경』의 내용을 그대로 옮겨 놓은 뜻과 같다.

　19세기, 활쏘기는 이미 원시적인 생존도구일 뿐이었다. 그래서 관덕정은 허물어졌고, 이곳을 찾는 사람들도 없었다. 더불어 세상은 잘난 사람만 득세하고 도의까지 무너진 그런 형국이었다. 이 시에서 오 군수는 이런 세상을 슬퍼하며 퇴락한 관덕정 빈터에서 '쓸쓸한 정자 터엔 나뭇가지만 웃자랐네.'하며 허망한 감정을 그대로 드러냈다.

　읍지에 '관덕정은 서문 밖 연등천(蓮嶝川) 옆에 있다. 이충무공이 활 쏘기를 익히던 정자였는데, 오늘날에는 없어졌다.'라고 기록되어 있다. 이곳은 군자동에 있던 군자정을 일제가 강제로 이곳(궁동─광무동 사무소 뒤편의 산비탈)으로 옮겼다. 광복 뒤 다시 궁도연마를 위해 사우회를 조직하여 활동하다가 1975년 6월 10일 군자동으로 옮겼다.

　이곳은 활터가 있어서 1971년까지 동명이 궁동(弓洞)이었다.

위치 여수시 광무동 222번지 일대
주석 관덕정은 서문 밖 연등천 곁에 있다. 지금은 폐지되었다[觀德亭○西門外 蓮嶝川傍 今廢].

범종소리 듣고서 어느 누가 잘못할까

아주 옛날 진나라 스님이 세운 줄 알았는데   遙知晉代衲僧包

이제 보니 하늘 닿은 구봉산에 안겨 있네   今見麗天倚鳳嶹

범종소리 듣고서 어느 누가 잘못할까   鍾後何人能警惺

절간은 모두가 참선에 들었구나   禪憁惟有鑽蜂敲

절은 언제나 고요하다. 구봉산 중록에 있는 한산사도 그렇다. 고요한 가운데 범종소리라도 듣노라면 가슴이 찌릿하게 저미어 온다. 한산사를 노래한 이 시 역시 마음을 고요히 가라 앉혀서 마치 수행이라도 하듯이 침잠의 세계로 빠져들게 한다.

절은 불자들에게 수행 공간이다. 범종소리를 듣고 세속의 번뇌를 잊는다. 참선으로 지혜를 얻고 자신을 깨닫는다. 저물녘에 범종소리 들리는 한산사는 여수8경 중의 하나였는데, 옛날 여수사람들은 아마도 구봉산 중록에 마치 봉황의 집같이 자리한 한산사에서 범종소리를 들으며 세속의 번뇌를 잊었고, 참선에 참여하며 수행의 길을 걸었을 것이다.

중국 쑤저우 고소성 밖에 한산사가 있다. 창건은 진나라 때로 추정하며, 당대의 고승 한산(寒山)이 이곳에 머물렀다 해서 한산사라 했다고 한다. 당나라의 시인 장계(張繼)는 한밤중 배를 타고 가다 이곳에서 범종소리를 듣고 「풍교야박(楓橋夜泊)」을 지었다.

달 지자 까마귀 울며 찬 서리 내리는데   月落烏啼霜滿天

강가 단풍, 고깃배 불빛에 잠을 들 수 없구나   江楓漁火對愁眠

고소성 밖 한산사에선   姑蘇城外寒山寺

밤중 범종소리 객선까지 들려오네   夜半鍾聲到客船

이 시는 가을밤 쓸쓸한 심정이 드러난 작품이다. 반면에 오 군수의 「한산사」는 범종소리가 들리 듯하고, 참선 수행의 모습을 가까이에서 보는 듯하다. 유가의 불교적 심상 수용이라고나 할까?

한산사

한산사의 창건 연대는 정확하게 알려진 것이 없다. 다만 1880년의 「한산사중창서」에 따르면 보조국사 지눌(1158~1210)이 창건한 것으로 전하는데, "구봉산은 우리나라 여러 산 가운데 가장 영험한 곳으로 수목이 울창한데, 이러한 명산에 사찰이 없음을 안타까워 한 보조국사가 이에 절을 창건하였다."라고 기록되어 있다. 하지만 그 내용이 어디에 근거하는지는 불분명하다. 최근의 일부 주장에 의하면 1195년(명종 25) 보광사(普光寺)로 창건되었다는 설도 있으나 이 역시 고증이 빈약하다. 오횡묵의 『총쇄』 책 16에 실린 「한산사설(寒山寺說)」에 불상 1구가 있고 종이 누 위에 있다는 기록으로 보아 1898년경에는 절집이 있었던 것 같다.

이후 변천 과정을 살펴보면, 1931년 법당 등을 고쳐 지었고, 1936년에는 보광전을 건립했다. 1946년에는 칠성각을 건립하였고, 보광전에 관음보살을 봉안하였다. 대웅전으로 올라가는 돌계단 오른쪽의 명문에 의하면 지금의 한산사는 1950년 이후부터 다시 불사를 시작했다고 한다.

1964년에는 범종각을 지었고, 요사를 세웠다. 또한 1982년에는 새로 범종을 조성하였다. 한편 1992년에는 보광전을 해체하여 대웅전으로 고쳐 짓고 절 입구 도로를 확장하였다. 1996년에는 칠성각과 용왕각을 복원하였다.

위치 여수시 구봉산길 114 한산사(봉산동 936)
주석 한산사는 군 서쪽 십리거리 귀봉산에 있다. 동남쪽으로 바다를 마주한다[寒山寺○在郡西十里歸鳳山 東南際海].

사원 빈터 누대에 그 이름도 높고 높네

석간수 흘러내려 절 이름이 되었네　　　石間泉冽寺因號
사원 빈터 누대에 그 이름도 높고 높네　　院址臺空名愈高
언제나 참 모습은 천상계 뛰어 넘어　　　寤寐眞如超上界
범종소리 운에 맞춰 시 한 수 지었네　　　梵音鍾韻涉風騷

석천사는 좌수영성 동문 밖 마래산 중록에 있다. 돌 틈새에서 솟아나는 샘물 때문에 석천(石泉)이라 이름했다. 그 바로 가까운 곳에는 이 충무공을 모시는 충민사가 있다. 오 군수 때 충민사는 폐허가 되어 빈터만 있었다. 옛날에는 석천사나 충민사나 한 울타리 안에 있었다.

석천사는 사찰이다. 이 충무공과 관련이 있다. 석천사 옥형(玉炯)과 자운(慈雲) 두 스님은 임진왜란 때 이순신을 도와 종군했다. 이순신이 전사하자 그의 충절을 추모하고 순국한 병사들의 극락왕생을 기원하기 위해 두 스님이 석천사를 불사했다고 한다. 옥형과 자운은 의로운 스님이었다.

불교에서 인간은 구제 대상이다. 인간은 속계에서 태어나기 때문이다. 속계는 언제나 탐욕과 분노와 어리석음으로 가득 차 있다. 그래서 불법을 수행해야만 마음에 가득 찬 진애를 털고 천상계에 이를 수 있다. 이 천상계를 지나야 열반에 들 수 있고, 극락의 세계로 진입할 수 있다. 그러기 위하여 중생은 끊임없이 수행해야 한다. 진여(眞如) 곧 위와 같은 절대 진리를 터득하기 위해서이다.

이 작품의 시정은 풍소(風騷)에 있다. 풍소는 시경의 국풍(國風)과 초나라 굴원(屈原)의 이소(離騷)를 함께 이른 말로, 시문을 지으며 노래한다는 뜻이다. 오 군수는 불도가 아니라 유가였다. 그래도 범종소리에 시 한 수를 읊었다. 시제는 석천사이지만 충민사와 더불어 불사를 세운 옥형과 자운 두 스님에 대한 찬시이다.

석천사의 정확한 창건은 불분명하다. 1195년 인근의 흥국사와 함께 보조국사가 창건하였다고 하나 자료가 부족하다. 임진왜란 당시 300여명의 의승수군 대장역을 맡았던 옥형과 자운이 창건했다는 주장이 가장 설득력이 있다.

석천사

『이충무공전서』에 "자운이라는 승려가 장군의 진영을 따라다니며 많은 공을 세웠는데, 공이 돌아가신 뒤 정미 600석으로 남해 노량에서 수륙재를 열고 음식을 성대히 차려 충민사에 제사지냈다." "옥형이라는 이도 승려로서 공을 위해 군량을 대며 자못 신임을 얻더니, 때에 이르러 스스로 아무런 보답도 하지 못했다고 생각하여 이곳을 찾아 날마다 쓸고 닦고 하기를 죽을 때까지 하였다."라고 전한다.

『승평지』에서도 "충민사에 옥형이라는 승려의 일화가 있다. 그는 본시 충무공 이순신의 배를 타고 전투를 하던 이로서 언제나 공의 곁을 떠나지 않더니, 공이 전몰한 뒤에는 그 인품과 충절을 잊지 못해 충민사 사당 곁에 작은 정사를 짓고 이곳에서 수직하였다."라고 전한다. 이 기록이 석천사 창건 연대와 관련하여 지금까지 가장 신뢰할 만하다는 게 관련 연구자들의 대체적인 견해이다.

다시 말해, 1598년 11월 충무공 이순신이 관음포에서 순국하여 아산으로 유해가 옮겨진 뒤, 향교 교리로서 의병으로 참전했던 박대복이 혼자서라도 공에게 제향을 올리고 싶어 평소 충무공 이순신이 자주 오르내리면서 석간수를 마시던 곳에 두어 칸의 사당을 지었고, 이어 옥형이 그 옆에 작은 정사를 지어 충무공 이순신의 영정과 일생을 같이 했다고 한다. 이후 1601년(선조 34) 백사 이항복의 청에 의해 왕명으로 충민사가 건축된 약 3년 사이에 석천사가 창건되었다는 것이다.

읍지에 '석천사는 동쪽으로 5리, 마래산 아래에 있다. 충민사는 그 곁에 있다. 중 옥형(玉洞)이란 사람이 이충무공을 따라 다니며 주사수군(舟師水軍)으로 있었는데, 좌우를 떠나지 않는다. 충무공이 돌아가시자 충민사를 오른 쪽에 정사를 짓고 소제하는 것을 폐하지 않다가 절로 만들었다. 사당 뒤에 바위가 있고 바위 아래 석천(石泉)이 있기 때문에 석천사(石泉寺)라 이름했다.'라고 실려 있다.

위치 여수시 충민사길 52-21 (덕충동 1830)
주석 석천사는 동문밖 5리 마래산 아래 석천 곁에 있다. 이충무공 사당이 있는데 지금은 폐허되었다[石泉寺○在東門外五里 馬來山下石泉傍 有李忠武公祠屋而今廢之].

장군의 못다 한 한, 파도 되어 출렁이네

이름은 역사에 기록되어 드리워지고	名垂邦籙紀功過
공덕은 백성들의 흘린 눈물에 있네	德在民心墮淚多
나라 위해 바친 목숨 끝없는 의지여라	報國殞身無限意
장군의 못다 한 한, 파도 되어 출렁이네	惟公遺恨海千波

충무공비각은 통제이공수군대첩비(보물 제571호)를 보존하기 위한 건축물로, 오 군수 재임 당시에는 타루비와 함께 좌수영성 서문 밖에 세워져 있었다. 오 군수는 이 건물을 대하고 충무공의 여한을 상상하며 이 시를 지었다.

충무공은 전라좌수사로서, 삼군수군통제사로서 임진왜란을 승리로 이끈 성웅이었다. 그러기에 그 혁혁한 공덕은 『이충무공전서』를 위시하여 많은 기록물로 전해온다. '통제이공수군대첩비'는 그 중 하나이다. 남해안과 서해안 여기저기에도 사나운 비바람에도 끄떡하지 않은 채 대첩비가 기록유산으로 의연히 남아 있다.

중국 진나라에 양호(羊祜)라는 관리가 있었다. 가문은 대대로 청렴했다. 그는 가는 곳마다 선정을 폈다. 심지어 오나라와의 싸움에서 포로를 풀어주고 적장에게 약을 주어 낫게 할 정도였다. 덕장이었다. 그가 죽자 기림비를 현산에 세웠는데, 그 비문을 읽고 울지 않는 이가 없었다고 한다. 그런 연유로 이 비를 타루비(墮淚碑)라 했다. 후대에 맹호연(孟浩然)이나 이백(李白) 등이 이 비를 소재로 양호의 덕을 찬양하는 시를 남기기도 했다. 격은 다르나, 전북 장수에도 현감 수행 관리의 순직을 기리는 타루비가 있다.

이순신 장군은 우리나라 보국 운신(報國殞身)의 인물이다. 대첩비와 타루비는 이를 상징적으로 보여준다. 난중에 순국하였기에, 정작 충무공 자신은 천추의 한을 말끔하게 씻어내지 못한 채로 원귀가 되었다. 일렁이는 파도는 바로 충무공의 한이다. 파도는 작가로 하여금 무한한 감개와 슬픔 속으로 젖어들게 하고 있다.

충무공 이순신의 공훈을 기념하기 위하여 1615년(광해군 7) 5월에 세운 우리나라 최대 규모의 대첩비이다. 비는 한 돌로 이루어진 바닥돌 위에 거북받침돌을 두고, 비몸을 세운 뒤 구름과 용, 연꽃 등이 조각된 머릿돌을 올렸다. 비문의 글은 백사 이항복이 짓고, 글씨는 명필 김현성이 썼으며, 비몸 윗면의 '통제이공수군대첩비(統制李公水軍大捷碑)' 전액은 김상용의 글씨이다. 1603년(선조 36)에 이순신 장군 막하에 있던 군사들이 장군의 덕을 추모하기 위해 건립한 타루비와 남구만이 비문을 지어 1698년(숙종 24)에 세운 동령소갈비가 함께 있다. 한국고전번역DB에 실린 비문을 옮긴다.

지난 임진년에 남쪽 오랑캐들이 스스로 헤아리지 않고 뱃머리를 연하여 바다를 건너와서 경상도를 거쳐 호남지방으로 향하였다. 이때에 그들을 방비한 곳이 한산도이고, 그들과 경계를 지은 곳이 노량이고, 그들을 가로 막은 곳이

이충무공비각

보물 제 571호 여수 통제이공 수군대첩비　　보물 제 1288호 타루비

명량이었다. 만약 한산도를 잃어버렸다면 노량을 지킬 수 없었을 것이고, 곧바로 명향으로 짓쳐들어와 기내(畿內)도 마음을 놓을 수 없었을 것이다. 능히 능력을 발휘하여 이 세 곳을 막아낸 것은 바로 원후(元侯)와 같은 통제사 이공이시다.

　하늘같은 임금께서 심부름을 시키시려 나에게 명령하여 군대를 시찰하게 하였다. 떠나려 할 대에 명하여 말씀하시기를 "돌아가신 통제사 이순신은 왕실을 보위하고 우리 남쪽 울타리를 막아 지켜내었으되 그에 걸맞는 큰 녹봉을 받지 못하고 죽으니 내가 오로지 근심하고 애석해하는 바이다. 묘우를 세우지 못한다면 어찌 후대에 그 충성심을 본받게 할 수 있겠는가? 너는 가서 그것을 잘 살피도록 하여라."고 하셨다.

　신이 명을 받들고 물러나와 두루 제사에 관한 법전들을 살펴보니, 죽음으로써 왕을 섬긴 자는 제사지내고, 능히 큰 환란을 막은 이도 제사지낸다고 하였으니, 바로 여기에 들어맞지 않는가! 옛 고을에 기록이 남아 있음에 돌이켜 생각해보니 전란의 초기에 공의 직무는 호남을 지키는 것으로 그 지키는 범위에는 한계가 있었지만, 나라에 해가 됨을 심히 부끄러워하고 이웃 고을에 미친 재앙을 마치 자신에게 미친 것처럼 걱정하여, 남해를 넘어 도적들의 소굴로 쳐들어갔다. 옥포전투·노량전투·당포전투·율포전투·한산전투와 안골전투에서 적선 220여 척을 불태우고 적군 590여 명을 목 베었는데 물에 빠져 죽은 자는 그 수에 넣지 않았다. 적들은 죽을 지경이 되어 감히 공의 요새 근처에도 가까이 오지 못하니, 이에 한산도에 진을 쳐서 적의 요충지를 가로 막았다. 정유년(1597년)에 이르러 충성스런 신하를 바꾸니.

　한산도가 패몰하였다. 이때에 수군의 패장과 달아난 군졸들 및 남쪽 지방의 백성들이 모두 탄식하며 한결같이 말하기를 "만약 이통제사가 있었더라면 어찌 적들로 하여금 호남 땅을 한 발자국이라도 엿보게 하였겠는가?"하니, 조정에서 급히 공을 찾아 이전의 관직을 다시 제수하였던 것이다. 공이 단기(單騎)로 군사들을 거두고 소집하여, 나아가 명량에 진을 쳤다. 갑자기 야습(夜襲)을 당하여 적은 군사로 목숨을 내 놓고 싸워 새로 모은 13척의 배로 바다를 가득 덮은 수만의 적과 싸워 30여 척을 깨뜨리고 용감히 앞으로 나아가니 적이 드디어 물러나 도망갔다. 무술년(1598년)에 명나라에서 크게 군사를 보내어 구원할 때에 명나라 수군제독 진린(陳璘)이 공과 함께 군대를 지휘하게 되었는데, 공을 특별히 존중하여 반드시 이야(李爺)라고 부를 뿐 그 이름은 부르지 않았다.

　그 해 겨울에 적군이 세력을 합하여 크게 공격하여 와서 노량에 이르렀다. 공이 스스로 날랜 군사를 이끌고 먼저 나아가 그 선봉과 맞닥뜨렸는데, 명나라 군대가 와서 함께 앞뒤에서 공격하게 되었다. 이날 닭이 울 무렵에 물의 신이 길을 안내하고 바람의 신이 그 위세를 부드럽게 하니, 사방이 모두 날아오르는 듯하니 진성(軫星)이 새벽에 정남쪽에 있을 때였다. 두 나라의 군대가 나란히 진군하니 천개의 돛이 바람에 춤을 추는데, 공이 먼저 뛰어들어 날카롭게 쳐들어가니 적이 무너졌다. 적은 마치 개미처럼 흩어져 오직 목숨을 구하기에 겨를이 없었고, 북소리 아직 쇠하지 않았는데 장군의 별은 그 광채를 잃었구나. 공이 새벽녘에 총탄에 맞아 쓰러졌으나, 오히려 여러 사람들에게 죽음을 알리지 말라며 "우리 군사들이 기운이 꺾일까 두렵다."고 하였다. 제독이 이 소식을 듣고 배에 몸을 던지기를 세 차례나 하며 말하기를 "가히 더불어 할 만한 이를 잃었구나."고 하였다. 명나라 군사들도 또한 고기를 물리치고 먹지 않았으며, 남쪽의 백성들은 뛰어다니면서도 길에서 울고 글을 지어 제사지내며, 늙은이와 어린이가 길을 막고 통곡하는 것은 어디에서나 마찬가지였다.

　아아, 공과 같은 이는 가히 죽음으로써 임무를 다하여 커다란 환란을 막아내었다고 할 수 있지 않겠는가? 마땅히 그 공훈은 으뜸이 되고, 작위는 재상의 우두머리가 되며, 모토(茅土)를 나누어주고, 그 초상화를 인합(麟閣)에 그리며, 식읍의 보상은 한없이 주어야 할 것이다. 또 길이 영웅들로 하여금 눈물을 짓게 하니.

장부로 세상에 태어나 천고에 부족함이 없다고 할 만하다. 하물며 나는 왕명을 받들어 남쪽의 일을 맡았으니 어찌 좋은 계획을 마련하지 않을 수 있겠는가?

이 때에 통제사 이시언이 이 말을 듣고는 감격하여 실제로 모든 일을 주관하였는데, 모든 군중의 장교와 병사들로 공의 덕을 본 사람들이 왕의 은혜에 감격하여 춤을 추며 좋아하고, 공의 죽음을 비분강개히 여겼다. 일천 무리의 사람들이 참새가 날뛰듯이 몰려와 만개의 도끼가 번개처럼 번뜩이니, 불과 열흘도 지나지 않아 사당의 공사가 끝나게 되었다. 그로부터 15년 뒤인 갑인년에 해서 절도사 유형(柳珩)이 급히 글을 올려 말하기를 노량에서 있었던 일을 돌에 새겨 영원히 전하기를 원한다고 하였다. 내가 이르기를 "공의 덕은 남쪽 백성들에게 있으니 그들의 입이 비석이 되어 영원히 없어지지 않을 것이요, 공의 공은 사직에 있으니 역사를 기록하는 태사(太史)가 대쪽에 기록하여 전할 것이니 어찌 비를 세울 필요가 있겠는가? 다만 집에 있을 때에 홀로된 조카를 마치 친자식처럼 보살펴 주었으니, 이것은 집안에서의 순박한 행동이라 할 것이다. 군에 있는 수년 동안 크게 소금을 굽고 고기잡이를 하며 둔전을 넓혀서 군대에 물자가 모자라지 않게 하였으며, 전투에서 상으로 받은 것은 모두 남김없이 아랫사람에게 나누어주니 이것은 바깥에서의 행실이 갖추어진 것이라 하겠다. 그리고 온화하고 대범한 덕과, 과단성있게 판단하는 재주와, 상과 형벌을 공평하게 집행하는 용기는 보통 사람이라면 족히 백세의 모범이 될 만한 것이겠지만, 공에게 있어서는 오히려 하찮은 일일 것이니 생략해도 좋을 것이다. 명(銘)에 이르기를

지난 임진년에 미친 도적들이 역심을 품고 이웃 나라를 침범해 왔다네.
여러 고을들이 궤멸되고 수 많은 적들은 마치 무인지경을 밟듯이 하네.
이 때에 오직 이공만이 그 기세를 더욱 떨쳐 바닷가를 지키셨네.
천자가 무위를 떨쳐 많은 군대를 보내고 진린을 장군에 임명하셨네.
번개가 깃발을 흔들고 바다의 신은 시각을 맡아 도우니 적들이 곤궁해 벙어리 신세가 되었네.
좁은 항구에 군대를 주둔시키고 그 벼랑 끝에서 큰 싸움을 벌리니 화살은 뱀

에게 집중되네.

　죽은 뱀이 꼬리를 흔들어 공의 몸에 독을 뿌리는데 신의 보살핌을 받지 못하였네.

　노량은 어슴푸레 흐릿하고 물은 오직 깊은데 여기에 비석을 세우노라.

　후세에도 없어지지 않고 공의 이름 우뚝하여 영원토록 으뜸가는 제사를 받으소서.

　이 비석은 원래 충무동 동령현에 있었는데 일제강점기 여수 경찰서장 마쓰끼(松木)가 1942년 봄 민족정기를 말살하기 위하여 대첩비각을 헐고 대첩비와 타루비까지 반출해 버렸다. 해남의 명량대첩비(보물 제503호)도 함께 반출되었다. 1946년 경복궁 뜰에서 김수평씨가 발견하여 이충무공대첩비 복구기성회를 구성하고, 1948년 5월 24일 옛 고소대 터에 복구하였다.

　타루비(보물 제1288호)는 꽃무늬를 새긴 대석 위에 연화 비좌를 마련하여 비신을 세우고, 구름무늬와 연봉오리형으로 된 개석을 얹었다. 내용은 "영하(營下)의 수졸(水卒)들이 통제사 이순신 공을 위하여 짧은 비석 하나를 세우고 타루(墮淚)라고 이름 붙이니, 대개 중국의 양양 사람들이 양호를 생각하여 그 비를 바라보고는 곧 눈물을 흘렸다는 뜻을 취하여 세운 것이다."이다. 1603년(선조 36)에 세웠다.

위치　여수시 고소3길 13(고소동 620)
주석　충무공비각은 서문밖에 있고 또 타루비가 있다[忠武公碑閣ㅇ在西門外又有墮淚碑].

초상화는 엄숙하게 세월 속에 남아 있네

옛 사원 고요히 나무들에 가로 막혀	古祠密爾樹林遮
초상화는 엄숙하게 세월 속에 남아 있네	遺像儼然歲月賒
꾀꼬리는 숲 속에서 생각 없이 노니는데	黃鸝碧草空追想
오랜 세월 계속해서 제사를 받들어오네	秖合千秋香火加

여수 영당은 원래 최영 장군을 모신 신당이었다. 임진왜란 뒤에 여수사람들은 여기에 이순신, 이대원, 정운 장군의 영정을 함께 모시고 제사를 받들었다. 네 장군 중 충무공이 주벽이다. 오 군수는 이를 충무공영당으로 제목을 붙여 이순신 장군을 생각하며 시 한 수 읊었다.

신당은 비록 미신이라는 관념을 벗어나지 못하고 있지만 오랜 세월 지역을 수호하는 신앙으로서의 기능을 가지고 연연히 전승되었다. 그래서 당 주변은 언제나 엄숙하고 경외감이 감돈다. 지금도 여수 영당은 그런 곳이다.

여수 영당은 네 장군의 영정을 신체로 모시고 정기적으로 굿판을 벌이고 제사를 지낸다. 신체의 성격으로 보아서는 장군신이다. 그런데 근래에 용신 제의의 성격으로 변했다. 정월 대보름이면 풍어굿을 한다. 해신당이 된 것이다. 그렇게 변신한 데는 수산도시로서 여수의 지역적 특수성도 작용했을 것이다. 다른 지역도 바닷가에 위치한 신당은 풍어 기원의 성격을 가진다.

꾀꼬리 같은 미물이야 영당의 향 내음을 맡을 수가 있으며, 주변의 경외감을 느낄 수 있으랴? 그저 사원이 제 집인 양 찾아들고 숲이 제 놀이터인 양 날아다닐 뿐이다. 여수사람들은 네 장군이 지역을 지켜주었고 앞으로도 지켜줄 것으로 믿었다. 그래서 제관으로 선정되면 부정 타지 않도록 목욕재계하고 정성을 다해 제사를 받들었다. 이런 제의는 여수사람들의 믿음이었다. 오 군수도 경외감을 가지고 영당 앞에서 한 수 운율로 이를 찬양하였다.

충무공영당은 현재 국동 어항단지 내 남산동 30번지이다. 임진왜란 전까지는

영당의 옛 모습   영당 풍어굿

최영의 영정만 모셨으나, 그 뒤에 이순신·이대원·정운의 영정을 더 모시고 있다. 원래 지금 위치보다 약간 산 쪽에 있었던 것으로 당의 신격은 수군 장군으로서 바다를 가까이 하면서 살아가는 여수 사람들의 읍락비보 원리를 지닌 신앙으로 평가된다. 조선 중기 순천부사 이수광[1563~1628]이 쓴 시가 전해지고 있다.

1943년 여수경찰서 형사부장 김차봉(金次奉)에 의해 영정이 유실되어 빈 사우만 남았다가 1975년 국동 어항 단지 조성 사업으로 헐렸는데 1982년 복원하였다. 평방과 도리 사이에는 거북선 모양의 화반이 놓였고, 그 위에 외목도리를 얹었다

얼마 전까지만 해도 바다로 나가려면, 특별하게 격식을 갖춘 제는 올리지 않았으나, 영당에다 쌀 두 말씩을 바치고 무사 항해를 기원했다. 기원을 올리지 않았을 경우 풍랑을 만나거나 고기를 잡지 못하고 빈 배로 돌아오기 일쑤였다고 전한다.

여수 영당지(影堂址)는 2008년 12월 26일 전라남도 민속문화재 제44호로 지정되었다. 읍지 등 기록을 통해 영당의 역사성과 장소성을 살펴볼 수 있고, 영당에서는 매년 춘추로 제전이 펼쳐졌고, 영당 앞을 지나는 배들은 고사미를 내고 고사를 지낸 뒤에 출어하는 풍속 등 민속신앙의 현장으로서 민속적 의미가 있다.

위치 여수시 남산동 30-4
주석 충무공영당은 군 서남쪽 5리 당두진에 있다. 최영장군을 주벽으로 여러 장군을 모셨다[忠武公影堂○在郡西南五里堂頭津 崔將軍瀅主壁 諸將配享].

두루두루 민속의 여러 방술 되었네

동종(銅鐘)은 종채로 결의를 다지고	銅鍾觸物感鳴霜
노고(鷺鼓)는 소리로 양기를 돋우네	鷺鼓應聲助發陽
한 가운데 우뚝 솟아 진산(鎭山)이 되어	竦處中央爲主鎭
두루두루 민속의 여러 방술 되었네	環居民俗化多方

종명산은 종고산이다. 종고산은 매달려 있는 종 같은 형상을 하고 있는데, 임진왜란 중에 승리를 예감하고 종소리, 북소리가 들렸다는 데서 붙여진 이름이다. 그 산을 주산으로 전라좌수영성이 자리 잡았다.

옛날 사람들은 악기를 인간의 성정을 순수하게 하는 기물로 인식했다. 인간의 성정이 순수하면 도덕이 바로서고, 도덕이 바로서면 온갖 질서가 유지된다고 믿었다. 하지만, 전장에서 종은 결의를 다지고, 북은 진격을 명령하는 상징물이었다. 언제나 해구나 왜구들의 출몰을 경계해야 했던 오 군수는 변방을 지키는 처지에서 좌수영성 뒤편에 떡 버티고 있는 종고산을 바라보며 굳건한 종소리와 장엄

종고산(1914년, 국립중앙박물관)

한 북소리의 울림을 포착했다. 진산은 풍수지리에서 사용하는 말로 지역을 지키는 후산(後山)을 일컫는다. 좌우로 청룡 백호를 의미하는 구릉이 흘러 내리 듯하고 앞으로 잔잔한 물이 흐르면 그 가운데가 명당이다. 이 같은 자연지리는 개인의 화복이나 지역의 운명을 결정한다고 한다. 지금도 이 사상은 우리들에게 적잖은 관심으로 남아 있다.

이 시는 위와 같은 사실에 근거하여 운율화했다. 굳이 예악사상이나 풍수지리를 들먹이지 않더라도, 종고산은 예부터 여수를 지키는 호산으로, 신령이 깃든 영산으로 전해오는 민속환강의 설화가 있다. 작가는 벌써 이런 내용을 알고 그 영험한 뜻을 담담하게 이 시에 담아냈다.

읍지에 '종고산은 북쪽 1리에 있는 진산, 산 위에 보효대(報效臺) 옛 터가 있다. 관찰사 홍석보(洪錫輔) 공이 오른 적이 있다. 날이 가물면, 기우제를 지내는 보효대 아래에 유천(柳泉)이 있는데 겨울에는 따뜻하고 여름에는 차가와 진다. 깨끗하지 못한 사람이 오면 물이 말라 버리고 정성스레 기도하면 반드시 응보가 있다.'라고 했다.

위치 여수시 군자동 종고산
주석 종명산은 군의 주산인데 형상이 종이 누워있는 것과 같다 해 이름 삼았다[鍾鳴山○
郡之主山 形如臥鍾 故名云].

바라보면 밝은 세상, 해와 달이 뜨는 곳

동으로 솟아올라 자산(紫山)이 되었구나	震木立身丈尺應
보석처럼 눈에 드니 작은 별들 반짝이네	辰砂點眼小星憑
올라보면 푸른 바다 끝없이 펼쳐지고	登臨滄海無邊極
바라보면 밝은 세상, 해와 달이 뜨는 곳	喜看開明日月升

척산은 좌수영성 동문 밖 바닷가에 솟아 있는 자산을 말한다. 산에 오르면 한려수도를 바라보는 경치가 매우 아름답다. 이 시는 그 모습을 있는 그대로 묘사한 관물시이다.

이 시의 첫구는 역학적(易學的)인 이해가 필요하다. 역학에서 괘(卦)는 전체를, 효(爻)는 객체를 상징한다. 진괘(震卦)는 아래에 있는 양기가 지면 음기를 뚫고 나오는 모습을 말한다. 이는 오행 중 목(木)과 결합하여 방향은 동쪽을, 계절은 봄을 상징한다. 응효(應爻)는 서로의 기운이 통하는 것끼리 짝하는 상대이다.

사물을 보는 것은 눈과 마음이다. 눈은 형체를 보고 마음은 물성을 느낀다. 송

자산

나라 소옹(邵雍)은 사물을 이치로 보아야 한다고 하였다(觀之以理). 인간과 사물이 어떠한 질서와 구조 속에서 함께 연동하여 존재하는지 탐구해야 한다는 말이다. 격물치지(格物致知)와 그리 멀지않은 뜻이다. 그러니 물상(物象)을 통해 물성(物性)을 깨달아야 진정한 의미를 터득하는 것이 된다.

이른 바 계신공구(戒愼恐懼)라는 유교의 수양론이 있다. 경계하고 삼가고 두려워하고 위태로워 하는 태도로서 임하면 어떠한 사물도 그 진의를 터득할 수 있고, 위험과 고난도 극복할 수 있다는 의미이다. 이런 차원에서, 오 군수는 자산을 개관 상관물로 바라보며 그 진의를 파악하고자 하였다. 독자가 상상할 여지를 충분하게 남겨 놓고…

일명 자산이며 자산공원으로 조성되었다. 마을지에 따르면 옛날 성이 있었다고 한다.

위치 여수시 종화동 자산공원
주석 척산은 동문 밖에 있고 바다를 대하고 있다[尺山○在東門外海際].

산중의 봉황 울음 오랫동안 기다렸네

건두 곤족(乾頭坤足), 그 형상을 이름으로 삼고 　　乾頭坤足像爲名
오월 죽풍(梧月竹風), 그 경치 정기 되었네 　　　梧月竹風景作精
여수의 인재들 서당에서 책 펴 놓고 　　　　　　郡中才子開書塾
산중의 봉황 울음 오랫동안 기다렸네 　　　　　長倚高岡待鳳鳴

　귀봉산은 구봉산이다. 산 아래로 봉산, 봉강, 봉서 등 봉새와 관련된 지명이 많은 것은 이 산 이름 때문이다. 또, 구봉산을 서당이 있어서 서당산이라고도 했다. 오 군수는 이런 내용을 이 시에 담았다.

　봉(鳳)새는 황(凰)새와 암수 짝을 이루어 통칭 봉황이라 한다. 그 생김새가 닭, 용, 제비, 거북 등 상서로운 동물을 조금씩 닮았다 한다. 싱군이 덕치를 펴면 민중들이 볼 수 있다는 신령스러운 상상의 새다. 봉황은 천하가 태평할 때에만 나타나는데, 큰 산, 넓은 바다 위를 날며 단지 거대한 오동나무만 찾아다닌다고 한다. 이 시에서 건두 곤족(乾頭坤足)은, 봉황이 머리는 하늘을 향하고, 발은 땅에 붙이고

구봉산

앉은 산의 형상이다. 오월 죽풍(梧月竹風)은, 봉황이 날자 오동나무에 달이 걸치고 대나무에 바람이 이는 산의 모습이다.

노자가 공자를 만나 봉새에 대하여 자기가 들었던 이야기를 이렇게 했다. '머리는 셋이나 달려 있고, 돌로 천리를 쌓아 집을 지어 살며, 하늘에 있는 열매를 생으로 먹는데, 그 학문은 성스럽고 어질며 날카로운 지성과 번득이는 지혜를 가졌다고 합니다.' 『장자』에 나와 있다.

구봉산은 서당산이라는 다른 이름도 있다고 했다. 봉황은 천리를 날아다니면서 아무리 배가 고파도 작은 낟알은 쪼아 먹지 않는다고 한다. 그런 고고한 처신과 지절로 인하여 봉황은 청렴하고 고고한 성인군자를 상징한다. 여수 젊은이들은 성스럽고, 어질고 지성과 지혜를 지닌 군자가 되기 위하여 서당에서 열심히 공부했을 것이다. 2구와 4구는 이런 소망이 이루어지십사라는 간절한 뜻이 담겨 있다.

위치 여수시 봉산동 구봉산
주석 귀봉산은 서3리에 있다[歸鳳山○西三里].

오직 그대는 듣기만 하는구나

젊은 일꾼 기이하다, 나무형상처럼 보이네	丁隷奇看代木形
바위는 굳세어라, 연금신령 작품이네	艮巖堅擬錬金靈
종산지신(鍾山之神) 뜻을 취해 고래가 물결 친 듯	鍾山取義如鯨撃
만물을 깨우치는데 오직 그대는 듣기만 하는구나	警衆醒昏惟汝聽

예암산은 여수 남산이다. 옛날 이곳에서는 꼴베는 초동들의 피리소리가 들렸다. 그 모습과 소리는 여수팔경 중 하나였다. 오 군수는 여기에 시제를 달았다. 예암(隷巖)이라는 말도 그렇거니와 시어 해석하기가 조금은 난해하다.

보아하니, 1구와 2구의 키워드는 각각 예(隷)이고 암(巖)이다. 정예(丁隷)는 정징한 남자 일꾼이다. 그가 산에 올라 있으니 마치 나무형상처럼 보였나. 간암(艮巖)은 견고한 바위. 옛날에 이 바위를 예바구라 하였다. 그 바위는 꼭 산신령의 연금술로 이루어진 것처럼 예술적이다. 1, 2구는 남산의 신이한 모습을 그대로 그렸다.

『산해경(山海經)』에 각종 신들이 등장하고 상상의 동물들도 나온다. 그중 종산지신(鍾山之神)과 곤(鯤)이 있다. 종산의 신이 눈을 뜨면 낮이 되고 감으면 밤이 된다. 숨을 쉬면 겨울과 여름이 바뀌어 나타나고 바람이 인다. 곤은 북녘 바다에

예암산

사는 물고기로, 너무 커서 그 크기를 상상할 수조차 없다. 『산해경』에서 최선(崔譔)은 '곤(鯤)'을 '경(鯨)'으로 바꾸어야 한다고 말한다. 곧 곤어는 고래라 해서 지나치지 않다는 얘기다. 그래서일까? 예암산 앞에는 경도(鯨島)가 있다. 전적으로 이 시의 첫머리를 이해할 수 있는 전거다.

산해(山海)의 신이 이렇게 어둠의 세계를 깨우치는데, 남산은 그렇게 만물의 소리를 듣기만 하면서 그 자리에 움직이지 않고 눌러 앉아 있다. 그래서 남산의 이름을 종산에서 취했다 했다. 쉽게 수긍할 수 없는 얘기지만, 그러기에 역자의 해석이 오 군수의 시상과 괴리가 심하지 않을까 걱정도 되지만, 이 시를 통해 남산의 옛 모습을 그리면서 한 편의 설화를 읽은 셈치고 감상해주었으면 좋겠다.

읍지에 '예암산(隸巖山)'은 남쪽으로 3리에 있는 진산, 쇠북처럼 생겼기 때문에 이산을 예암(隸巖)이라고 불렀다. 이바구산 또는 남산이라고도 부른다. 예암산은 '예암초적(隸巖樵笛)'이라 하여 여수팔경 중 제5경으로 꼽힌다. 목동들의 풀피리 소리가 아름답게 들렸음을 상상해 본다.

위치 여수시 남산동 예암산
주석 예암산은 남 3리에 있다[隸巖山○南三里].

땅의 정기 말이 되어 적이 오는 길목 막네

동북방 있는 산이 바다로 둘러있고	艮氣成山傍海周
땅의 정기 말이 되어 적이 오는 길목 막네	坤精爲馬待人收
구불구불 천리 길엔 말달리는 발자국들	蜿蜒千里追風足
지어진 충민사는 경계하는 기병일세	來作忠祠界上騶

  마래산은 전라좌수영성 동북쪽에 있다. 마래산 위로 떠 오른 햇살은 여수팔경의 하나였다. 오 군수가 재직했던 때에는 덕충동과 만흥동을 오가는 굴도 없었다. 산꼭대기에는 철마(鐵馬)가 있었다고 전해지고 있으나, 그것이 후대에 이 산을 뚫어 기찻길을 새로 냈던 데서 붙여진 것이 아닌지 모르겠다.

  마래산 남쪽으로는 깎아지른 절리 위로 구름이 오간다. 옛날에는 이곳을 해운대라 불렀다. 그런 지형으로 인해 해상에서 산으로 오르기는 쉽지 않다. 마래산은 군사적으로는 좌수영을 엄호하는 천혜의 요새였다. 이 시에서는 마래산이 남쪽

마래산(1914년, 국립중앙박물관)

해상을 전망하는 경기 좋은 곳이기보다는 군사적 기상을 더 강하게 느낄 수 있는 지형지물로 묘사되어 있다.

마래산 아래에는 석천사와 충민사가 있다. 둘 다 임진왜란과 관련이 있다. 석천사는 의승이 세운 절이요, 충민사는 충무공을 배향한 사원이다. 이 둘이 위아래로 이웃하고 있는데, 마래산과 더불어 불멸의 전공 자취라 할 것이다.

이 시에서는 무인의 체취가 느껴진다. 그도 그럴 것이, 오 군수의 가장 무거운 책무가 남쪽 변방의 수비였기 때문이리라. 여수는 임란의 아픈 역사의 흔적이 곳곳에 있었고, 현실적으로도 일본의 간섭이 노골적으로 진행되던 때라, 지역수령으로서는 과거로 현재를 생각하지 않을 수 없었을 것이다. 산이 시제인데, 오 군수는 산수미를 하나도 더하지 않고 오직 비장미로 이 시의 결구를 맺었다.

『여수군읍지』에 "마래산은 동쪽 5리에 있다. 경상도 남해의 금산(錦山)과 대립되며 산 아래 충민단과 석천사가 있다."고 하였다. 그 밖에도 『여수읍지』, 『조선지지자료』(여수)에도 지명이 기재되어 있다. 전라선이 산을 통과하는 동쪽사면에 마래터널이 있다. 2004년 등록문화재 제116호로 등록되었다. 남쪽사면에 석천사와 이순신장군 등을 배향하는 충민사(사적 제381호)가 있다.

위치 여수시 덕충동 마래산
주석 마래산은 북5리에 있다[馬來山ㅇ北五里].

화살을 감춰 놓고 죽림을 호위하니

화살을 감춰 놓고 죽림을 호위하니	輕弩惟藏護竹林
천둥도 잠재우고 경계심도 조류 같네	掣雷常警響潮心
장군도라 부른 것은 이량 장군 때문이라	將軍島號良由以
그래선가, 그때 전운 깊숙이 스며드네	况復當年戰氣侵

오 군수가 장군도를 찾았다. 장군도는 좌수영성 앞에 마치 바다에 떠 있는 것처럼 출렁인다. 이 작은 섬은 이름부터가 역사적 사실과 관련이 깊다는 것을 느낄 수 있다. 장군이라는 이름 때문이다.

군사적으로, 지형지물은 관측, 은폐와 엄폐, 장애물, 접근로 등으로 활용되어 매우 중요한 전술적 가치가 있다. 화살이 주무기였던 시대에, 좌수영성 바로 앞에 있는 장군도는 아군의 마지막 방어선이었던 지형지물이었다. 그러니 여기에 좌수영성까지 슬금슬금 잠입하는 해구들을 퇴치하기 위한 전략과 전술이 없을 수 있겠는가?

장군도는 옛날 대섬이라고도 했다. 대나무가 많았던 탓이다. 죽도 대나무는 화살로 그만이었다. 연산군 때 절도사 이량(李良) 장군은 남해에 가끔씩 출현한 왜

장군도

구들이 성가셨다. 그래서 이곳 대나무로 화살을 만들고, 게다가 수중에 석성까지 쌓았다. 이로 인해 장군도라 이름이 붙여지게 된 것이다.

이 시는 무인의 작품이라는 걸 금방 알 수가 있다. 장군도의 대나무로 화살을 만든다. 섬에 부딪히는 파도소리는 언제나 경계음으로 들린다. 이량 장군이 수중성을 쌓았다. 작가는 400년 전의 위와 같은 역사적 사실을 이미 알고 있었다. 지역의 역사 문화를 알지 못하는 지역 수장이 민중을 감동시키는 묘책을 펼 수가 있겠는가? 이 시를 통하여 오 군수의 지혜도 함께 읽게 된다.

『호좌수영지』에 '장군도는 성의 남쪽 1리에 있으며 섬 가운데 참경대가 있었는데 이제 옛터만 남아 있다. 섬의 좌우에 파랑이 사나운데 예로부터 왜구가 남쪽에서 자주 나타나 노략질을 한지라 1498년(연산군 4년)에 절도사 이량이 돌을 운반하여 이섬의 왼쪽에 축대를 쌓아 엄연히 한 성곽을 이루니 왜구가 감히 엿보지 못하였더라. 후인이 비를 세워 그 비면에 써 가로되「장군성」이라 하고 그 섬을 일컬어 장군도라 하니 장군은 대개 이량 장군을 칭호함이라. 상선이 왕래할 때 모두다 섬 오른쪽으로 통하고 감히 왼편으로 향하지 못하니 이 참으로 호남과 영남의 인후의 땅(嶺湖咽喉之地)이라 할 수 있다.'라 했다.

화살대[箭竹] 산지이기도 했다. 『신증동국여지승람』 순천도호부조에 죽전 산지로 묘산도(卯山島), 시중당(侍中堂), 상이사리(上伊沙里), 하이사리(下伊沙里) 4군데가 나온다. 묘산도와 관련이 있는 듯싶다.

위치 여수시 중앙동 산 1번지
주석 장군도는 일명 참경도이다. 남해 길목으로 옛날 이장군이 해적을 염려하여 돌을 쌓아 섬을 만들어 읍의 패인사로 삼았다. 화살대가 난다[將軍島 ○一名 斬鯨島 南海口 古有李將軍患海寇 築石爲島於邑爲佩印砂 産箭竹].

어려움 건너면 어찌 호랑이굴이 두려우랴

이익만 쫓다보면 쓰고 단 일 겪는 것	惟利是趨苦亦甘
쉬지 않고 장사하기 지나치면 탐욕이라	其營也夙過猶耽
배 장사는 본래부터 포구가 으뜸이니	舟商本自宗於浦
어려움 건너면 어찌 호랑이굴이 두려우랴	涉險何憂虎穴探

옛날 종포는 상선들이 들고나는 여수 중심항 중 하나였다. 그래서 자연히 물건을 팔고 사는 시장이 서게 되었다. 오 군수는 이곳에서 장사를 생업으로 하는 사람들을 보면서 이 시를 썼다.

장사는 이익을 남기는 것이 목적이다. 그런데 손해를 볼 줄도 알아야 한다. 오로지 잇속만 챙길 뿐 다른 것엔 관심을 두지 않으면 어김없이 낭패를 볼 수도 있다. 여기에서 유리시도(惟利是圖), 유리시시(惟利是視)라는 말이 생겼다. 시의 첫머리 유리시추(惟利是趨) 또한 이와 같은 뜻이다. 또 부지런히 하는 것은 좋으나 너무 과하면 안 된다. 영(營)은 장사하는 일이요 숙(夙)은 아침부터 저녁까지 쉬지 않고 일만 한다는 뜻이다. 과유불급(過猶不及)이라는 말과도 닿아 있다.

주상(舟商)은 배에 물건을 싣고 다니며 하는 장사다. 종포는 좌수영성이 들

일제강점기의 종포

현재의 종포

어서면서부터 사람들이 몰리게 되었다. 정박하기에 용이한 포구인데다가 싱싱한 먹거리를 쉽게 구할 수 있었기 때문이었다. 장사하는 사람들에게나 좌수영사람들에게 종포는 참 좋은 시장 환경이었다.

오 군수는 섭험(涉險), 곧 장사를 하는 데 있어 위험을 극복하면 호랑이 굴에 들어가는 것도 두렵지 않다고 했다. 요즈음 장사도 소비자의 욕구를 면밀히 파악하고 가장 적절한 방법으로 제품을 구매하도록 호소해야 한다. 이와 관련한 모든 활동을 마케팅이라고 부른다. 오 군수는 이미 마케팅의 원리를 알아차리고 상인들에게 이를 깨우쳐 주기 위하여 이 시를 쓰지 않았을까? 오 군수의 민중 교화와 애민정신이 엿보인다.

여수시 종화동 종포(새벽개 → 새복개 → 쇠북개 → 종포(鐘浦))이다. 여수시 종화동은 종포와 일제강점기 때의 평화정(平和町:헤이와마찌)이 합해진 것이다.

종포는 여수에서 새벽이 가장 먼저 찾아오는 곳으로 '새벽개'였는데 새벽의 여수말인 '새복개'로 불리다가 '쇠북개'로 변해 한자인 쇠북종(鐘)을 써서 '종포'가 된 것이다. 일제강점기에 가장 먼저 일출을 볼 수 있어 일출정(日出町:히노데마찌)이라고도 하였다.

종포를 소포라고 한 것은 물살이 센 곳을 '쏘'라고 한 것을 음차해서 '소'라고 한 것으로 추정하며 해남의 소포 역시 같은 예인 것 같다.

위치 여수시 종화동 종포
주석 종포는 동 3리 척산[자산] 아래 있는 포구로 배들이 정박하는 곳이다[宗浦ㅇ東三里
尺山下浦口 船湊泊處].

장군의 옛 자취 언제나 위엄해라

장군의 옛 자취 언제나 위엄해라 　　　　將軍古蹟尙威嚴

태수는 감탄하고 쳐다보며 노래하네 　　　太守微忱極誦瞻

왜란은 지났는데 제 혼자 남아서 　　　　過了劫塵餘自在

흩어져 어화(漁火)되니 고깃배들 들어오네 　散爲漁火入恩沾

화대는 현재 그저 돌기둥으로밖에 보이지 않지만, 이순신 장군이 만들어 놓은 야간 훈련용 조명등 밑돌이었다. 진남관 앞마당에 어른 키만 한 2기가 아직 남아 있다. 세월이 흘러 닳고 닳아 처음 본 사람들은 무엇에 썼던 물건이냐 의아해 한다. 이순신 장군이 직접 깎아 세운 석등임을 안 연후에는 장군의 전술을 상상하게 된다.

"새벽에 우후(虞候)가 각 포구의 적간하는 일로 배 타고 나갔다. 공무를 마친

석주 화대

뒤 활을 쏘았다. 탐라 사람이 여섯 식구를 거느리고 도망쳐 나와 금오도에 머물다가 방답 순환선에 잡혔다고 사령을 보냈기에 문초를 하고서 승평으로 압송하고 공문을 써 보냈다. 저녁에 화대석(火臺石) 네 개를 실어 올렸다."

이순신 장군의 1592년 2월 3일 자『난중일기』에 이렇게 쓰여 있다. 이로 보면 처음에 화대는 4기였을 것으로 추정할 수 있다. 여수에 남아 있는 이순신 장군의 옛 자취는 화대 말고도 한둘이 아니다. 이들 잔존문화를 다시 살리기 위하여 지역사회는 안간힘이다. 잔존문화는 애초의 기능이 상실된다. 화대는 임란 당시에는 조명등이었고, 오 군수 재임 때는 등대로 재현되었다. 현재의 닳고 닳은 돌기둥은 문화변동의 격랑을 거쳐 유형문화재가 되었다.

오 군수 재임 당시, 천지가 온통 뒤집힐 때 일어난다고 하는 겁진(劫塵), 곧 임진왜란은 400여 년이나 흘렀다. 다시 왜구들의 간섭이 노골적으로 자행되던 때였지만, 오 군수에게 화대는 어부들에게 더없는 등대 같은 유물이었다. 좌수영성 앞이 밝으니 이를 향해 만선의 고깃배들이 항구로 돌아온다. 작가는 정색하고 이에 감탄하며 마침내 시를 읊었다. 이 시로 인해 이순신 장군의 고적(古蹟) 화대는 백성들의 은첨(恩沾) 곧 등대 같은 푯돌이 된 것이다.

충무공 이순신 장군은『난중일기』임진(1592) 2월 8일(기해)에 '…동헌의 뜰에다 석주화대 돌기둥을 세웠다.'라고 적고 있다. 4개가 있었는데 한 개는 진남관 앞 뜰에 있고 한 개는 동헌 뜰 위에 있고 두 개는 전선에서 배를 매어 화포를 설치하던 곳에 있었다고 한다.

위치 여수시 동문로 11(군자동 472) 진남관 앞
주석 화대는 전선이 모아드는 곳에 석대를 설치하고 불을 밝혔던 곳이다[火臺o戰船湊集處 石臺設 火之所].

지금도 우뚝 서서 무엇인가 경계하네

자초지종 후인에게 말하기 어려워라	叙情難訴後來咸
묻자 해도 지난 일은 듣지 못해 알 수 없네	欲問無聞往事緘
이룬 공적 회상하니 모두가 떠났는데	緬想功成人去盡
지금도 우뚝 서서 무엇인가 경계하네	至今卓立有何監

석인은 사람 모양의 돌이다. 이 돌은 원래 본영 선소 전선을 매두었던 곳에 7구가 있었다. 그래서 계선주(繫船柱)라고 했다. 전선을 매두었던 곳에 있다하여 그런 이름을 갖다 붙인 것이다. 지금은 좌수영성 경내에 문인(文人) 모습 1구만이 점잖게 남아 있다. 전선에 문인 모습이라. 어쩐지 어울리지 않는다.

점잖은 문인석은 언제부터 무엇을 말하려 부둣가에 서 있었을까? 이에 대한 정확한 기록은 아직 없다. 기록이 없으니 세월이 흘러도 설명할 수가 없다. 어디 그뿐인가? 저간의 사정을 후세에 자세히 알리려 해도 돌은 말이 없다. 그래도 변방 좌수영을 지켰던 사람들은 회상해 본다. 그 사람들은 하나같이 다 떠나고 없다.

예부터 석인은 신적 존재였다. 마을을 지키고, 능묘를 수호한다는 믿음 때문이었다. 그 모습은 그냥 돌기둥이 아니라 공복차림의 문인석도 있고, 갑옷차림의 무

현재 진남관에 옮겨져 있다

좌수영 선소의 석인

인석도 있다. 사실적인 신체묘사, 정교한 기법, 위엄한 인상 등은 민중예술로도 호평을 받는다. 신앙적, 예술적 가치가 그만하기 때문에, 석인은 수호신의 상징적 존재요, 민간신앙의 역사적 실체라 할 수 있을 것이다.

그러면 여수 석인은 무슨 물건일까? 『조선환여승람』에는 석인 7구를 이순신 장군이 세웠다고 기록되어 있다. 이 충무공과 오 군수의 연대 차이는 무려 400년이고, 오 군수와 환여승람을 저술한 이병연(李秉延)과는 40여 년 차이이니, 이를 감안하면 누가 맞고 누가 틀리다 이야기한 것도 당치않다. 다만, 적에게는 두려운 경계석(警戒石)일 것이고, 아군에게는 안심되는 지킴이일 것이다. 배를 매 두는 계선주는 더욱 아니다. 남아 있는 것이 문인이니 6구 모두 문인으로 일반화하는 것도 잘못된 판단이다. 아마도 무인도 있었지 않았을까? 하나밖에 남지 않은 석인은 앞으로도 그 모습, 그 상징을 지니고 헤아리기 어려운 세월 동안 좌수영성을 지키는 문화재로 남을 것이다. 이 시의 결구가 이를 확인시켜 준다.

『호좌수영지』에 '선창은 남문밖에 있다. 1678년(숙종 6, 강희 17) 무오에 절도사 김세기(金世器)가 5기의 석인을 세웠는데 전선(戰船)을 매어도 든든하여 흔들리지 않았다. 1693년(숙종 19, 강희 32 계유)에 절도사 윤하(尹河)가 주청을 드려 승군을 징발하여 돌을 쌓아 풍랑을 막아 배가 함부로 움직이지 않게 했다. 그 길이가 200발(把)이다.'라고 했다.

위치 여수시 동문로 11 (군자동 472) 진남관 앞
주석 석인은 모두 7구인데 일곱 전선소의 배매는 곳이다[石人○凡七軀 七戰船所 繫處].

부엌엔 살림 맡은 아낙들, 항아리들

수죽당 처마 끝에 안채 들보 닿아 있네	公廨比簷私第棟
부엌엔 살림 맡은 아낙들, 항아리들	祿資主饌中廚甕
집안일 걱정된다, 한집에서 살라 하니	苦令家累聿來捿
도연명은 아니로되 형 동생은 아닐는지	難與淵明擬伯仲

내아는 좌수영성 동헌에 딸린 안채이다. 그러니 군수가 거처하는 공간으로서 음식을 주관하는 아낙들이 있고, 부엌엔 술과 음식 재료를 넣어둔 항아리들이 있다. 오 군수는 부엌살림도 흥미롭게 관찰하여 노래했다.

집을 떠난 이들에게 가장 큰 걱정거리 중의 하나는 먹는 문제이다. 그런데 다행스럽게도 오 군수는 음식 걱정을 덜었다. 녹봉을 받는 조리사가 있었고, 술을 담아 놓은 항아리들이 있었기 때문이었다. 물론 식재료도 갖추어져 있었을 것이다. 변방에 떠나와 있는 처지에서 술은 또 최고의 연인이었을 것이다.

도연명은 술을 사랑했다. 실제로 그가 남긴 130여 편의 시 중에는 절반 정도가 술에 관한 시어가 포함되어 있을 정도다. 그래서 그를 주성(酒聖)으로도 불렀다. 그 배경에는 어지러운 세상을 떠나 자연과 일체되어 살고자 했던 그의 삶의 궤적이 있다. 아버지를 일찍 여읜 그는 어릴 적에는 가난한 집안일을 거들며 학문을

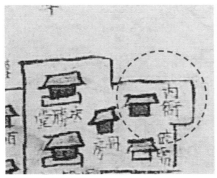
전라좌수영의 내아

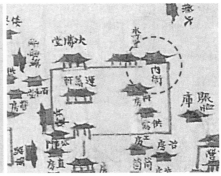
내아

익혔다. 벼슬길로 나선 후에는 여러 고을 하급 관리를 지냈다. 얼마 안 되어, 혼탁한 관리 사회에 염증을 느끼고 그 길로 자리를 박차고 나와 은일생활을 시작한다. 때마침 동진이 멸망하고 송나라가 들어선다. 고향으로 돌아간 도연명은 생을 마칠 때까지 현실을 도피하여 손수 농사를 짓고 산수와 시와 술을 벗 삼아 살다가 전원으로 영원히 귀의한다.

오 군수는 현직 지방 관료였다. 그래서 도연명일 수는 없었다. 그러나 당시는 조선이라는 국호를 내리고 대한제국으로 재탄생한 때였다. 중앙에서는 대신들이 친일과 반일로 나뉘어 아귀다툼이었고, 지방에서는 삼정들이 너나나나 민생을 갉아먹고 있었다. 그 틈서리에서 민중들의 형편은 말이 아니었다. 이럴 때였으니, 작가는 술항아리 놓아진 정지를 들여다보고 도연명이 생각났던 모양이다. 그래서 도연명과 자신을 형과 동생 사이라 흥미롭게 표출했다.

내아는 지방관아에 있던 안채이다. 여수군청의 내아는 정청인 간숙당의 동쪽에 있었던 수죽당의 오른편에 있었으며 10칸으로, 현재 군자동 479번지이다.

위치 여수시 군자동 479
주석 내아는 수죽당 동쪽에 있는데 처마가 잇대어 있대[內衙 ○ 在水竹堂東 連簷複道].

연못 위의 주홀루는 백 척 높이 위험한데

검부러기 보이는데 거울처럼 열려 있고	開如寶鏡見纖芥
연꽃을 모아 심어 오경(五更) 이슬 모았네	栽合團荷承沆瀣
연못 위의 주홀루는 백 척 높이 위험한데	上有危樓百尺高
주인장은 늠름히도 방당계율(方塘戒律) 임했구나	主翁凜若臨淵戒

장광설일지 모르겠으나, 먼저 방지(方池)에 대한 설명을 먼저 해야겠다. 중국 남송 때였다. 주자(朱子)는 어느 날 연못가에서 책을 읽다가 문득 시상이 떠올랐다. 그는 즉석에서 「관서유감(觀書有感)」으로 시제(詩題)를 달아 이렇게 적었다.

반 이랑 모난 연못 거울처럼 열렸는데	半畝方塘一鑑開
하늘빛 구름 그림자 함께 배회하네	天光雲影共徘徊
묻노니 어이하여 그처럼 해맑은가	問渠那得淸如許
근원이 있기에 물이 흐른 것이라네	爲有源頭活水來

이 시는 네모난 연못에서의 깨달음을 노래한 것이다. 거울처럼 맑은 물은 근원이 있기에 오염되지 않는 활수(活水)로 흐른다는 이치다. 본성을 깨닫고 행동하라는 깊은 뜻의 메시지다. 여기에서 연유되어 우리나라 선비들은 으레 방지 혹은 방당(方塘)이라 하여 네모난 연못을 사랑채 앞에 만들어 놓고 주자처럼 행세를 했다. 연못 가운데에다는 아주 작은 섬 동산을 두고 매·난·국·죽·송으로 조경도 했다. 하늘은 둥글고 땅은 네모지다는 천원지방(天圓地方)에 뿌리를 둔 유가적 풍류라고나 할까?

이 시에서도 네모난 연못에 검부러기가 떠 있긴 하나 물은 거울처럼 맑다. 방지의 연잎에 밤중 내내 서린 이슬이 데굴데굴 구른다. 연못 위에는 주홀루가 위태로이 세워져 있다. 그 위에 주인장은 선비로서의 지켜야 할 규범을 생각하고 있다. 그 주인장은 바로 작가 자신이다.

주홀루는 정당의 서루, 주홀루방지(拄笏樓方池)는 주홀루의 연못으로『읍지』의 시를 통해 분위기를 짐작할 수 있겠다.

주홀루

한가히 향불을 사루다가 다시 누대에 오르니.

대나무 푸른빛이 옷에 젖어 미끄럽게 흐를 듯

풍속을 고치는 데는 비록 약물이 없다하니

오직 상쾌한 기운이 눈섭 위에 오르는구나

위치 여수시 진남로 89(군자동 465) 일원
주석 주홀루 방지는 석축으로 들러 있 누의 남쪽 뜰에 있다[拄笏樓方池 ○ 石築在樓南庭].

다순 봄날 나는야 백성들과 함께 했네

안쪽에는 '수죽당'이 우러러 보이고	內扁水竹堂瞻供
밖에는 '경명각'이 결사 옹위 하고 있네	外揭鏡明閣決壅
가운데는 영화문(迎和門)이 남쪽 향해 열려 있어	中一迎和闢向南
다순 봄날 나는야 백성들과 함께 했네	陽春聊與吾民共

영화문은 수죽당 앞 정문이고, 그 앞에는 경명각이 자리하고 있었다. 대문마다 파수꾼이 창을 들고 있었다. 아무런 죄가 없는 데, 보통사람은 건물 현판만 쳐다보아도 위엄을 느낀다. 오싹한 이 성역에서 작가는 집무를 보았다.

건물도 위계가 있다. 당(堂)은 보통 전(殿)이나 궁(宮)보다는 낮고, 각(閣)은 당의 부속 시설이다. 좌수영 성안에서 가장 위계가 높은 건물은 수죽당이었다. 경명각은 수죽당을 보위하는 건물로, 작가는 이 문을 지나 영화문을 거쳐 동헌에 드나들었다. 이 정도는 돼야 군수로서의 체면이 지엄하게 서지 않았겠는가?

인간관계에서 소통만큼 중요한 게 있을까? 『명심보감』에, 말이 이치에 맞지 않으면 말을 하지 않는 것만 같지 못하고, 자신이 한 말이 맞지 않으면 천 마디 말도 쓸데가 없다 하였다. 언어 소통의 중요성을 지적한 금언이다. 부하들은 말할 것도 없고, 일반 백성들과도 소통이 되지 아니했다면, 오 군수는 리더로서의 자격이 없

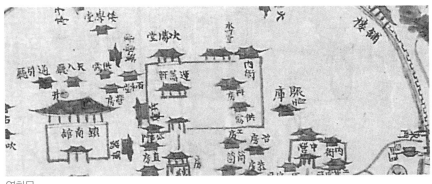

영화문

었을 것이다. 군림의 리더십은 도리어 조직을 병들게 한다.

작가는 이 시에서 민중들과 소통하는 장면을 그렸다. 비록 동헌은 민중들에게 두려운 공간으로 인식되었을지라도 지역을 관장하는 수장으로서 대문을 활짝 열어 놓고 민중들과 이야기를 주고받는다. 수죽당은 너무나 청한(淸寒)하기에 화기(和氣)로써 민중을 구제하겠다는 뜻이다. 작가의 마음씨가 따스한 봄날 같이 느껴진다.

위치 여수시 군자동 465 일원
주석 영화문은 수죽당 앞문이다. 수죽은 청한한 탓에 화목한 기운으로 다스리고자 했다[迎和門○水竹堂前門 水竹淸寒 故欲以和氣濟之].

근래에 개문룻길 억울한 이 많더라

바룸은 끝까지 행위 알고 안온하게	正由有限知行穩
사정(司正)은 언제나 사건 근본 밝히라	司警爲常明事本
이름을 따져 묻고 의리 신분 생각하라	試問顧名思義誰
근래에 개문룻길 억울한 이 많더라	邇來門路多招損

개문루는 좌수영성 외삼문(外三門)이다. 아마도 이 문으로 죄지은 사람들을 출입시켰던 모양이다. 이 시는 수사를 공정하게 하라는 일종의 지침과 같다. 어떤 일의 시비를 가릴 때 가장 중요한 것이 공정성 아닐까?

정유(正由)를 바룸이라 했다. 바루다는 비뚤어지지 않도록 곧게 하다는 뜻이어서 그렇게 해도 무리는 없다. 행온(行穩)은 붙들려온 사람에게 강압수사를 하지 말고 평안하게 대하라는 뜻이다. 또 오 군수는, 사정(司正)은 근본 원인부터 밝히라고 말한다.

고명사의(顧名思義)라는 말이 있다. 어떤 일을 당하여 자신의 명예를 더럽히는 일이 아닌지 돌이켜 보고, 또한 의리에 어긋나는 일이 아닌지 생각하라는 의미이다. 삼국시대, 위(魏)나라 문제 조비(曹丕)의 태자 스승이었던 왕창(王昶)이 아들과 조카들에게 당부한 말이다. 이 성어에는 철저하게 따지고 검증하라는 뜻이

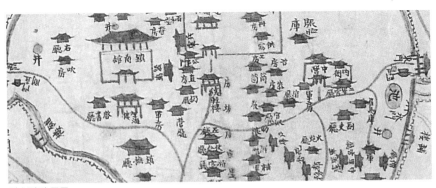

좌수영의 문루

담겨 있다. 오 군수는 개문루 앞에서 억울한 사람을 많이 보았을까? 오 군수에게 그들은 결박당하고(招), 손해를 입은(損) 사람들로 보였다. 그래서 오 군수는 이런 지침을 내렸던 것으로 생각된다. 『명심보감(明心寶鑑)』한 구절, "滿招損하고 謙受益이니라."가 생각난다. 지나치면 손해 보고 겸손하면 이익이 따른다. 이 시에는 덕치(德治)를 강조한 작가의 너그러운 인품이 담겨 있다.

　　정청의 외삼문으로 루는 정원이라고 불렀던 완경루로 추정된다. 그런데 완경루는 오횡묵 군수가 왕유의 주홀간산(拄笏看山)에서 이름 따서 주홀루라고 개명을 하고 『호남여수읍지』는 주홀루를 정당의 서루라고 하고 있어 정확한 고증은 어렵다.

위치 여수시 군자동 465 일원
주석 개문루는 외삼문이다[開門樓○外三門].

임금 덕화 저 멀리 여수까지 젖어오네

궐패(闕牌)를 우러르며 선장(仙仗)을 차려놓고   開殿瞻宸仙仗盡

향불 피워 절을 하고 조의(朝衣) 접고 물러났네   焚香稽首朝衣引

진남이란 객사의 뜻 정말로 빛이 나고   鎭南宇義正煌煌

임금 덕화 저 멀리 여수까지 젖어오네   聖化遐濱玆有隕

    진남관은 조정에서 온 손님이 묵는 일종의 영빈관이다. 지금까지도 대단한 위용을 자랑하는 여수 진남관은 망궐례를 올렸던 객사였다. 그 망궐례를 지낸 장면을 시로 읊었다. 궐패는 임금을 상징하는 '전(殿)'자를 새겨놓은 나무 조각에 불과하지만, 지방 고을에서는 직접 임금을 배알할 수 없으니 이를 안치하고 매월 초하루나 보름 그리고 명절에 예를 다하여 절을 올렸다. 이때, 지방관은 의장(儀仗)을 갖추었으며, 정복 조의(朝衣)를 입었다. 절을 할 때는 이마가 바닥에 닿을 정도로 조아리는 계수(稽首)였고, 물러날 때는 옷이 펄럭이지 않아야 했다. 임금에 대한 충성과 다름이 아니었다.

    우리나라에 진남관은 여러 곳에 있다. 진남은 남쪽을 진압한다는 뜻이니, 그 주적은 당연히 일본이다. 역사적으로 일본은 우리에게 무척 해로운 존재였다. 오군수가 여수에 재임할 당시는 청일전쟁과 동학농민전쟁 등에서 승기를 잡은 일본이 우리의 변혁의지와 자주권을 꺾어버리고 오로지 수탈과 강제 합병의 구실을 찾고 있을 때였다. 그럼에도 '진남'을 그대로 객사 이름으로 삼고 정성을 다해 망

호좌수영지(규장각 소장) 진남관

진남관

궐례를 올렸다. 참 가상한 일이었다. 진남관은 여수 유일의 국보다. 문화재적 가치도 중요하지만, 대일 관계의 역사성을 직접 목도할 수 있는 현장이란 점에서 그 의의는 대단히 크다. 망궐례 장면을 시로 표현하면서 임금의 덕화가 여수까지 미친다고 느꼈던 작가의 자주적 역사의식도 여기서 볼 수 있지 않은가?

　진남관은 현존하는 전라좌수영의 유일한 건물이다. 국보 제304호. 임진왜란이 끝난 뒤 1599년 이순신의 후임 통제사 겸 전라좌수사 이시언이 정유재란으로 불 타버린 것을 진해루(鎭海樓) 터에 세운 75칸의 대규모 객사이다. 남쪽을 진무한 다는 의미에서 '鎭南館'이라고 했다. 『난중일기』에는 진해루에서 공무를 보았다 하고, 따로 객사 기록이 있어 진남관 터는 원래 객사 자리는 아닌 것 같다. 1664년 절도사 이도빈이, 1716년 화재로 소실된 것을 1718년 이제면 수사가 다시 지었고, 이후 수리를 거쳤으나, 1718년 중창이 오늘날 건물의 뼈대가 되었다.

　1910년(순종 4) 여수공립보통학교를 시작으로 일제강점기에는 여수중학교와 야간상업중학교로 사용되다가 광복 뒤 여러 차례 수리를 거쳤다. 1953년 보수 공사 도중 1718년 이제면 수사가 쓴 현판이 발견되었다.

　현 건물은 정면 15칸(54.5m), 측면 5칸(14.0m), 면적이 240평의 대형 건물로 해인사 장경판고와 함께 몇 안 되는 우리나라의 대표적 목조건물이다. 팔작지붕을 올린 겹처마 단층 건물이며, 장방형 대지에 2열 바른층 쌓기 한 기단 가장자리를 장대석으로 돌리고 큰 막돌 덤벙 초석 위에 민흘림의 원형 기둥(68개)을 세웠다.

　기둥은 창방으로 연결되고 공포는 기둥 위에만 배치한 주심포 양식으로 기둥 위에 주두가 놓이고 포 사이에는 화반을 받쳤는데 이러한 구성은 주심포나 익공계 집에서 주로 사용된다. 외 2출목으로 짜여진 공포는 외목도리를 받치고 있고, 내부는 2열 고주(高柱)를 배열하여 대들보[大樑]를 받도록 하였다. 또 기둥과 보를 보아지로 보강하였으며 들보 위에는 동자주를 세우고 그 위에 종보를 두어 화반대공을 결구하였다. 전후 퇴칸에 퇴보를 두어 지붕의 하중을 효과적으로 분산시키는 작용을 하도록 하였다.

위치 여수시 동문로 11(군자동 472)
주석 진남관은 객사이다[鎭南館○客舍].

반드시 두루 힘써 군자들이 다투는데

평심(平心)으로 예의 갖춰 위의(威儀)에 가깝도록	平心中禮威儀近
온화한 표정으로 진퇴(進退)를 삼갔네	正巳和容進退謹
반드시 두루 힘써 군자들이 다투는데	必也周旋君子爭
향사(鄕射)란 이름은 거기에서 취했다네	取名鄕射由其蘊

여수 향사당(鄕射堂)은 옛 중영에 있었다. 오 군수 재직 당시에는 이 건물을 고쳐 향장(鄕長)의 처소로 활용했다.

향사(鄕射)란 향촌에서 활쏘기 시합을 하며 예법을 익히고 서로 친목을 도모하는 의식이다. 여기에는 술을 마실 때 갖춰야 하는 복잡한 향음주례를 곁들인다. 이는 관혼상제 및 상견례(相見禮)와 더불어 선비들이 지켜야 할 육례(六禮)의 하나였다. 『국조오례의(國朝五禮儀)』에 의하면, 해마다 군현 단위로 3월 3일, 9월 9일에 선비와 유생들이 향교에 모여서 이를 실시했는데, 조선 후기에는 향반(鄕班) 사회의 축제로 변화된다.

활쏘기는 평심(平心) 곧 평온한 마음을 갖게 한다. 예의를 갖추고 엄숙한 태도와 온화한 표정으로 임해야 한다. 나가고 들어 올 때는 경거망동해서는 안 된다. 이러한 예법을 통하여 나라에 충성하고, 어버이에게 효도하고, 가정에서는 화목

중영

하고, 향리에서는 잘 어울리고, 서로의 잘못을 깨우쳐 주는 등 인격을 수양하고 남을 교화하도록 한다. 그래서 주례를 곁들인 활쏘기는 선비들이 반드시 거쳐야 하는 교과과정이었다. 이를 익혀야 진정한 군자의 반열에 들기 때문이었다.

오 군수의 시는 대체로 사실에 가까운 모습을 그대로 그렸다. 이 시 역시 그렇다. 객관적 사물을 있는 그대로 정확하게 재현하려는 사실주의적 경향은 19세기 프랑스 중심으로 일어난 사조인데, 오 군수가 이러한 경향을 접하고 그것을 자신의 시적 산물로 삼았다고 보기는 어렵다. 다만, 오 군수의 시는 평이한 기교에 풍교에만 치중하지 않았다는 점과 표현의 사실성과 자유성을 드러내고 있다는 점에서 20세기에 도래했던 시적 경향과의 연관성 등에 대해서는 조심스럽게 접근해 볼 필요가 있지 않을까?

위치 여수시 진남로 89(군자동 465) 일원
주석 향사당은 예전 중영이다. 이제 중수해서 향장의 처소로 삼는다[鄕射堂 ○舊中營 而今重修爲鄕長處所].

의젓한 신단 있어 이 나라 탈이 없게

토지신명 존숭하니 헤아림이 그지없네　　　尊爲后土無能擬
우리 백성 모두에게 배부르게 점지했네　　　粒我烝民莫匪爾
의젓한 신단 있어 이 나라 탈이 없게　　　　有儼新壇建此邦
연년세세 영원히 제사토록 하옵소서　　　　春秋歲歲肇禮祀

사직단은 나라와 곡식을 맡은 신에게 국태민안과 풍년을 기원하며 제사지내는 제단이다. 여수 사직단은 구봉산 동쪽 중록에 있었다. 원래 나라에서는 종묘를 궁전 왼쪽에, 사직을 오른쪽에 두었다. 고을에서는 관아의 서쪽, 곧 오른쪽에 사직단만 두었다. 구봉산은 좌수영성 오른쪽에 있다.

후토(后土)는 토지신이다. 토지신은 선농(先農), 선잠(先蠶), 우사(雩祀) 등을 관장한다. 그래서 나라에서는 종묘와 사직을, 고을에서는 사직단을 두어 제사를 지냈다. 그렇게 해야 입아증민(粒我烝民) 곧 농사가 잘되어 백성과 나라가 모두 평안하다고 믿었다. 고래로부터 정령에 대한 믿음은 가히 신앙 수준이었다.

『악학궤범(樂學軌範)』에는 사직 제사 때 토지신을 위하여 수안지악(壽安之樂)을 연주했다는 기록이 있다. 그러면서 "아! 빛나도다. 두터운 덕이 하늘의 조화를 받아 빛나도다. 만물을 성숙시켜 끝없이 은혜 베푸시도다. 제사 지내오매, 경과 관 소리가 쟁쟁하오니, 비나이다 오시어서 많은 복을 내려주소서."라고 빌었다.

이 시를 일독하고 나면 송강 정철의 후손 정해정(鄭海鼎)의 「민농가(憫農歌)」가 떠오른다. 「민농가」는 농사가 잘되어 백성이 평안하기를 기원한 가사이다. 오 군수가 사직단에 올라 제사를 지내며 나라가 태평하고, 백성이 편안하도록 염원하는 애민의 울림이 「민농가」만큼 여운이 있다.

사직단(社稷壇)은 서쪽으로 5리에 구봉산(九鳳山)아래 있다. 정유(丁酉 : 1897)년에 신축했다. 『전라남도여수군읍지』에 나온다.

여기서 〈민농가〉를 맛보고 가자. 그 분위기를 느끼기 위해 앞 일부만을 필자의 생각대로 풀어 실었다.

저기 가는 저 농부야, 이내 농부노래 살펴듣소. 국가의 믿는 근본 우리 백성 그 아니며, 우리 백성 믿는 근본 이내 農務(농무) 아닐쏘냐. 크나큰 저 큰 사업 천하대본 이뿐이라. 메기장 씨 뿌릴 때 습한 두렁 지리 살펴 두둑 갈고 불을 지펴 이 늦봄이 가지전에 먼저 해야 할 일이로다.

입아증민 우리 聖主(성주) 남쪽 밭을 친히 갈고, 육관 벼슬들은 농부 도와 풀베기 나무하기 井田法(정전법) 고쳐 두고 豳風詩(빈풍시)를 외는구나. 임금은 允治(윤치)하니 萬世永賴(만세영뢰) 이 공이라. 子貢(자공)의 묻는 정사 공자 말씀 足食(족식)이라.

아, 저 保介(보개)야, 不可綏也(불가유야) 民事(민사)로다. 농가의 克敏(극민)할 일 서로 먼저 하자꾸나. 화전하고 물을 대서 모든 백성 도랑내고 이랑갈기 힘써하니 남쪽 들녘 해를 맞아 거친 밭이 옥토 되어 잡풀 한 점 없게 했네.

엽엽한 저 모종을 그 어찌 버릴손가. 호미 들잔 모든 의논 괴롭다 하지 말소. 이 내 公田(공전) 오늘 메고 이 네 私田(사전) 내일하세. 언뜻 들일 점심되니 흐른 땀을 괴롭다 말소. 이 귀 저 귀 빈 데 없이 제일먼저 풀을 메세. 오늘 때를 놓치면 周箱魏箇(주상위균) 어디서 볼까. 농사하기 싫어 말소. 한 집안의 풍작은 두텁고 두텁도다. 보리밥 거친 점심 鼓腹歌(고복가)로 擊壤(격양)하네. 술이야 있지마는 잔 돌리기 어렵네. 농가의 힘든 일을 그 누가 모를 손가. 근검 절약 끼친 聖訓(성훈) 우리 나라 先政(선정)이라. 〈이하 생략〉

위치 여수시 구봉산
주석 사직단은 귀봉산 3리에 있다[社禝壇○在歸鳳山三里].

우리 여수 공고하게 신령님 도우시니

공들여 터를 닦아 성황신 좌정함에	土杵功成神所與
엄숙한 사당에서 예의를 거행했네	靈祠貌肅禮斯擧
우리 여수 공고하게 신령님 도우시니	鞏我新州冥佑垂
인가는 태평하고 변방은 무사하네	人烟蘊藉靖邊圉

옛날에는 고을마다 성황단을 두고 이를 섬겼다. 성황신을 모신 여수 성황단은 고소대에 있었다. 성황은 고을을 지키는 신적 존재인데, 여기서 더 나아가 풍요와 다산 등을 함께 관장한다고 한다.

토저(土杵)는 터닦음을 의미한다. 터를 닦을 때는 정성을 들여 달구질을 했다. 터닦음이 끝나면 신당을 세워 신체(神體)를 모시고 제사를 드린다. 신체는 일반적으로 천왕(天王), 산신, 장군 등이다. 여수 최초의 성황신은 견훤의 부하가 되어 인가별감 관직에 올랐던 김총(金摠)으로, 진례산에 성황당이 있었다. 『강남악부』에 이렇게 나와 있다.

> 김별가는 뛰어난 사람이었네
> 살아서 평양(=순천)의 군장이 되지는 못했어도
> 죽어서 성황신이 되었다네
> 신의 음덕이 후손들에게 전해져 보살펴 주시니
> 대대로 문관과 무관에서 어진 신하가 많네
> 그대는 보지 못하였는가
> 진례산이 높고 높아 오래도록 무너지지 않은 것을
> 지금까지 봄과 가을에 제사를 드린다네

이보다 훨씬 후대인 오 군수 시절에는 고소대에 별도의 성황단이 있었던 것 같다. 신체는 분명하지 않다. 그래도 오 군수는 현재의 고소대 계산(鷄山)에다 성황단을 새로 만들고 제사를 주재했던 것으로 보인다. 『신증동국여지승람』을 보면, 제의 시기는 봄가을로 나온다. 제사는 유교식 절차에 따라 실시했는데, 뒷풀이는 고을 주민들이 거의 참여하는 축제의 성격을 띠었다.

　이렇게 하여 제사를 모시고 나면 천신과 산신이 노여움을 갖지 않고 오히려 고을이 잘되도록 돕는다고 한다. 오 군수가 바랐던 바는 고을에 밥 지은 연기가 인가마다 모락모락 피어오르고, 연안에는 해구나 왜구들이 집적거리지 않는 것이 있다. 작가는 태평성대를 바라는 뜻에서 이 시를 지었을 것이다.

　성황사(城隍祠)는 동쪽으로 3리인 척산(尺山)에 있다. 무술년(1898)에 신축했다. 『전라남도여수군읍지』에 나온다.

　『총쇄』16책에는 성황당 상량문(城隍堂 上樑文)이 실려 있다. 여수 설군(設郡)에 따라 성황당을 지어 민물(民物)이 건장하고 강역이 함녕(咸寧)하기를 바라고 있다.

위치 읍지에는 척산(尺山) 즉 자산이라고 하고 잡영에는 고소대가 있는 계산이라고 하고 있어 위치가 모호하다.
주석 성황단은 계산에 있다[城隍壇○在雞山].

우리 민족 먼 옛날 창성 국운 뻗쳤네

육기는 사라지고 잃은 법도 다시 서고	六氣祲消乖度改
우리 민족 먼 옛날 창성 국운 뻗쳤네	九黎世遠昌辰迣
길일 택해 당을 세워 새로이 고하며	堂壇日吉告新成
제관에게 명하여 의례 갖추라 일렀네	爰命祠官儀禮採

의술이 발달하지 않았던 옛날, 전염병이 돌면 유일한 비방은 제의와 비손이었다. 여제단은 돌림병으로 죽은 넋을 위로하기 위하여 제사를 지내는 제단이다. 여수 여제단은 진산 종고산에 있었다.

자연에는 육기(六氣)가 있다. 그늘(陰), 바람(風), 비(雨), 어둠(晦), 밝음(明), 볕(陽)이 그것이다. 이들은 만물의 근원이요, 생명력의 원천이다. 그래서 원시시대에는 이를 신체(神體)로 믿었다. 이들이 균형을 잃거나 노하게 되면 사람에게 역병과 같은 탈이 미친다. 이럴 때는 정성을 다해 제사를 지내거나 빌어야 한다.

'九黎'는 '구려' 혹은 '구리'라 해서 우리 민족을 뜻한다. 하늘나라 환인(桓因)이 아들 환웅(桓雄)을 지상 세계로 보내 '구려(九黎)', '구환(九桓)', '부여(夫餘)' 등을 세웠다는『환단고기(桓檀古記)』의 해석에 의해서다. 우리 민족은 해로써 신을 삼고, 하늘로써 조상을 삼았다.

하늘나라 임금이 온 세상을 지배한다고 믿었던 정령은 어느 민족에게나 공통적으로 나타나는 원시신앙이지만, 우리 민족은 제사의식을 통하여 온 세상을 지배하는 하늘나라 임금을 숭배하고 역병을 다스려 달라 염원했다. 지역에서 발생하는 모든 재앙은 이러한 신앙형태로 물리치고자 하였다. 이 시에서도 이러한 관념을 쉽게 이해할 수 있을 것이다. 오 군수의 민중에 대한 사랑을 여기서도 볼 수가 있다.

여제단(厲祭壇)은 북쪽으로 3리인 중산(中山)에 있다. 무술년에 신축했다.『전라남도여수군읍지』에 나온다. 여제단은 여제 즉 제사를 받지 못하는 무주고혼이나 역질을 퍼뜨리는 여귀(厲鬼)에게 제사를 지내는 단이다. 조선 시대에는 서울과 각 군·현에 하나 내지 둘 정도가 설치되었다.

『총쇄』16책에 여제단 상량문이 실려 있다. 여수는 예전 절도영으로서 새로 군을 설치함에 따라 여단을 세워 상량한 뒤에 풍우가 순조하고 여정이 맑고 마을의 샘이 맑고 깨끗하기를 바라는 뜻을 담고 있다.

위치 읍지는 중산이라고 하고 잡영은 종고산이라고 하고 있어 위치가 모호하다.
주석 여제단은 종고산에 있다[厲祭壇○在鍾鼓山].

세상을 바로 보면 세상 풍속 바로서고

세상을 바로 보면 세상 풍속 바로서고	貞觀四海惟風動
유생들 오경 강독 여러 아우 따른다네	國子五經羣弟總
지신 곡신 존엄하나 사직단 없다 해도	社禝同尊不屋壇
어찌 우뚝한 성인(聖人) 자리 같으리오	豈如當座巍然董

향교는 조선시대의 교육기관이었다. 여수 향교는 서문 밖에 있는데, 1897년 여수군이 처음 생기면서 향교도 여수 유림들의 발의로 함께 세워졌다. 이 때 대성전 상량문은 돌산군수 조동훈(趙東勳)이 썼다. 작가는 이 해에 초대 군수로 왔으니 그의 공적도 없지는 않을 것이다.

유학은 공자와 선현들의 가르침을 근본으로 삼는 학문이다. 공자를 따르는 유학자들은 실천적 도의를 근본으로, 사서오경을 경전으로 삼는다. 여기에서 우주 만물의 도를 터득하고, 오륜(五倫-父子, 君臣, 夫婦, 長幼, 朋友)과 오상(五常-仁義禮智信)을 갖추게 되면 그것이 앎이요, 세상이 바로서는 이치라 믿었다. 그

여수향교

래서 중앙에는 성균관을 두고 지역에는 향교를 두어 나라의 자제들에게『소학』과 『가례』에서 오경까지 가르쳤다. 이 길은 유생들의 출사 방도이기도 했다.

사직(社稷)은 토지신과 곡식신을 아울러 이른 말이다. 백성은 땅과 곡식이 없으면 살 수 없으므로 관가에서는 그들을 위하여 사직에게 복을 비는 제사를 지냈다. 왕가의 종묘와 더불어 백성의 사직은 국가 존립의 가장 중요한 근간이었다. 여수에도 구봉산 중록에 사직단이 있었다.

향교 운영 책임을 지는 수령은 향교를 사직단보다 중히 여겼다. 향교의 가장 웃전 대성전에는 공자를 으뜸으로 안자(顔子)·증자(曾子)·자사(子思)·맹자(孟子)의 네 성인(聖人)과 송나라 때 유학자 주돈이(周敦頤)·정이(程頤)·정호(程顥)·주희(朱熹)를 비롯하여 우리나라 열여덟분의 선현들을 배향한다. 이 시 당좌(當座)는 배향된 바로 이들 성인들과 선현들의 앉은 자리를 뜻한다. 오 군수는 「향교」를 통해서 성인과 성현들이 닦아 놓은 학문을 익히라는 뜻을 말하고 있다.

여수향교는 1897년에 창건되어 봄, 가을에 석전제를 모시고 있다. 1985년 2월 25일 전라남도 문화재자료 제124호로 지정되었다.

여수향교는 전학후묘의 배치 구조를 보이는데, 이 경우 건물의 조합 방법에 따라 공간 형성 및 성격이 다르게 나타난다. 우선 정문(외삼문) 가까이에 명륜당을 두고, 문묘 구역 쪽으로 동재와 서재를 배치함으로써 제향 공간과 담장을 사이에 두고 내삼문과 바로 연결되도록 하는 향교 형태가 있다.

반대로 향교 정문 쪽에 양재를 배치하고, 그 안쪽으로 명륜당을 두어 제향 공간과 교육 공간을 완전히 분리시키는 공간 배치 방법도 있다. 전자의 경우 쉽게 양 공간이 연결될 수 있어 이용할 때 편리하나 독립성이 떨어지며, 후자의 경우 공간의 독립성이 강한 대신 문묘 구역으로 가는 동선이 불편하다. 여수향교는 후자의 형태로 전라남도 지방에서는 유일한 배치 양식이다.

위치 여수시 군자길 46 (군자동 165)
주석 향교는 서문밖에 있다[鄕校○在西門外].

영재 기를 즐거움에 새벽 북이 울리네

예속은 공맹이 다투지 않길 바라고	禮俗要無鄒魯鬩
법도는 태평성대 무너질까 걱정하네	道原恐墜唐虞降
성균관 인재교육 명륜당에 이어 있어	賢關首善係斯堂
영재 기를 즐거움에 새벽 북이 울리네	樂育英才昕鼓撞

"학교를 세워 교육을 행함은 모두 인륜을 밝히는 것이다." 맹자가 한 말이다. '명륜(明倫)'은 여기서 나왔다. 향교에는 어디가나 명륜당이 있다. 여수 향교에도 그러하다. 명륜당은 유생을 모아 공부시켰던 강당이었다.

추로(鄒魯)는 추나라 맹자와 노나라 공자를 가리킨다. 조선은 시작부터 끝까지 공자와 맹자를 절대적으로 섬기는 시대였다. 모든 예식이나 풍속은 여기에 기반을 두고 전개되었고, 그렇게 하면 도의가 확립되어 당우(唐虞) 곧 요순시대 같은 태평성대가 된다고 믿었다.

많은 학자와 정치인들이 배출되었을 뿐 아니라, 백성의 도의정신과 사회정의

명륜당

를 기르고 교화하는 곳으로, 중앙에서는 성균관이, 지역에는 명륜당이 담당했다. 성균관은 태학(太學)·반궁(泮宮)·근궁(芹宮)이라고도 했고, 현관(賢關)·수선지지(首善之地)라고도 불렀다.

유생들은 명륜당에서 기숙하며 사서오경을 탐독하고 시(詩)·부(賦)·송(頌)·책(策)과 같은 글을 짓는 방법을 비롯하여 필법도 익혔다. 성균관 학제가 매우 엄격했는데, 명륜당에서 공부했던 유생들도 아침에 일어나서 저녁에 잠들 때까지 이에 준했다. 훈장들은 주자의 「권학문」 '나이를 먹기는 쉬우나 학문을 이루기는 어려우니 한 순간의 짧은 시간도 결코 가볍게 여기지 말라(少年易老學難成/一寸光陰不可輕).'라 일렀다. 유생들은 새벽 북소리에 일어나 학문에 대한 즐거움, 도덕적 인간 완성, 출세를 위한 희망을 이 명륜당에서 키웠다.

명륜당은 서울의 성균관이나 지방의 각 향교에 부설되어 있는 건물로, 학생들이 모여서 공부를 하던 강당이다.

여수 『총쇄록』에 오 군수가 명륜당에 들러 지은 시가 전하며 향교의 위판의식 등의 일을 관찰부에 보고한 글 「인향교사 보부문(因鄉校事 報府文)」도 실려 있다.

위치 여수시 군자길 46 (군자동 165)
주석 명륜당은 향교의 강당이다[明倫堂○校宮講堂].

푸른 옷깃 속에서 언어 용모 맑아지네

높고 높은 지위 명망 모름지기 나누면서	峩峩地望須分解
타오르는 재주 명예 모두가 본보기로세	燄燄才名皆模楷
공업(功業)을 넓게 펼쳐 장래가 밝아오니	闢洪事業兆將來
푸른 옷깃 속에서 언어 용모 맑아지네	化裏青襟言貌灑

　회유소는 유림들이 모이는 장소이다. 여수 회유소는 진남루 동편에 있었던 별포청이었다. 전라좌수영이 폐영되고 별포청 자리를 회유소로 사용했던 것 같다. 1902년에 발간된 『여수지(麗水志)』가 이곳에서 개간(開刊)되었다.

　1구와 2구 첫소리로 '아아(峩峩)'와 '염염(燄燄)'을 썼다. 아아는 산이 높은 모양을, 염염은 불꽃이 타오르는 모양을 나타내는 의태어이다. 유림들은 신분과 명성을 존중했던 지역 유지들이다. 그래서 거드름도 피운다. 여수 유림들은 그렇지 않았다. 지위와 명성보다는 재학(才學)으로 얻은 명예를 더 중하게 여겼다. 그래서 여러 사람들의 본보기가 되었다.

유림회관

공업(功業)은 큰 공로가 될 만한 사업이다. 그것은 토목이나 건축과 같은 사업이 아니다. 사회의 귀감으로 자리매김할 수 있고 정신적인 토대가 될 수 있는 일이었다. 이런 사업이야말로 장래를 환하게 밝힐 수 있다. 청금(靑襟)은 청금(靑衿)이다. 젊은 유생들을 일컫는다. 젊은 유생들이 회유소에 모여 드니 여수의 미래가 얼마나 밝아지겠는가?

유학사상은 아직도 우리에게 깊이 박혀 있는 뿌리이다. 향교는 허물어져 가고 회유소도 없어졌지만, 유학의 윤리적 의식은 인류가 존재하는 한 지켜야 할 규율이 되어 있다. 작가는 젊은이들에서 밝은 미래를 보았다. 이 시 바탕에는 그런 작가의 흐뭇한 심상이 은연히 깔려 있다.

회유소(會儒所)는 예전의 별포청(別砲廳)이다. 22칸으로 읍의 선비들이 강회(講會)하는 장소이다. 현재는 향교의 부속 건물인 유림회관이 회유소의 기능할 담당하고 있다.

『총쇄』에 오 군수가 유회소에 들러 지은 시가 있다.

위치 여수시 군자동
주석 회유소는 진남루 동쪽에 있다. 옛 별포청이다[會儒所○在鎭南樓東 舊別砲廳].

의기양양 그 기세 왜구들 내치겠네

의기양양 그 기세 왜구들 내치겠네	高牙倚勢虜塵蹴
출정 깃발 나부끼니 병영이 숙연구나	皀纛統戎兵陣肅
온세상 천지가 둑당을 에워싸니	滿地江湖環一堂
경건한 그 모습이 뭇사람 따르게 하네	虔香長使羣心服

'둑(纛)'은 '독'이 본딧말이나 둑당(纛堂), 둑기(纛旗), 둑신(纛神), 둑제(纛祭) 등 일반적으로 '둑'으로 읽는다. 둑당은 둑신(纛神)에게 제사지내는 사당인데, 여수 둑당은 고소대에 있었다.

둑기는 군세(軍勢)나 마찬가지였다. 전쟁에서 깃발을 빼앗기면 패하는 것이다. 그래서 둑기를 신성시하고 둑신으로 섬기며 제사까지 지냈다. 조정에서 둑제는 병조판서가 주관하여 해마다 경칩과 상강에 정기적으로 지냈다고 한다. 군대가 움직일 때도 반드시 지낼 만큼 중요한 의례였다.

여수에 둑당이 있었다는 것은 그만큼 중요한 군사적 요충지였다는 뜻이다. 둑당이 있었으니 둑기가 의연히 휘날렸을 것이고 성스러운 제의도 있었을 것이다. 물론 제의는 군수가 주관했다. 당시 휘날리는 둑기는 오랑캐를 제압할 만한 고아기세(高牙倚勢)의 위력을 가졌던 모양이다. 그래서 군사들은 그 깃발을 바라보며

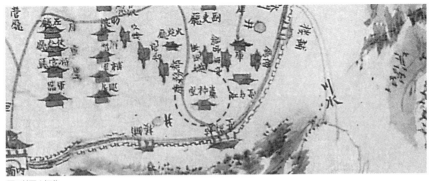

둑당(둑신당)

숙연하게 전승을 다짐했을 것이다.

전쟁 중에 깃발은 군중 심리를 의기양양하게 자극한다. 하늘을 향해 휘날리는 깃발은 군사들뿐만 아니라 백성들까지 안심시킨다. 오 군수는 둑당 지붕 위로 휘날리는 둑기를 경건하게 바라보면서 지역 무관으로서의 결의를 다졌을 것이다. 이 시는 그런 숙연한 분위기를 느끼게 한다.

둑당(纛堂)은 계산(鷄山) 아래 있는데 3칸이다. 『전라남도여수군읍지』에 나온다. 둑제는 군신을 상징하는 깃발에 지내는 제사의식으로 고대부터 전쟁의 승리를 기원하기 위해 둑에 제사를 지낸 데서 유래됐다.

위치 여수시 고소동
주석 둑당은 고소대 서쪽에 있다[纛堂○在姑蘇臺西].

물살은 누각 안고 용솟음을 치는구나

산이 이어 에워싸고 돌을 쌓아 빙 둘렀고	山圍疊石周遭置
물살은 누각 안고 용솟음을 치는구나	水擁票樓洶湧至
온 나라가 지금처럼 전쟁을 멈췄으니	四徼如今絶戰爭
성문은 열려 있고 봉수도 잠잠하네	城門不閉眠烽燧

성첩은 성 위에 설치한, 몸을 숨기고 적을 치기 위해 쌓은 낮은 성가퀴를 말한다. 오 군수는 여기서 성가퀴만이 아니라 전라좌수영 성벽을 보면서 이 시를 읊었을 것으로 보인다. 이 시 끝에 성의 둘레와 높이 그리고 곡성(曲城)을 따로 부기하고 있기 때문이다.

성은 일반적으로 성벽 위에 성첩을 쌓는다. 성벽 둘레에는 따로 해자를 팠는데, 좌수영성 북방으로는 종고산이 에워싸고 나머지는 돌을 쌓아 성벽을 만들었을 것으로 짐작된다. 반은 산성이고 반은 석성인 셈이다. 그리고는 남쪽으로는 굴강을 두었다. 굴강은 성곽 방어와 물자 수송 등이 주된 목적이다. 전라좌수영성 누각 주위의 물살이 거세게 일었던 것으로 보면, 밀물 썰물이 오가며 만든 자연적인 물길을 해자로 삼지 않았을까?

사요(四徼)는 동·서·남·북 국경 지대를 아울러 하는 말이다. 곧 온 나라를 뜻한다. 성문이 굳게 닫힌 것은 전쟁 중임을 의미한다. 성문이 언제나 열려 있는 것은 태평시대이다. 오 군수가 여수의 지방관으로 있을 때는 성문이 열려있었으니 태평시대였을까?

19세기 말, 우리나라는 커다란 변혁기였다. 갑신정변(甲申政變, 1884년)과 갑오개혁(甲午改革, 1894년)의 실패, 을미사변(乙未事變, 1895년), 아관파천(俄館播遷, 1896년)으로 이어지는 국난에 1897년 대한제국 성립으로 이어졌다. 바로 이듬해, 러시아와 일본은 대한제국의 내정에 간섭하지 않는다는 니시-로젠 협정이 있었다. 우리나라가 외세로부터 자주독립국으로서의 지위를 누릴 수 있는 기회를 맞이한 것이다. 물론 말뿐이었다. 그래도 왜 전라좌수영 성문이 닫혀 있지

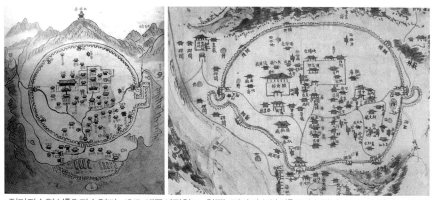

전라좌수영성(『호좌수영지』, 1815, 해군사관학교, 왼쪽), 전라좌수영성(『호좌수영지』, 1847, 규장각, 오른쪽)

않고 봉수도 잠들었다고 했을까? 여수만 태평했을까?

1847년 발행된 『호좌수영지』는 다음과 같이 기록하고 있다. '성첩은 체성주위가 포척(布尺)으로 3,158자(尺)요, 여첩(女堞=성위의 담장)이 437좌(坐)다. 총구멍이 1,302곳요, 곡성(曲城)이 6곳이다. 성을 쌓은지 오래되고 또한 덮개가 없어 간간이 붕괴된 곳이 많다. 여첩은 거의 형상조차 없었는데 계사(癸巳)년 여름에 절도사 김등(金等)이 체성을 보축하고 여첩을 개축하여 넓은 돌(廣石)로 덮고 아울러 회를 바르고 곡성 6곳에 각각 포루를 세우고 또 화포기(火砲機) 6좌를 두고 매 타(垜)에 돌덩이 한 무더기를 쌓아두어 이로 인하여 수성(守城)의 관상(觀狀)을 만들었다. 관원은 수군절도사가 일명이요(당상 정3품), 수군우후 일원(一員)이니 중군을 겸한다(당하 정4품). 민호는 성내의 2024 호내에(동부가 606호 서부가 508이다) 샘과 우물(泉井)은 성중에 샘이 7개가 있고 성밖에 샘이 2개가 있고 연못 1개가 있는데 예전에는 없다가 갑오 3월에 김등이 물 날 만한 데를 가려 한 곳을 팠는데 민가를 헐어 이 못을 파고 이름을 덕지(德池)라 하니 못은 동문 안에 있다.'

위치 여수시 군자동 등
주석 성첩은 군성이다. 둘레는 3,326자이고 높이는 13자, 여첩은 31파, 곡성은 9곳이다[城堞○郡城 周三千三百二十六尺 高十三尺 女堞三百十二把 曲城九處].

군으로 승격돼도 종고(鍾鼓)는 그대로네

부서진 장대를 높은 데서 바라보네	高巓惟見亭臺廢
군으로 승격돼도 종고(鍾鼓)는 그대로네	新郡還仍鍾鼓在
세상은 바둑처럼 뒤집히기 허다한 것	世事如棊翻覆多
지금은 연운(煙雲)으로 평평한 모습이네	秪今依樣烟雲槩

　장대는 군사 관측시설이면서 지휘소였다. 전라좌수영 북장대는 종고산 정상이었다. 1899년에 『여수군읍지』에는 종고산 정상에 보효대(報效臺)가 있었다고 기록되어 있다. 아직까지 북봉 연대 터가 있다. 보효대와 연대는 이순신 장군과 관련한 전설이 전해오고 있다.

　여수는 1897년 5월에 군으로 다시 승격되었다. 그 동안은 정치적인 이유로 순천부 관할로 있었다. 공교롭게도 오 군수는 여수가 군으로 승격되던 해 한달 먼저 부임했으니, 새롭게 군으로 승격하게 된 것은 그의 노력이 없었다고 할 수 없겠다. 이 당시 북장대의 건물은 남아 있지 않았다. 다만, 산 정상 자체가 장대로서의

북장대

기능을 가지고 있었다. 종고산은 방답진의 봉수를 받아 전하는 간봉이기도 했다.

우리의 인생사가 바둑에 비유될 때가 많다. '적을 가볍게 보아서는 반드시 패한다.', '작은 것을 탐하다 큰 것을 잃는다.', '내 돌을 먼저 살린 후에 상대 돌을 잡아라.', '동쪽에서 소리를 내고 서쪽을 친다.', '항상 정수와 정도로 임하라.', '때로는 자신의 돌을 희생하라.' 등등. 그런데도 맥을 잘못 잡아 한 수를 삐꺽해서 뒤집히는 경우가 많다. 한 번의 묘수로 때로는 이기기도 한다.

종고산 정상은 따로 누대가 없어도 사방을 관망할 수 있다. 임진왜란 당시에는 더 멀리 바라보기 위해서 높은 누대를 쌓았을 것이나, 오 군수 시절에는 해발 220m의 꼭대기가 그저 장대구실을 할 뿐이었다. 구름 자욱한 정상에서 내려다보면 좌수영성은 죄다 평미레로 밀어둔 것처럼 평탄하게 보였을 것이다. 이 시는 마치 시조 '오백년 도읍지를 필마로 돌아드니'와 같은 분위기의 회고가처럼 느껴진다.

북장대는 보효대 또는 북봉연대라고 불렸으며, 장대와 봉수대로 사용했던 것 같다.

다음은 『난중일기』의 임진년 2월 4일(을미)의 기록이다.

'동헌에 나가서 공무를 마치고 북봉 종고산의 북봉연대 쌓는 곳에 올라가보니 축대 쌓는 위치가 적당하여 절대로 무너질리 없었다. 이봉수가 부지런히 일한 것을 짐작할 수 있었다. 하루 종일 구경하다가 해질 무렵에 내려와서 해자 구덩이를 살펴보았다.'

위치 여수시 종고산
주석 북장대는 종고산에 있다. 지금은 폐지되었다[北將臺○在鍾鼓山 今廢].

아, 버드나무 고목이 문 앞을 지키시네

산자락 일맥 뚫려 정령 기운 솟아났네	地穿一脉精靈氣
신령은 청정한 맛 석잔 물을 즐기시네	神嗜三盃淸淨味
행여나 불결할까 서시(西施) 따윈 보내지 말게	莫遣西施不潔蒙
아, 버드나무 고목이 문 앞을 지키시네	呵嚴老柳當門尉

종고산 보효대 아래에 샘이 하나 있었다. 예부터 이 샘을 유천 혹은 유목천이라 불렀다. 버드나무가 있었기 때문이었다. 산 중턱에서 솟는 것도 기인한 일인데 신이한 일들이 일어났다고 하니, 오 군수는 이 샘물에 정령과 신령이 안좌해 있었다고 믿었다.

유목천은 겨울에는 따뜻하고 여름에는 시원했다고 한다. 깨끗하지 못한 마음을 가진 사람이 이 샘 가까이 오면 말라 버렸다고도 한다. 아들을 갖지 못하는 집안에서는 지극 정성으로 치성을 드리면 소원도 들어주었다고 한다. 가물 때는 이 물로 기우제를 지내면 반드시 비가 내리기도 했다고 한다. 이 정도면 신령이 깃든 신통한 우물이었다고 하겠다.

서시(西施)는 중국 춘추전국시대 경국지색의 미모를 지닌 여인이었다. 오나라 부차에게 패한 월나라 구천은 그녀를 교육시켜 부차의 첩으로 보냈다. 오나라 백성들이 그녀를 보고자 거리에 가득하였을 정도였다니 오왕은 얼마나 흡족했을까? 부차는 서시의 미모와 아양에 빠져 국사를 소홀히 하자 이틈을 이용하여 와신상담하던 구천이 오나라를 친다. 이 때, 부차는 자결하고 오나라는 멸망한다. 따지고 보면 서시는 오나라를 멸망케 한 부정한 요부인 셈이다.

탈레스(Thales)는 만물의 근원이 물이라고 했다. 이 말 속에는 물이 없으면 생물이 존재치 않는다는 의미도 들어 있을 것이다. 인간 역시 물에 의하여 삶과 죽음이 결정된다고 할 것이다. 그래서 옛날 사람들은 우물에 용신이 있다고 믿고 치성도 드리고 제의도 했다. 우물은 서시 같은 요부가 접근해서는 안 되는 성역이었다. 유목천 역시 그랬다. 오 군수는 오래된 버드나무가 이 신령한 우물의 지킴이로 생각했다.

『전라남도여수군읍지』에 '날이 가물면, 기우제를 지내는 보효대 아래에 유천(柳泉)이 있는데 겨울에는 따뜻하고 여름에는 차가워진다. 깨끗하지 못한 사람이 오면 물이 말라 버리고 정성스레 기도하면 반드시 응보가 있다.'고 했다.

위치 여수시 종고산
주석 유목천은 종고산에 있다. 부정한 사람이 이르면 물이 마르고 경건하게 기도한 사람에게는 반드시 쓸 만한 일이 있다[柳木泉 ○ 在鍾鼓山 不淨人至則水渴 虔禱者必汲此 爲用].

풍우에 닳고 닳아 그 형상만 남았네

정자 터 황량하네, 지신 비호 없었네	亭址荒凉無地護
고래 같은 파도 이니 누군가가 노했나봐	鯨濤呑吐爲誰怒
이제는 선창가에 일곱 석인뿐인데	只有滄津七石人
풍우에 닳고 닳아 그 형상만 남았네	消磨風雨身形具

우리나라에 '만하(挽河)'를 이름 딴 누정이 여러 곳에 있다. 이 누정 이름은, 중국 당나라 시인 두보가 태평성대를 기원하며 쓴 「세병마(洗兵馬)」에서 나왔다. 좌수영성 남문 밖여수 만하정도 이 시와 관련이 있다.

오 군수 부임 당시에 만하정은 퇴락하여 쓰러 없어지고 그 터만 남아 있었다. 정자 앞에는 고래가 일으킨 듯 노한 파도가 일고 있었다. 선창가에는 일곱 개의 석인이 자리하고 있었는데, 오랜 세월을 거치면서 비바람에 그 형상이 닳고 닳아 노도를 잠재울 위엄도 없었다.

두보의 시 「세병마」는 7언 악부로 조금 장구로 되어 있다. 그 결구는 '어이하면 장사(壯士)를 구하여 은하수 끌어다가 갑옷과 병기 깨끗이 씻어 영원히 쓰지 않게 할거나(安得壯士挽天河/淨洗甲兵長不用).'로 되어 있다. 이를 줄여 만하세병

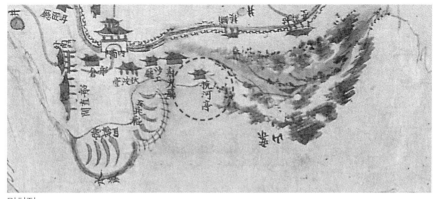

만하정

(挽河洗兵)으로 통한다. 이 시는 건원(乾元) 2년(759) 봄에 장안을 수복한 뒤 낙양에서 지었다고 한다. 만하정 이름은 여기에서 연유했다. 세상이 태평하여 하늘의 은하수에 무기를 씻어 두고 영원히 쓰지 않았으면 하는 바람을 담았다. 국운에 대한 낭만적인 감정을 표출했다고나 할까?

이 시는 낭만적이 아니라 사실적이다. 정자가 섰던 자리에 건물은 없어지고 그 터만 남아 있었다. 선창가에는 그 형상을 알 수 없는 7구의 석인이 파도소리를 듣고 서 있었다. 그림으로 그릴 수 있는 배경이다. 쓸쓸한 분위기가 시 전반에 흐른다. 세월이 수상하게 흘렀을 뿐, 만하정이 퇴락하여 없어진 것은 그 동안 전쟁은 없었다는 사실을 은연중에 말하려고 한 것 같다.

위치 여수시
주석 만하정은 남문 밖에 있다. 지금은 폐지되었다[挽河亭○在南門外 今廢].

모든 물자 운반케 하기 구차함이 없었지

매화는 영 터요, 병기는 들창이고	梅擬營基兵擬牖
바다는 해자요, 염산은 지형지물	海爲城塹塩爲阜
옛날부터 크든 작든 어려움을 대비하여	從來多小備艱虞
모든 물자 운반케 하기 구차함이 없었지	盡使委輸無所苟

여수 염산은 고소대 서쪽 산 이름이다. 이 산이 소금과 관련이 있는지는 모르겠고, 지금은 흔적조차 없지만, 군사적 지형지물로 그만이었던 것 같다. 이 시는 군사적인 측면으로 감상해야 이해하기 쉽다.

1899년의 『여수군읍지』를 보거나 1937년의 『조선환여승람』에는 여수를 달리 매영(梅營)이라고도 적었다. 시에 나온 내용으로 보아 전라좌수영 터에 매화나무가 많았던 데서 그렇게 부르지 않았을까? 그리고 성벽에는 병기를 숨겨 놓을 수 있도록 들창도 만들었고, 바다는 그대로 성참(城塹) 곧 해자가 되었다. 염산은 은폐 엄폐할 수 있는 언덕이었다.

편안할 때 위태로움을 생각하고, 생각했으면 대비해야 한다. 대비가 있으면 걱정할 것이 없다(居安思危 思則有備 有備無患). 『서경(書經)』에 있는 이 말은 국가를 방비하는 역사적 교훈으로 삼는다.

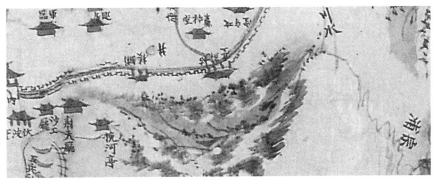

염산(고소대 서쪽)

이 시는 매우 사실적이다. 작가의 이러한 사실적인 시 솜씨는 여러 군데서 볼 수 있다. 그래서 독자는 지금부터 120년 전의 여수 모습을 그림이나 사진으로 보는 것처럼 대할 수 있다. 이 시 역시 한 편의 회화시이다.

위치 여수시 고소동
주석 염산은 고소대 서쪽에 있다[塩山ㅇ在姑蘇臺西].

심신을 돌아보며 내 눈을 밝히네

양호(羊祜)같은 기록에도 촉촉이 눈물 나고	記得羊公流涕潸
곽자의(郭子儀) 없음에도 비문(碑文)에 겁이 나네	繄無郭氏遺銘赧
선인들의 업적을 여기서 보면서	前人偉蹟見於斯
심신을 돌아보며 내 눈을 밝히네	自顧身心明是眼

진남관 서편 아래에 여러 기의 비석이 있다. 선정을 베풀었거나 왜적을 퇴치했던 좌수사, 관찰사, 어사 등의 공덕을 칭송하는 불망비·선정비·시혜비·추모비 등이다. 오 군수 시절에는 동서부에 흩어져 있었는데 이를 한데 모아 비각을 세워 보존하고 있다.

양공(羊公)은 중국 진나라에 양호(羊祜)를 말한다. 대대로 청렴했던 가문의 후예로, 그는 가는 곳마다 선정을 폈다. 그가 죽은 후 선정비를 세웠는데, 비문을 읽고 울지 않는 이가 없었다고 한다. 그래서 타루비(墮淚碑)라 했다. 곽씨는 중국 당나라의 군인이자 정치가인 곽자의(郭子儀)를 말한다. 그는 무과로 장원에 급제하여 안녹산(安祿山)과 사사명(史思明)이 일으킨 난 등을 평정하는 무서운 명장이었고, 4대에 걸쳐 조정을 섬긴 재상이었다.

비석은 자신이 세운 것도 없지 않으나 대개 후손이나 지역 사람들이 세워준다.

선정비군

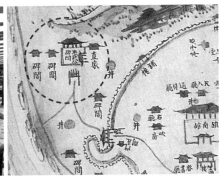

유애비(빗집거리)

비에 새겨진 금석문은 기록문화유산이라 할 수 있다. 당시의 사회상과 역사를 반영하고 있기 때문이다. 여수는 도처에 무인들의 비석이 많은데, 전라좌수사로서 선정을 베푼 무인들이 많았다는 뜻도 된다.

오 군수는, 양호와 곽자의에 비견할 만큼, 여수에 온 무인들의 공적이 비문에 새겨져 있어서 그 앞에서 눈물을 지었다. 또 겁을 먹기도 했다. 그러면서 마음을 열고 자신을 돌아보았다. 그리고는 엄숙하게 다짐을 했다. 그런 모습, 그런 심사가 이 시에 그대로 노출되어 있다.

유애비(遺愛碑)는 송덕비(頌德碑)를 말하고 공덕을 칭송하는 문자를 새긴 비이다. 선정비(善政碑) 또는 거사비(去思碑)라고도 한다.

「여수잡영」에는 동서부에 있다고 했는데 원래 유애비군의 위치는 충무동 로터리에서 군자동 소방도로로 진입하는 입구 즉 한양불기사(충무동 245번지)가 있는 곳에 있었다. 그래서 그 곳을 비각(빗집)이 많아 '빗집거리'라고 불렀다. 유애비군은 군자동 소방도로가 만들어 지면서 진남관 동쪽으로 옮겼다가 현재는 진남관 밖에 이설되어 있다.

『호좌수영지』와 현존하는 비석을 참고하면 당시 이경여, 이경안, 민응건, 이도빈, 원상, 윤하, 정동망, 원덕휘, 이봉상, 변국간, 이삼 등의 유애비가 있었던 같다. 「전라좌수영지도」에는 5곳의 비각과 충무공비각이 보인다.

위치 여수시 중앙동 498 진남관 밖
주석 유애비는 동서부에 있다. 수사 중군 도백 어사 등의 비이다[遺愛碑○在東西部 水使中軍道伯御史等碑].

누구나 충효를 칭송한데 실천하기 드물고

누구나 충효를 칭송한데 실천하기 드물고	人稱忠孝行惟尠
마음은 빙상(氷霜)같기, 언제나 고통이었지	心對氷霜常自辨
사람은 이름을 남기고 초목은 향기를 뿜나니	名在人間草木香
빛난 역사 오랜 세월 삼강이 귀감이었네	炳琅千古三綱典

조선은 삼강오륜을 최고의 가치로 여기고, 고을마다 효·충·열 행적이 뛰어난 자를 가려 정려(旌閭)를 세워 표창했다. 여수에도 남문과 서문 밖에 쌍효문(雙孝門), 효자문(孝子門), 열녀여(烈女閭), 효열여(孝烈閭)가 여럿 있었다.

충효는 문자 그대로 군신간의, 부모자식간의 섬기는 행위를 말한다. 열(烈) 또한 지조를 지켜 남편을 따라 순절해야 하는 지극히 어려운 여자의 행실이다. 효·충·열 사상은 조선의 가장 바람직한 국가적 인간상이었다.

'사람은 이름을 남기고 꽃은 향기를 뿜는다.' 이는 '호랑이는 죽어서 가죽을 남기고, 사람은 이름을 남긴다(虎死留皮 人死留名).'와 같은 경구이다. 이름을 남긴다함은 인격적 가치와 관계된 개념이다. 출세와 부와는 관계가 멀다. 국가에 목숨을 바치거나 자신의 살점을 발라내 부모를 봉양하는 것, 또 올곧게 살아가야 하는 여자의 일생 등은 조선시대 내내 출세와 부보다 향기 나는 명예였다.

이제 마을마다 동구 밖에 세워 본보기로 삼았던 문려(門閭)는 거의 허물어져 버렸다. 요즈음은 오직 자신만을 위해 살아야 하고, 명예는 말할 것도 없고 부도 수단과 방법을 가리지 않고 챙겨야 하는 시대가 되었다. 도덕이니 인격이니 하는 말은 헌신짝처럼 케케묵어 버린 관념이 되어 버렸다. 오 군수가 이 시대를 살면서 허물어져 버린 정려(旌閭)를 보았다면 그것이 인간의 귀감이라 표현했을까?

충효열정각 역시 남문과 서문 밖에 있다고 하니 유애비들과 같은 장소에 있었을 것이다. 구체적으로 전해오는 여수의 충효열 이야기는 흥미로운 소재들이 많다. 그 중 몇 만 보이면 다음과 같다.

고려 후기 평장사 공은은 불교의 타락상을 개탄하여 유교를 숭상해야 한다고 임금께 진언하였다가 노여움을 사서 여수 낙포로 귀양을 와서 죽게 되었는데, 그가 죽던 날, 낙향할 때 따라왔던 기러기가 사흘 동안이나 공은의 처소 주위에서 슬피 울며 배회하다 바다에 떨어져 죽었다고 한다.

미평동 소정마을 이현두는 집 뒤 대성산에 산신 제단을 묻고 백일 정성을 다하였다. 마지막으로 자신의 허벅지 살을 도려 들게 했더니 수삼일 후 쾌차해졌다고 한다.

율촌 신풍리 산곡마을 강릉유씨는 부친이 심한 병환으로 사경에 이르자 수암산 바위 밑에서 깨끗한 계곡물로 목욕재계하고 정성을 다해 기도를 드렸다. 그러던 중 호랑이 한 마리가 나타나 산삼이 있는 곳으로 안내하여 그 산삼으로 부친의 건강을 회복시켰다고 한다.

거문도 박윤하는 까마귀들이 물어다 준 전복으로 병석에 누운 부친을 살려냈다 한다.

오동도에 입도한 어느 부부가 땅을 개간하고 고기잡이로 살았는데, 남편이 고기잡이를 나간 틈에 도둑이 들어 아내를 겁탈하려 하자 낭떠러지에서 투신했다. 날이 저물 무렵 섬에 돌아오던 어부는 낭떠러지 밑에서 아내의 시체를 발견하고 오동도의 정상에 묻었다. 이 일이 있은 지 얼마간의 세월이 흐르자 그 묘에 여인의 절개를 나타내듯 시누대와 동백나무가 자라기 시작했다. 이후부터 오동도에는 오동나무 대신 동백나무가 많이 번져 눈보라 속에서도 그 꽃을 피우기 때문에 여심화(女心花)라고도 부른다.

이런 충효열 이야기는 물론 불가사의한 창작이지만, 이 시대를 살아가는 현대인들에게도 교훈을 준다.

위치 여수시 중앙동 진남관 밖
주석 충효열정려는 남문과 서문 밖에 있다[忠孝烈旌閭○在南門 西門外].

거울 같은 맑은 물, 등을 굽혀 살펴 보네

자라들이 활로 요하강을 쳐 다리를 놓았다지	魚鰲弓擊遼河港
거북등 돌을 쌓아 연등길목 되었구나	磊石矼成蓮嶝項
이 다리 만드느라 얼마나 수고했을까	利涉何勞架木功
거울 같은 맑은 물, 등을 굽혀 살펴 보네	鏡中來往任儋儋

옛날 연등천은 좌수영성의 해자노릇을 하였지만, 사람들이 건너다니기에는 불편한 장애물이었다. 연등천 관덕정 앞에는 자라처럼 생긴 바위가 있었다. 여기에 다리가 놓였다. 작가는 물 맑은 연등다리를 거닐며 시 한 수 남겼다.

1구, 어오(魚鰲)는 어별(魚鱉)과 같은 말이다. 궁격(弓擊)은 '以弓擊水'의 줄임말로 이해하면 된다. 또 요하(遼河)를 압록강으로 보자. 여기서는 어별성교(魚鱉成橋)를 생각게 한다. 물고기와 자라가 다리를 놓았다는 주몽설화에 나와 있는 성어다. 주몽은 천신의 아들 해모수와 압록강의 신 하백의 딸 유화 사이에서 태어났다. 태생이 달랐던 주몽은 형제들에게 쫓겨 압록강을 만나 더 도망갈 수가 없게

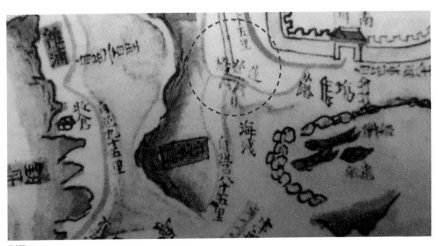

연등교

되었다. 활로 강물을 치자 홀연 강 위에 거대한 물고기와 자라들이 떠올라서 다리를 만들어 주었다. 주몽 일행은 무사히 강을 건너 고구려를 건국하게 된다.

징검다리는 큰 돌을 한걸음씩 밟고 지나갈 수 있도록 놓아 만든다. 옛날에는 노두라 했다. 3구를 보면 노두 위로 나무를 또 걸쳐 놓았던 것 같다. 누가 만들었을까? 물고기와 자라들이 만들었을 리는 만무하다. 그들은 곧 민중을 상징한다. 여기서는 민중들의 수고로움을 감탄 의문을 통해 그 강도를 더했다.

4구에서 '傴'는 어리석을 '구'가 아니라 굽어볼 '강'으로 읽어야 한다. 그래야 운이 맞다. 뜻도 통한다. 다리 위를 걷노라니 거울 같은 맑은 물이 흐른다. 건너는 사람마다 등을 굽히고 맑은 연등천을 살펴보는 장면이 고스란히 그려진다. 작가의 상상력과 시어 조합이 잘도 어울린 작품이다.

위치 여수시 연등천 관덕정 앞
주석 연등돌다리는 관덕정 앞에 있다. 돌을 쌓아 다리를 만들었다[蓮登石矼○在觀德亭前築石成矼].

큰 파도 거센 물결 산 겹겹 위세로세

큰 파도 거센 물결 산 겹겹 위세로세	伍濤雄勢齊山巓
영당은 외로이 바윗돌에 의지했네	影宇孤形依石魂
건널 때가 아직 아냐, 이 일을 어찌하리	未了濟時恨奈何
지금 건너볼까, 공위(公偉)를 생각하네	至今臨渡思公偉

남산동 당두진은 옛날 장군도와 돌산을 오가는 나루였다. 바로 옆 비탈에는 영당이 있어서 그 이름이 생겼다. 원래 나루는 '실어 나른다' 혹은 '건너는 곳'이라 하여 한자로 표기할 때는 도(渡)·진(津)으로 쓴다. 좀 큰 곳은 포(浦), 더 크면 항(港)이다. 지금은 이곳을 당머리라 부른다.

바람이 세차게 분다. 산더미같은 파도가 밀려가고 밀려온다. 그 모습은 마치 높은 산들이 겹겹이 포개져 있는 것과 같다. 당머리에서 돌산까지, 지금이야 눈대중으로도 얼마 되지 않지만, 이렇게 궂은 날씨에는 차마 엄두도 내지 못했을 것이다. 평상시에도 바다에 나가는 선박들은 영우(影宇) 곧 영당에다가 반드시 쌀 두 말씩 바치고 고사를 지낸 다음에야 출항했다고 한다. 안전을 기원하는 신앙이었다.

공위(公偉)는 후한 말의 대신 주준(朱儁)이다. 지금의 절강성 사람이었는데 황

당두진(당머리)

건적, 흑산적의 난을 진압한 명장이었다. 포악하고 꾀가 넘쳤던 동탁에게도 넘어가지 않는 지장이었다. 오 군수가 공위를 생각한 것은 거센 파도를 건너기 위해서 우선 용기를 가져야했고, 무사히 건널 수 있는 지혜가 필요했기 때문이었으리라.

나루는 상대시가 「공후인」으로부터 현대문학 박목월의 「나그네」에 이르기까지 우리 시가문학의 주요 모티브였다. 또, 나루를 배경으로 한 신화와 전설 그리고 소설이 많다. 오 군수는 여수 당머리나루를 소재로 한 편의 시를 남겼다. 나루는 언제나 극복의 대상이다. 작가가 이 시에서 말하고자 했던 바는 공위처럼 어떤 난관도 헤쳐 나갈 수 있는 명장이면서 지장이고 싶다는 뜻 아니었겠는가?

『총쇄』9책에 배를 타고 장군도 앞바다를 다녀와 충무공 영당을 봉심하고 당두진에서 배를 타고 관아로 돌아오면서 지은 시가 있다.

위치 돌산대교가 시작되는 여수 쪽에 있는 마을[남산동]이다.
주석 당두진은 장군도 서쪽에 있다. 돌산군으로 통한다[堂頭津○將軍島西 通突山郡].

고래잡이 전운(戰雲)은 어느 날에 씻어질까

섬들을 바라보니 헤아리기 끝이 없네	望窮島嶼量無底
마음은 파도 뛰어 건널 수도 있겠구나	心駿汐潮時有濟
곁에서 보기에 세상은 태평한데	際看委輸駕晏淸
고래잡이 전운(戰雲)은 어느 날에 씻어질까	斬鯨何日兵塵洗

참경도(斬鯨島)는 장군도의 다른 이름이다. 옛날 이 일대에서 고래를 많이 잡았다고 해서 그렇게 불렀다고 한다. 불과 120여 년 전에만 해도 장군도 일대가 고래잡이로 시끄러웠다니 쉽사리 상상이 안 된다.

여수의 크고 작은 섬들은 300여 개가 넘는다. 눈으로 헤아리기는 쉽지 않다. 그래도 마음으로는 가까운 거리에 있다. 더구나 종포와 참경도는 문자 그대로 지척이다. 뭍은 태평시대처럼 한없이 조용한데, 섬 사이의 바다는 전쟁터를 방불할 만큼 고래잡이로 떠들썩하다. 얼마나 많은 고래를 잡았기에 참경도 바다라 했을까?

고래는 집단으로 생활하는 바다의 왕자이다. 인간들은 먼 옛날부터 고래를 잡아 보신용으로 마구 잡아댔다. 고기는 물론 수염이나 똥까지도 요긴하게 이용했다. 지금은 씨가 마를 정도여서 국제적으로 포경업을 규제하고 있는데, 여수에서

참경도 바다(1914년, 국립중앙박물관)

장군도 앞 바다

는 운이 좋으면 돌산 밖의 바다에서 함께 헤엄쳐 다니는 고래무리를 볼 수 있다.

작가는 고래잡이를 병진(兵塵)이라 표현했다. 병진은 전쟁으로 인한 어수선하고 어지러운 분위기를 이르는 말이다. 시어로서 참경(斬鯨)의 함의는 병진(兵塵)과 동일한 뜻일 것이다. 잔인한 고래잡이와 전쟁 장면이 일체가 된다. 작가는 전고나 용사를 쓰지 않았고, 제(濟)와 세(洗)를 운으로 이 시를 완성했다. 두 운을 생각하면 오 군수가 말하려고 했던 바를 짐작할 수가 있다.

『총쇄』 17책에 「장군도찬(將軍島贊)」이 있다. 여수는 옛 전장(古戰場)으로 해상에서 뛰어난 곳이고 장군도는 작은 곳이지만 보호에 대한 높은 명성이 오래 전부터 이어지고 있다는 내용이다. 「충무공비각찬」, 「충무공화상찬」, 「고소대찬」 등이 함께 실려 있다.

위치 여수시 남산동 장군도
주석 참경도바다는 남문 밖의 바다가 다 이곳이다[斬鯨島海○南門外海皆是也].

밀물 때는 잠겨도 수중석성 변함없네

오나라는 철쇄(鐵鎖)로 나라는 무너졌고	吳江鐵鎖融將黷
진나라는 석문(石門)에서 삼진(三晉)과 싸웠었지	秦界石門凌或犯
신통하게 방어물을 물 가운데 설치하여	設險最神在水中
밀물 때는 잠겨도 수중석성 변함없네	潮時有減城無減

　참경도는 장군도라 하였다. 장군도는 1498년 당시 전라좌수사 이량 장군이 수
중 석성을 쌓으면서부터 붙여진 이름이다. 오 군수가 여수에 오기 꼭 400년 전
일이다. 물이 차면 보이지 않아도 썰물 때는 성의 흔적을 볼 수 있다. 오 군수도
장군의 지혜에 감탄할 만했겠다.

　중국 삼국시대 오나라의 마지막 황제는 손호(孫皓)였다. 그는 재위 기간 중 권
력을 마음대로 휘두르며 성이 차지 않은 대신들을 마구 죽였다. 뿐만 아니라 사
치스럽기까지 했고, 가렴주구로 백성에게 되게 못살게 굴었다. 그러던 그가 오강
(吳江)에 철쇄(鐵鎖)만 하면 적이 쳐들어오지 못할 것이라고 자만하다가 오나라
는 진(晉)나라에게 허망하게 무너졌다. 또, 진(秦)나라는 위(魏), 한(韓), 조(趙) 삼
진(三晉)을 산시성 석문(石門)에서 대파하였다. 철쇄와 석문은 최고의 군사시설

참경도고성의 흔적

장군성비(1914년)

이었지만 철쇄만 설치했던 오나라는 망했고, 석문(石門)을 이용한 진나라는 중국 천하를 통일하는 발판을 마련했다.

장군도 동쪽에 수중 석성이 있다. 이순신 장군은 종포와 돌산을 가로 질러 철쇄를 설치했다. 수중성과 철쇄는 100년의 간격이다. 둘 다 그 전술적 가치를 인정받지만, 철쇄 장치는 흔적 없고, 수중성은 신통하게도 그 자리를 지키고 있다.

작가는 중국의 두 전승사로 이 시의 1구와 2구를 삼았다. 장군도 수중석성을 보면서 지혜로운 선임자의 신통한 전략을 생각했다는 뜻이다. 수중에 쌓아 놓은 고성을 쌓았기에 행여 해구들이 침략해도 여수는 무너지지 않았을 것이다. 참경도 고성은 지금도 변함없는 역사적 유물로 여수를 지키고 있다.

장군도는 성의 남쪽 1리에 있고 섬 가운데 참경대가 있었는데 이제 옛터만 남아 있다. 섬의 좌우에 파랑이 사나운데 예로부터 왜구가 남쪽에서 자주 나타나 노략질을 한지라 1498년(연산군 4년)에 절도사 이량(李良)이 돌을 운반하여 이 섬의 왼쪽에 축대를 쌓아 엄연히 한 성곽을 이루니 왜구가 감히 엿보지 못하였더라. 후인이 비를 세워 그 비면에 써 가로되 「장군성」이라 하고 그 섬을 일컬어 장군도라 하니 장군은 대개 이량 장군을 칭호함이라. 상선(商船)이 왕래할 때 모두 다 섬 오른쪽으로 통하고 감히 왼편으로 향하지 못하니 이는 참으로 호남과 영남의 목구멍 같은 땅[嶺湖咽喉之地]이라 할 수 있다. 『호좌수영지』에 기록이 있다. 앞 시에서는 참경도(斬鯨島)라 하고 이 시는 참경도(渡)라 했다. 참경도 섬으로 가는 나루에서 수중석성이 바로 이어진 듯 싶다.

위치 여수시 남산동 장군도
주석 참경도 고성은 장군도 동쪽 마루에 있다. 예전에 석축성이 있었는데 조류에 따라 보였다 숨었다 한다. 사적비가 있는데 지금은 글씨가 마모되어 읽기 어렵다[斬鯨渡古城○將軍島東項 古有石築城 隨潮隱見上 有事蹟碑 今刓缺難讀].

장군 유적 그 이름은 여기서 따왔구나

별똥별 떨어져 호랑이가 웅크린 듯	星落化成蹲似虎
천둥이 둥글게 큰 북을 매달은 듯	雷蒙圓得懸如鼓
이끼 하나 끼지 않는 두 무릎 흔적이다	苔蘚不吞雙膝痕
장군 유적 그 이름은 여기서 따왔구나	將軍遺蹟玆由取

장군암은 현재 한영고등학교 바로 위에 있는 바위로 약 15m의 굴 위에 있어 굴
등바위라고도 한다. 옛날 장군이 공부를 했다는 의자와 책상이 돌로 되고 바위가
얼굴의 형상을 하고 있어 큰 인물이 텃골마을에서 날 것이라는 예언이 있다.

장군은 누구를 지칭하는지는 모르겠으나 일독을 하고나면 용맹스러운 장군의
모습을 금방 연상된다.

별똥별은 운석이다. 운석은 하늘에서 떨어진 돌덩이이다. 작가에게 장군암은
하늘에서 떨어진 호랑이 형상 바윗돌이었다. 또 천둥번개가 치자 하늘에 매달려
있는 커다란 북처럼 보였다. 장군산의 모습을 산 이름과 결부시켰다.

여수에서 장군하면 이순신 장군만을 상기한다. 그러나 이충무공 말고도 여수
에서 태어났거나 활동했던 명장들은『여수읍지』나『조선환여승람』등 고서에 많이
소개되어 있다. 진례산 성황신이 된 김총 장군, 영당에 최초로 모신 최영 장군을

장군암

비롯하여 조선시대 250여 전라좌수사들도 모두가 장군이었다.

　호랑이는 산중의 왕이요, 북은 진군의 명령을 의미한다. 호랑이 같은 인상은 장군이 지녀야 할 위엄이요, 북채는 장군의 지휘봉이다. 이 시는 장군산의 형상과 장군의 모습을 등치시켜 그 위엄을 예찬한 찬시라 하겠다.

위치　여수시 여서동 한영대학 뒷산인 장군산 중턱에 있다.
주석　장군암은 귀봉산 동쪽에 있다. 봉강 앞이다[將軍巖 ○ 在歸鳳山東 鳳崗前].

너른 터엔 샛강이요, 산 결은 매끄럽네

짙은 안개 사라지고 가랑비가 그치니	氛祲虹銷兼雨霽
너른 터엔 샛강이요, 산 결은 매끄럽네	洪基河帶與山礪
한 조각은 족히 만 리 길이 되겠는데	一片能當萬里長
백성들은 둘러보며 진시황을 비웃구나	勞民還笑秦皇帝

여수에는 산마다 성이 있다. 뒷날 남산이라 불렀던 예암산에는 만리성이 있었다. 그리 큰 규모도 아닌데 그렇게 명명했던 것을 보면 조금 과장되었다고 할 수 있다. 표현하려고 하는 내용을 강조하고 감정을 고조시키기 위한 방편이었을 것이다.

분침(氛祲)은 요망하고 간사스러운 기운을 말하는데, 여기서는 바다 위에 낀 짙은 안개를 뜻한다. 안개가 걷히고 비도 멈추었다. 그러자 너른 터에는 강물이 샛강 사이를 띠처럼 흐르고, 산은 빗질한 머리카락처럼 가지런하게 보인다. 이 시로써 옛날 예암산 산세를 말하기는 어렵다. 2구 '洪基河帶與山礪'와 지금의 형세가 너무 다르기 때문이다.

돌산의 만리성

오 군수는 만리성 쌓는 모습을 보면서 이 시를 썼을까? 일하는 백성들은 왜 진시황을 비웃었을까? 진시황은 북쪽 연나라와 조나라 등 이민족을 막기 위해 수백 명의 농민들을 동원하여 만리성을 쌓는다. 또 자신의 신변을 보호하기 위하여 어마어마한 아방궁을 짓는다. 그런 과정에서 백성들을 죽이는 일도 서슴지 않았다. 진시황은 역사상 가장 잔인한 폭군이었다.

오 군수는 여수 만리성을 진시황이 쌓은 만리성보다 자랑스럽게 생각했는지 모르겠다. 동원됐을 백성들이 만리성을 돌아보며 진시황을 비웃었다니――― 지금은 그 흔적조차 찾을 수 없지만, 『조선환여승람』에 여수 산성을 가무봉, 오림봉, 고락산, 호랑산, 문치, 그리고 예암산 등 6곳을 적어두었다. 튼튼한 산성은 백성을 편안케 하는 방어물이었을 것이다. 작가는 민중들의 편안한 삶을 기원하면서 이 시를 탈고했을 것이다.

참고로 여수에 즐비한 산성을 보자.

고락산성(鼓樂山城)은 괘락산성(掛樂山城) 이라고도 하며 문수동·미평동·둔덕동 해발 355m의 고락산에 있는 백제시대 석축 산성이다. 본성은 적군을 방어하기 위해 낮은 봉우리에 있고, 부속성은 적의 동태를 조망하는 성격으로 높은 봉우리에 있다. 테뫼식 석축 산성으로 자연 지형을 최대한 이용하여 내·외벽을 너비 510~530㎝로 쌓은 협축식이다. 본성과 부속성을 갖춘 복합성으로 우리나라에서도 그 예가 드물고 전남지역에서 처음이다.

신기산성은 돌산읍 신복리와 금성리에 있다. 왜구의 잦은 침입으로 인해 타지에서 피난해온 사람들이 왜구의 침입을 예방하기 위해 축조했다고 전한다. 월암산성은 돌산읍 평사리 해발 359m 대미산(달암산, 월암산)에 있는 삼국시대 석성이다. 성의 모양은 전체적으로 동고서저의 형태로 테뫼식[산정식] 산성이다.

죽포산성은 돌산읍 죽포리에 있는 본산성, 수죽산성, 과녁산성으로 이루어진 산성이다. 척산산성은 오림동에 있는 백제시대 산성이다. 죽암산성은 율촌면 가장리 수암산에 있는 조선 중기 석축 산성이다. 투구봉 전설이 전한다.

호랑산성은 둔덕동에 있는 통일신라시대 산성이다. 신라 말 화랑들이 수련했다는 전설이 있어 '화랑산성'이라고도 부르며, 곁에 '화랑굴'이 있다. 선원동 산성은 선원동 토미산에 있는 백제시대 산성이다. 백야산성은 화정면 백야리에 있는 조선 중기 목장성이다. 묘도동 산성은 묘도동 묘도리 유두산에 있는 고려시대 산성이다. 계함산성은 신기동 비봉산에 있는 조선 전기 것으로 짐작되는 성이다.

위치 예암산에 있다고 했으나 지금은 흔적을 찾을 수 없다.
주석 만리성은 예암산에 있다[萬里城○在隸巖山].

오리정 둑길엔 수양버들 늘어졌네

파릉엔 길손 떠난 다리가 있었지	灞陵橋有消魂客
여수엔 이별하는 바위가 있구나	麗水巖存別離席
피리 불며 전송하는 연유를 물었는데	試問緣何管送行
오리정 둑길엔 수양버들 늘어졌네	短亭五里垂楊陌

남원 오리정은 이 도령과 춘향이가 이별했던 정자이다. 여수에도 남원처럼 관아에서 5리 되는 가까운 곳에 정자가 있었다. 이별할 때, 매우 중하고 아주 지위가 높은 사람은 십리 장정(長亭)까지 내다보았지만, 자신과 동급이거나 사랑하는 사람은 5리 단정(短亭)에서 배웅을 했다. 여수 오리정은 오림동 터미널 근처에 있었고, 그 곳 조금 깊숙한 곳엔 이별 바위가 있었다. 지금은 느티나무 노거수가 그 흔적을 대신하고 있다.

파릉(灞陵)은 한문제(漢文帝) 능이다. 장안 동쪽에 있는데, 능 옆으로는 파수(灞水)가 흐르고, 이를 가로질러 다리가 놓여있다. 이곳은 장안을 떠나는 나그네

오리정

와 이별하는 오리정이었다. 부근에는 실버들이 많아서 이를 꺾어 떠나는 사람에게 주었다고 한다. 당나라 시인 이백(李白)의 「추사(秋思)」에 나온다.

절양 유곡(折楊柳曲)이라는 말이 있다. 버들가지로 피리를 만들어 불러준 노래를 말한다. 당나라 시인 이백과 양거원(楊巨源)이 파릉의 버들가지를 소재로 이별시를 남김으로써 이 말이 이별사의 대명사가 되었다. 이백은 "어느 집에서 옥피리 소리 들리는데/ 춘풍에 섞이어 낙양성에 전해지네/ 이 밤에 들리는 절양 유곡이여/ 어느 누가 고향 그리는 정이 생기지 않겠는가"하고 읊었다. 양거원은 "물가에 버드나무 길게 휘어 늘어졌는데/ 이별한 님 말 세우고 가지 하나 꺾는구나/ 오로지 봄바람이 제일로 아쉬운지/ 은근히 손 내밀어 향하도록 부는구나"하고 노래했다. 이별의 정한이 느껴진 비가(悲歌)이다. 참 낭만적인 발상이다.

오 군수도 오리정 바위에 버들가지를 끌어 들였다. 실제로 누군가와 헤어지면서 이 시를 썼는지는 드러나 있지 않다. 그러나 이백과 양거원의 절양 유곡 내력으로 「이별암」을 노래했다는 것을 알 수 있다. 그래도 슬픈 노래는 아니다.

사족으로 시조하나 달아둘까? 여류 시인 홍랑의 「이별가」이다.

묏 버들 가려 꺾어 보내노라 님의 손에

주무시는 창밖에 심어 두고 보소서

밤비에 새잎 곧 나거든 날인가 여기소서

위치 여수시 오림동 느티나무숲
주석 이별암은 오리정 숲 아래에 있다[離別巖○在五里亭藪下].

재목으로 날라 쓰기 아무 문제 없겠지

바다 기운 제압하며 장대문은 잠겼는데	壓氣海門堪固鎖
더위 잊은 사람들이 슬픈 불길 끄고 있네	納涼村客消悲火
사람 거두기도 사람에게 있음을 알겠거니	也知收養在於人
재목으로 날라 쓰기 아무 문제 없겠지	輪用爲材無不可

동장대 밖의 숲을 노래한 시이다. 그때만 해도 동장대는 덤불과 나무들이 우거진 숲 속에 있었던 모양이다. 작가가 이곳을 시로 읊었던 것은 아마도 백성들의 태평한 모습을 담고 싶어서였을 것이다.

좌수영성 동장대는 바다를 제압하며 굳게 문이 닫혀 있었다. 숲 속에서, 더운 여름 날씨를 피하며 마을사람들은 비화(悲火)를 끄고 있었다. 슬픈 불꽃이 무슨 뜻인지 얼른 와 닿지 않는다. 고달프게 화전(火田)을 일군다는 것일까? 백거이(白居易)의 시 「주진촌(朱陳村)」에 '슬픔의 불꽃이 마음을 사르고, 근심어린 귀밑머리 하얀 뿌리 내리네(悲火燒心曲 愁霜侵鬢根).'로 유추해보면, 비화는 고달픈

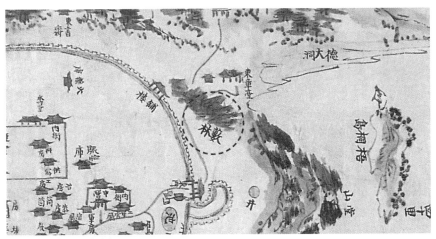

將臺藪(藪林) = 솔밭거리

인생살이를 비유한 것으로 이해할 수도 있겠다. 어쨌거나, 2구는 마을사람들이 장대 숲을 가꾼다로 이해하고 넘어가자.

수양(收養)은 남의 자식을 자기 자식처럼 기른다는 의미이다. 그렇게 하는 일이 어디 쉬운 일이겠는가? 그래도 사람이니 가능한 일이다. '재어인(在於人)'은 모든 사람이 그렇게 할 수 있다는 게 아니라 사람다운 사람만이 진정어린 수양이 가능하다는 말일 것이다.

나무나 사람은 가꾸어야 쓸모 있는 재목이 되고 사람이 된다. 사람들이 나무를 가꾸고, 나무가 반듯하게 자라면 재목으로 사람에게 은혜를 베푼다. 오 군수는 장대 숲을 열심히 가꾸는 마을사람들을 보면서 바로 이것을 생각하지 않았을까? 동시에 고달픔을 잊은 민중들의 참모습을 그리려 하지 않았을까?

그리고 보니 무지한 해설이 아닐까 두렵다. 작자의 시정과 해설 사이의 간극이 아주 미미했으면 좋겠다. 독자들이 작가의 시정을 더 깊이 헤아렸으면 좋겠다.

장대숲은 수림(藪林) 또는 솔밭거리, 수동(樹洞)이라고 했다. 현재 여수시 공화동 911, 926, 1042번지 일대이다. 일제강점기에는 이곳에서 농민대회가 열리기도 했다.

위치 여수시 공화동 911, 926, 1042번지 일대
주석 장대숲은 동문에 있다[將臺藪○在東門].

유신으로 하나 되는 좋은 국운 뻗쳤네

오동나무 바다 향해 고고하게 솟아 있고	梧桐根海孤高聳
대나무에 이는 바람 속삭이듯 부는구나	竿竹梳風交密擁
두 나무는 명물이라, 봉황새 깃들 수 있으니	名物齊稱鳳可揍
유신으로 하나 되는 좋은 국운 뻗쳤네	維新一體邦休重

여수가 자랑하는 오동도에 대한 노래이다. 오동도 방파제가 1935년께 완공되었으니, 오 군수 당시에 오동도는 그야말로 전라좌수영성에서 떨어진 외딴 섬이었다. 섬을 소재로 한 시 작품은 낭만적으로 그려질 때가 많다. 오 군수도 오동도를 낭만적으로 바라보았을까?

오동도는 오동나무와 관련이 있다. 하늘에서 보면 섬의 형태가 오동나무 이파리처럼 생겼다 해서, 또 오동나무가 지천으로 많아서 그렇게 불렀다는 이야기도 있다. 지금은 동백나무와 해장죽이 오동도의 주인이지만, 오 군수가 이곳을 찾았을 때도 오동나무들이 바다를 향해 고고한 자태를 드러내고 있었다. 또 가는 대나무 사이로 바람은 밀어를 나누듯 속삭이며 불고 있었다.

오동나무와 대나무는 봉황과 관련이 있다. 봉황은 오동나무에만 깃들며, 대나무 열매인 죽실만 먹고 산다. 오동도는 봉황이 찾아들 수 있는 조건을 갖춘 것이다. 이 상상의 새는 성군이 덕치를 펴서 천하가 태평할 때에만 나타난다고 한다. 오 군수는 그런 조짐을 오동도에서 보았다.

조선왕조 고종실록에 '유신(維新)'은 25번이나 등장한다. 임오군란, 청일전쟁을 겪은 이후 오 군수가 여수에 부임했던 1897년 고종은 왕권을 강화하면서 국호를 대한제국으로 바꾸고 '광무개혁(光武改革)'을 국정지표로 삼은 것과 관련이 있다. 이 시책에 따라 오 군수도 유신을 나라의 좋은 운수 방휴(邦休)로 받아들였을 것이다.

오동도는 한려해상국립공원의 일부이다. 섬 전체가 난대림 특히, 시누대·동백

오동도

나무 등이 무성하고, 남동 해안은 높은 해식애로 둘려 있는 경승지이다.

지질은 중생대 백악기 화성암인 중성화산암류가 대부분을 차지하며, 토양은 신생대 제4기 과거 고온 다습한 기후 환경에서 만들어진 적색토가 넓게 분포한다. 주요 식생은 동백나무·신이대·참식나무·팽나무·후박나무 등 193종의 난대성 식물이 자생하고 있다. 기후는 대체로 온화하고 비가 많이 내린다.

섬 전체를 덮고 있는 3,000여 그루 동백나무는 이르면 10월부터 꽃이 피기 시작하기 때문에 한 겨울에도 붉은 꽃을 볼 수 있다. 2월 중순 경에는 약 30% 정도 개화되다가 3월 중순경 절정을 이룬다.

오동도는 이제 섬이 아니다. 1935년부터 3년에 걸쳐 길이 768m, 너비 7m의 방파제가 완공되어 다리 구실을 함으로써 걷거나 동백열차로 이곳에 들를 수 있다. 오동도는 맨발로 걸을 수 있는 오솔길, 음악에 따라 연출되는 분수대, 등대를 이용한 전망대도 있어서 감성관광자원이 되기도 한다. 유람선과 모터보트를 이용하여 병풍바위, 용굴, 지붕바위, 해식아치 등 아름다운 풍광을 감상할 수도 있다.

위치 여수시 수정동 산 1-11
주석 오동도는 장도의 동쪽 바다가운데 있다. 대나무가 난다[梧桐島 ○將臺之東海中 産竹].

아아, 그날의 다한 충성 서러운데

잔해들은 너부러지고 책들은 흩어졌네	齊物闌珊編爾雅
빈터는 적막하고 곁에는 절만 있네	遺墟空寂傍蘭若
아아, 그날의 다한 충성 서러운데	于嗟當日愍斯忠
돌아보니 까마귀 떼 무리지어 시끄럽네	惟見神鴉羣噪下

이순신 장군 영정을 봉안한 충민사는 국왕의 사액을 받아 1601년(선조 34)에 처음 세워졌으니 그 역사가 무려 400년을 훨씬 넘는다. 그 동안 몇 번의 훼철과 중수를 거치다가 1868년(고종 5) 훼철되었다. 오 군수는 그 빈터에서 이 시를 썼다.

천산(闌珊)은 쓸모없는 물건들이 너부러져 있다는 뜻이다. 『이아(爾雅)』는 천문, 지리, 음악, 기재, 초목, 조수 등을 설명한 유학서 중 하나인데, 우리 나라 도학자들은 이를 경전으로 취급하지 않았다. 여기서 '이아'는 못쓰게 된 서책들로 이해하면 될 것 같다. 충민사가 섰던 자리는 이렇게 비어 있었다. 공적(空寂)했다. 조용하고 쓸쓸했다는 말이다. 그 곁에는 난야(蘭若)였다. 난야는 절을 의미하니, 여기서는 석천사가 된다.

두보의 5언절구 「동정호를 지나며(過洞庭湖)」에 "나를 맞이하듯 신령스런 까마귀 떼가 춤춘다(迎悼舞神鴉)"는 구절이 있다. 배를 타고 지나다가 뒤따르던 까마귀 떼를 읊은 것이다. 두보는, 먹이를 주지 않으면 계속해서 따라오면서 배를 지저분하게 할 것인데, 먹이를 주면 그것을 받아먹고 돌아간다는 사공의 말을 듣고

충민사

충민사 옛터

그 까마귀 떼를 신아(神鴉)라 표현했다.

여기에 반전이 있다. 까마귀 떼는 제사 때 흘린 제물이나 훔쳐 먹는 요물이 아니라 충민사가 후세까지 세세 전승되기를 바라는 기원의 의미가 있다는 점이다. 바로 두보의 시가 이를 뒷받침한다. 하찮은 동물도 때로는 인간에게 이렇게 커다란 교훈을 준다. 오 군수가 여기까지 생각했는지는 모르겠으나 허전한 마음을 조금은 달랬을 것이다.

충민사는 마래산 남쪽 방향의 산기슭에 있다. 충무공 이순신, 의민공 이억기, 충현공 안홍국을 배향하고 있다. 이충무공 사우로서 최초의 사액 사우로 통영의 충렬사보다 62년, 아산의 현충사보다 103년 앞선다. 국가 사적 제381호이다. 1601년 당시 영의정 이항복이 왕명을 받아 삼도수군통제사 이시언에게 사당 건립을 명하였다. 우부승지 김상용이 주청하여 '충민사(忠愍祠)'라 사액을 받았다. 1709년(숙종 35) 충민공 이봉상을 추배하였고, 1732년(영조 8)에 중수하였다. 1868년 훼철되었다. 1873년(고종 10) 복설되었다. 일제강점기 때에는 충민사가 충무공 사당이라는 이유로 1919년 철거되었으나, 광복 뒤 1947년 주민들이 힘을 합하여 재건하였다. 1975년에는 정화 사업에 따라 재건되었다. 사당, 외삼문, 내삼문, 홍살문이 남북으로 일직선상에 배치되어 있다. 사당 왼쪽에는 흥국사의 소속인 석천사가 있고, 외삼문과 내삼문 경내 오른쪽에는 충민사 정화 사적비가 있다. 사당은 정면 3칸, 측면 2칸에 팔작 기와지붕 겹처마이고, 기단은 3단의 장대석으로 이루어졌다. 민흘림의 원형 기둥 위에는 익공 두 개를 겹쳐놓았고, 기둥머리 사이에는 화반을 끼워 넣었다. 사당의 정면 어간의 창호는 사분합문이며, 양쪽의 창호는 삼분합으로 모두 띠살문이다. 외삼문은 맞배지붕이고, 내삼문은 맞배지붕인데 가운데가 높은 솟을대문이다. 외삼문에는 '숭모문(崇慕門)', 내삼문에는 '충의문(忠義門)'이라 쓰인 편액이 걸려 있다.

이충무공유적영구보존회 주관으로 유림과 주민들이 음력 3월 10일에 춘기 석채례, 음력 9월 10일에 추기 석채례(釋菜禮), 4월 28일 충무공 탄신제를 거행한다.

위치 여수시 충민사길 52-23 충민사 (덕충동 1829)
주석 충민사 옛터는 마래산 아래 석천사 곁에 있다[忠愍祠舊址ㅇ在馬來山下 石泉寺傍].

충민사 앞전에 바위 솟아 있는 곳

젖줄이 산을 이었다, 누가 기려 말했나	乳鍾誰道連山譽
국수가 감곡에서 흐른다는 소문은 들었네	菊水徒聞甘谷語
이곳에 와서 보니 이름난 샘이로세	我來玆地遇名泉
충민사 앞전에 바위 솟아 있는 곳	忠愍祠前巖屹處

덕충동 마래산 중턱 바위틈에서 맑고 깨끗한 정화수가 흘러나온다. 석천이다. 겨울엔 따뜻하고 여름엔 시원하다. 물맛도 그만이다. 옛날 좌수사와 군수들도 이 우물을 이용했다고 한다.

물은 인간에게 신앙적 대상이었다. 민간신앙에 의하면 샘마다 수신이 들어앉아서 수량과 수질을 맡는다고 한다. 석천은 신이한 샘이었다. 수량과 수질은 최고였다. 그랬으니 누군가가 여기에 이미 수신이 안좌해 있는 것으로 믿고 유종(乳鐘) 곧 젖줄이 흐른다고 기려 말했다. 석천은 생명수로 인식했다는 말이다.

중국 하남성 내향현 서북쪽에 국수(菊水)라는 냇물이 감곡(甘谷)을 따라 흐른

석천(石泉)

다. 이 물은 냇가 언덕에 국화가 많이 자라서 그 맛이 국화처럼 향기롭고 달큼했으며, 마시면 오래 산다는 속설이 있었다. 실제로 이 물을 이용한 마을 사람들은 한결같이 장수했다고 한다. 국화차가 눈을 밝게 하고 머리를 좋게 하며, 신경통·두통·기침에 효과가 있다는 한의학적 소견이 있는 것을 보면, 국수는 영약(靈藥)이나 마찬가지라 할 수 있겠다.

오 군수는 이런 사실을 이미 알고 석천을 직접 가서 확인해 보았다. 충민사가 있던 자리 가까이엔 바위가 솟아 있었고, 그 바위틈에서 샘물이 흘러 나왔다. 과연 국화와 감곡을 연상케 하는 신비스러운 명천이었다. 아마도 오 군수는 그 자리에서 물 한 바가지 떠 마시며 불로장생을 염원했을 것이다.

석천(石泉)은 바위 사이에 있는 샘이다. 석천사의 사찰 이름의 유래가 된 지명이기도 하다.

『총쇄』 9책에 석천사를 들르고 난 뒤 지은 시가 있다. 석성(石醒)과 함께 유람했고 절 뒤에 충민사 옛터가 있고 암벽 아래에는 맑은 샘이 있어 공수공급하였다. 당시 절에는 주지 순학(順學) 한 사람이었는데 출타하여 돌아오지 않아 점심은 관아에서 가져와 해결하고 나오면서 시부를 짓는다는 심사를 적고 있다.

위치 여수시 충민사길 52-21(덕충동 1830)
주석 석천은 충민사 뒤 큰 바위 아래에 있다[石泉○忠愍祠後 巨巖下].

깊고도 넓은 지식 사방 가득 채우게들

아이들 가르치려 공을 들어 지었네	蒙泉養正功初建
차근차근 실력 쌓아 멀리 널리 펼치소서	智水盈科委漸遠
한 홉 물이 많아져서 마침내 깊어지니	一勺之多竟就深
깊고도 넓은 지식 사방 가득 채우게들	淵淵浩浩歆方寸

이 시는 하급관리 아이들의 공부방을 읊은 것이다. 서재의 이름을 '방해(放海)'라 했던 것을 보면 건물이 좌수영성 어디쯤 가슴 트이는 바다를 향해 앉았을 것이다. 어린 아이들(蒙泉)은 전라좌수영성 안에 있는 서재에서 책을 벗 삼아 실력도 쌓고 인격도 기르면서 호연지기를 길렀을 것이다.

교육이란 말은 맹자가 인생 세 가지 즐거움 중 하나인 '영재를 모아 가르친다.'는 데서 처음 생겼다. 그는 교화(教化), 성덕(成德), 재현(才賢), 응답(應答), 감화(感化) 등을 교육 방법으로 제시하였다. 또, 가르치기가 달갑지 않을 때는 가르치지 않는 것도 가르치는 것이라 하였다. 바람직한 교육 방법은 현재도 논쟁 중이나, 교육의 목적이 지식쌓기와 인간되기에 있다는 것만큼은 이미 정한 이치가 되었다.

지수(智水)는『논어』에 나오고, 영과(盈科)는『맹자』에 나온다. 앞말은 지혜로운 사람은 물을 좋아한다는 말이고, 뒷말은 물은 조금이라도 패어 있는 곳을 먼저 채우고 다음으로 흘러간다는 뜻이다. 물이 낮은 곳으로부터 흘러가듯 지식은 쉬운 것부터 채곡채곡 채워가는 것이다. 그런 과정을 거치지 않고 어떻게 실력을 오롯하게 채울 수 있겠는가? 이 두 말은 일작지다(一勺之多)와도 닿아 있다. 물이 한 홉 한 홉 모여 자라나 악어 같은 큰 물고기가 살 정도로 깊고 넓어져서 사람들은 마침내 그 고기를 잡아먹을 수도 있고 잡은 물고기를 팔아 돈도 벌 수 있다. 이것이 맹자의 교육과정이고 목표다.

연연(淵淵)은 깊은 물을, 호호(浩浩)는 넓은 물을 뜻하는 의태어다. 방촌(方寸)은 사람의 마음이다. 지식도 그렇게 깊고도 넓게 쌓아가는 것이다. 오 군수는 이 시에서 맹자의 교육관으로써 어린 아이들에게 실력을 차근차근 쌓아 세상의 이치를 터득하라 이르고 있다. 이 시는 아이들에게 일러준 권학시(勸學詩)라 할 것이다.

전라좌수영에는 동서재(東書齋)인 종명재(鍾鳴齋)와 서서재(西書齋)인 봉명재(鳳鳴齋) 좌수영내에 통인방서재(通印房書齋)로 불린 방해재(放海齋)가 있었다. 특히 여수의 개화기 때 방해재 출신들의 활약이 컸다고 한다.

『총쇄』 15책에 「방해재기문」이 있다. 방해재에서 공부하는 이들은 동년(童年)부터 있었고 별포답(別包畓) 20두락을 획급하여 훈장을 데려와 운영하였음을 적고 있다.

위치 여수시
주석 방해재는 통인방 서재이다[放海齋○通印房 書齋].

추상같은 기운으로 인재들 이끄니

추상같은 기운으로 인재들 이끄니	豊霜氣感延才俊
순임금 음운과 들고 남이 맞았네	韶石音諧中退進
그대들 아름다운 소리가 섞이어	待爾鎔成假善鳴
쩌렁쩌렁 자연스레 떨치어 들리네	鏘然大放厥聲振

옛날 여수에는 서당으로 좌수영성 안에는 방해재가 있었고, 성 동쪽 종고산 아래에 종명재가 있었다. 서편에는 봉명재였다. 아이들은 훈장(訓長)이 가르쳤다. 훈장은 요즘 선생님처럼 자격증이 없었다. 그 대신 주어진 것이 회초리였다. 교편(敎鞭)은 여기서 나왔다.

한문은 사성 때문에 가락이 있어서 제대로 읽지 않으면 듣기가 거북하고 의미까지 달라진다. 행여 잘못 읽으면 훈장의 추상같은 회초리가 따른다. 풍상(豊霜) 기감(氣感)에 회초리를 든 무서운 훈장의 모습이 그려진다. 서당 훈장은 학생들에게 서릿발 같은 매우 엄한 존재였다.

순임금이 호남성 소(韶) 지역을 순방할 때였다. 백성들이 너나없이 노래로 임금을 맞았다. 태평성대의 노래였다. 그래서 이를 소악이라 한다. 공자는 "소악이 지극히 아름답고 더할 나위 없이 좋다(子謂韶 盡美矣 又盡善也)"고 감탄했다.

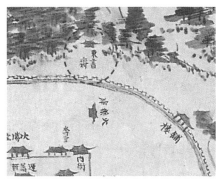
종명재(동서재)

종명재의 현재 모습(보광사 신축 중)

그러면서 이 악곡을 듣고 석 달 동안 고기 맛을 몰랐다고 한다. 『논어』에 있다. 이래로 글방에서는 소악을 범식으로 삼아 그 진퇴를 분명히 하여 끊고, 잇고, 높이고 낮추어 읽어야 했다. 그 소리는 장연(鏘然)해야 한다. 쩌렁쩌렁해야 한다는 말이다. 글 읽는 것은 가히 음악이었다.

오 군수에게 종명재에서 들려오는 글 읽는 소리는 마치 순임금의

종명재중수기

소악처럼 들렸다. 법식에 맞았고, 운이 자연스러웠다. 소리 크기는 종고산을 울릴 정도로 진동했다. 오 군수는 아이들의 글 읽는 소리를 듣고 얼마나 흡족했을까? 그런 느낌이 이 시가 주는 여운이다.

종명재는 수사 최완(崔烷)이 세운 전라좌수영의 동서재(東書齋)이다.

『총쇄』 15책에 「종명재중수기(重修記)」가 있다. 별포답 3두락과 전(錢) 30량이었고 훈장 정광래(丁光來), 당주 유진향(兪眞享) 계임(禊任) 장문호(張文昊) 등의 직임과 인명이 나온다. 을유년에 종산(鍾山) 아래에서 옮겨왔고 을사년에 절도사 이공이 30동(銅)을 출연하여 수리했고 무인년에 동실서루(東室西樓)를 고치고 넓혔음을 적고 있다.

위치 여수시 동산동 종고산 아래
주석 종명재는 군의 동부서재이다. 종고산 아래에 있다[鍾鳴齋 ○郡東部書齋 在鍾鼓山下].

오동나무 무성하고 주변은 조용한데

오동나무 무성하고 주변은 조용한데	梧桐萋萋周休運
산새들이 창창하고 아름답게 노래하네	鳥獸蹌蹌舜雅韻
그 모습 그대로 글방이 있었다면	見則安寧有道邦
스승과 제자에게 그 이유를 물어볼 걸	先生弟子何須問

봉명재는 구봉산 아래에 있는 여수 서당이었다. 그래서 이곳을 서당골이라 한다. 오 군수가 이곳을 찾았을 때, 건물은 오간데 없었고, 그 터엔 오동나무가 무성하게 대신하고 있었다.

신조(神鳥)라 일컫는 봉황은 오동나무에만 깃들어 집을 짓고 산다고 한다. 행여 봉황이 나타나면 온갖 날짐승과 길짐승들이 뒤따르고 즐겁게 노래하며 신선의 세계가 펼쳐진다고 한다. 봉황이 나타날 징조였을까? 봉봉(萋萋)한—무성한 오동나무 숲속에서 날고 기는 짐승들이 창창(蹌蹌)하게 울어댔다. '순아음(舜雅音)'은 순 임금의 음악 곧 소악(韶樂)을 아름답게 노래한다는 뜻이다. 이는 학동들의 글 읽는 소리와 일체가 된다.

진남관 아래에 수사최공완무휼군졸청덕비(水使崔公烷撫恤軍卒淸德碑)가 세워져 있다. 최완은 봉명재와 종명재를 세웠던 전라좌수사였다. 그가 수사로 부임

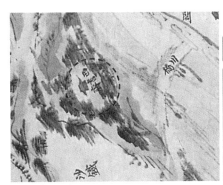
봉명재(서서재)

봉명재의 현재 모습

한 것이 1720년(숙종 20)이었으니 오 군수가 봉명재를 찾았던 것은 그로부터 170년도 훨씬 넘는 뒤였다. 그 사이에 봉명재는 그저 서당골이라는 이름만 남기고 사라지고 없었다. 만약, 봉명재가 그대로 있었다면 서당 훈장과 제자들과 오동나무 숲 속에서 산새들이 아름답게 노래한 연유를 어찌 묻지 않았으리요?

학교는 영원히 존재해야 하며, 공부는 평생을 하는 것이다. 사람다운 사람, 깊고 넓은 지식을 가르치고 배우기 위해서이다. 그런데 학교 구실을 한 봉명재가 사라지고 그 대신 산새들만 노래하고 있었다. 그 노랫소리는 마치 학동들이 글 읽는 소리와도 같았다. 오 군수는 얼마나 아쉬웠을까?

봉명재구폐기

봉명재는 좌수영의 서서재(西書齋)로 수사 최완(崔浣)이 세운 서당이다.

『총쇄』10책에 오 군수의 시 3수가 있다. 화전모임(化煎會)을 하거나 야간에 학인들을 권면하면서 지은 시이다. 19책에는 「봉명재구폐기(毬弊記)」가 있다. 20동(銅)을 출연한 내용이 있다.

위치 여수시 국동 구봉산 서당골
주석 봉명재는 군의 서부 서재이다. 귀봉산 아래에 있다. 이상은 동서부 건물안에 있다[鳳鳴齋○郡西部書齋 在歸鳳山下 以上在東西部宇內].

신통하게 가득차도 넘치지 않는구나

전봉이란 법맥 받아 등불을 전하는 것	戰鳳傳燈佛界悉
샘물 흘러 바위 뚫고 하늘로 솟는구나	溜泉發脉巖天出
모름지기 천 사람이 능히 마실 수 있는데	所須能解渴千人
신통하게 가득차도 넘치지 않는구나	靈異自無盈科溢

전봉산은 시내에서 여수산업단지로 들어서는 오른편에 380m 높이로 솟아 있다. 옛 기록에 '翦鳳山'으로도 나온다. 싸움 '戰'과 화살 '翦'은 전쟁을 상징한다. 여기서는 그것과는 거리가 멀다. 전봉산 커다란 바위 사이에서 언제나 마르지 않는 샘이 이 시의 소재이다.

전등(傳燈)은 불법의 등불을 받아 사방으로 퍼뜨린다는 뜻이다. 어두운 곳을 비추는 등불은 중생의 어리석음을 깨우쳐 주는 지혜의 교법(教法)이다. 전등이 꺼지지 않고 계속 타는 것은 법맥이 끊이지 않고 이어지는 것이 된다. 이 산중에 그 등불을 이어 받아 중생을 불계로 인도하는 전봉암이 있었다. 가물 때, 전봉암에서 기우제를 지내면 곧 비가 와서 물 걱정은 없었다는 전설도 전한다.

작가는 전봉산 바위를 뚫고 솟아나는 샘을 유천(溜泉)이라 하였다. 유천은 암

전봉산

맥을 뚫고 솟아나는 샘물이다. 그 규모가 얼마나 컸던지 1,000사람이 마실 수 있는 수량이었다. 그런데 넘치지는 않는다. 물이란 조금이라도 패어 있는 곳을 먼저 채우고 다음으로 흘러가는 것인데, 유천은 그런 영과(盈科)의 이치와는 거리가 멀었다.

전봉암에 전해오는 이야기가 하나 더 있다. 전봉산에 굴 둘이 있었는데, 이곳 스님이 부처님께 공양하려 하면 매일 한 굴에서는 식량이 나왔고, 다른 굴에서는 물이 나왔다고 한다. 하루는 스님이 식량이 나오는 굴에 먹을 것을 좀 더 달라고 빌었다. 그랬더니 그 뒤로는 쌀도 물도 다시는 볼 수 없었다고 한다.

언제나 마르지 않는 유천이 솟아나고, 기우제를 지내면 어김없이 비가 왔으며, 욕심이 과하면 인간을 가차없이 징벌하는 전봉산은 과연 신통력을 지녔다 이를 만하다. 오 군수가 이를 직접 목도했을 리는 만무하지만, 흥미진진한 신이적인 전설이다.

전봉산은 북쪽 25리에 있다. 전봉암(戰鳳菴)의 옛터가 있다. 거암(巨巖)이 하늘에 치솟아 있고 샘물 줄기가 아래로 흘러 내리고 있다. 산 아래는 석천(石泉)이 항상 가득차 있으나 넘치지 않는다. 충무공께서 점병(點兵) 하던 곳이다.

위치 여수시 주삼동 전봉산
주석 전봉산은 북쪽 25리에 있다. 전봉암 옛터가 있다. 또 큰 바위가 있는데 바위 아래로 샘물 줄기가 흘러 내리고 있는데 석천은 넘치지 않는대戰鳳山○北二十五里 有戰鳳庵舊基 又有巨巖 巖天泉脉流下石泉無溢].

너그럽고 듬직하여 변함없이 고요하니

구름 사이 내 마음은 청정한 듯하고	雲間似我心惟潔
산이 좋아 사람 낯이 저절로 기뻐지네	山好如人顔自悅
너그럽고 듬직하여 변함없이 고요하니	厚重無遷靜有常
고상하게 춤춘 모습 기절(奇絶)을 보겠네	舞形高展看奇絶

무선산은 선원동에 있다. 옛날 사람들은 산 이름을 잘도 지었다. 신선이 소매를 높이 쳐들고 춤추는 것 같이 보이는 산이라 해서 그런 이름이 생겼다고 한다. 모든 사람들에게 지금도 그렇게 보이는지 모르겠다.

우리 나라 사람들은 산을 좋아한다. '인자요산(仁者樂山)'이라 했으니 모두가 어질고 싶은 소망에서 그런 것인가? 감히 인(仁)은 그저 백행의 근본이라는 말 말고는 설명을 못하겠다. 그래서 그 어려운 도덕적 개념보다는 깨끗한 자신의 마음가짐 정도로 이해하고 넘어가자. 작가도 이 시에서 산등성이 넘나드는 하얀 구름을 보면서 자신의 마음을 비쳤으리라.

무선산은 신선들이 춤추는 모습을 한 형상이라 했다. 우리에게 신선은 신통력을 가진 영생불멸의 존재로 인식되고 있다. 실제로 그 산에서 신선이 소매를 높이

무선산

들고 춤을 추고 있었다면 이를 지켜보는 사람들의 얼굴은 어떤 표정이었을까? 오 군수는 춤추는 무선산을 보는 사람들의 얼굴에 기쁨이 넘친다고 했다. 허무맹랑한 상상도 때로는 자신에게 위안이 될 때가 있다.

한시는 대개 선경 후정(先景後情)으로 구성되는데, 이 시는 선정 후경(先情後景)이다. 1, 2구에는 자신의 감정을 넣었고, 3, 4구에는 무선산 실상을 담았다. 그래서 먼저 감정이 이입되고 나중에 무선산의 변함없는 기절이 그려진다.

신선이 춤추는 것 같이 보이는 산이라는 뜻에서 유래가 되었다. 『전라남도여수군읍지』에 무선산은 서쪽으로 25리에 있다는 기록이 있다.

무선산의 지질은 중생대 백악기 화성암인 중성화산암류로 이루어져 있으며, 산 동쪽은 경사가 가파르나 서쪽은 완만한 편이다. 호남정맥이 지나는 순천 계족산에서 분기한 여수기맥이 이곳 무선산을 지나 백야곶까지 이어진다. 주요 식생은 동백나무와 소나무 등 혼합림이 분포한다.

산 정상에는 기우제를 지내던 터가 있으며, 동쪽 아래에는 도원초등학교와 여천중학교가 있으며, 시내를 잘 조망할 수 있는 공원시설이 산중턱에 마련되어 있다.

위치 여수시 선원동 무선산
주석 무선산은 이십리에 있다. 신선이 소매를 높이 쳐들고 춤을 추는 것 같은 형상이다[舞仙山○二十里 像如仙人舞袖高擧].

석창리 옛 성터에 성곽 흔적 남아 있네

석창리 옛 성터에 성곽 흔적 남아 있네	石倉古郡餘城郭
금빛 이름 새로 찾아 목민관 부임했네	金礦新程方牧爵
풍년들어 여유 있어 밝은 시대 기다리니	地産留將待晟明
지금은 백성들은 끝없이 즐겁다네	秪今民業無窮樂

석창은 돌로 지은 곳집을 말한다. 여수 석창은 곧 여수의 역사이다. 고려시대 이전까지 여수를 관할하는 관청이었기 때문이다. 이 치소가 창고로 전락하게 된 배경은 조선왕조 설립과 관련이 있다. 그 자세한 내막은 뒷 분에게 넘기고 여기서는 시만 가지고 주섬주섬 이야기해야겠다.

고려시대 이전의 치소 규모는 잘 알 수가 없다. 조선시대에는 세금으로 거두어들인 곡식을 저장했다가 백성들에게 꾸어주고 거두어들이는 창고로 이용했다. 그러다가 1897년 여수가 군으로 회복되면서 작가가 초대 군수로 부임했다. 2구 '金礦新程方牧爵'은 이런 뜻이다. 대단한 미사여구다.

19세기는 지역 민심이 들끓은 시대였다. 수령들의 가렴주구 때문이었다. 특히 어려운 사람을 구제하기 위한 환곡제도가 고을 수령들의 착취 구실이 되기도 했다. 강제로 곡식을 꾸어 주고 비싼 이자를 받거나, 심지어는 빌려 주지도 않고 장부에만 기록하여 이자를 받는 경우도 있었다고 하니 민심의 원성은 하늘을 찌를 듯 했을 것이다.

쌀독에서 인심난다 했다. 석창에 곡식이 가득 쌓여 있다. 배부르면 그만이었던 세상에서 전쟁 없고 풍년들면 그보다 더 즐거운 일은 없었다. 이 시로만 보면 적어도 여수는 그랬다. 그때 여수 사람들은 밝은 세상이 올 것이라 기대하며 한없이 행복해 했다. 작가는 그 모습을 석창을 통해 노래했다.

석창은 여수시 여천동 868번지 일대로 여수 석보(石堡)라는 명칭으로 국가 사적 제523호로 지정되어 있다.

여수 석보는 남해안과 순천 등 내륙 지역을 연결하는 교통로가 만나는 결절점에 있다. 해안가의 평평한 지역에 돌로 쌓아 육군들이 방어하던 보(堡)의 기능을 담당한 성이다. 보란 각 지방을 지키던 군사들이 주둔하던 작은 규모의 군사시설로 영(營)-진(鎭)-보(堡)의 체계이다.

석보성은 1454년(단종 2) 이후 1457년(세조 3) 정월 사이에 축조되었으며, 1522년(중종 17) 돌산진에 흡수되면서 폐지되고, 관청용 물자를 보관하는 석창과 지방 장시로 기능이 변화되었다.

성벽의 길이 약 705m, 너비 5.7m이다. 부속 시설물로는 성문 3개, 적대 1개, 해자, 연못, 건물지 10여 개소가 있다. 적대는 성문과 옹성을 공격하는 적을 방어하기 위해 성안에 높이 대를 쌓아 만든 시설이다.

여수 석보 남벽. 지대석이 성벽보다 앞으로 나와 있어 전형적인 조선시대 성임을 알 수 있다

여수 석보 남동 모서리

　우리나라에서는 드물게 평지에 쌓은 평지성으로 정사각형인데 네모서리의 각을 죽여 둥글게 처리한 점에서 차별성을 보인다. 성벽은 외벽 바깥쪽 1m 범위에서부터 내측의 약 4.15m~4.5m까지 약 5~5.5m 구간의 지면에 20㎝ 내외의 쪼갠 돌을 거칠게 다듬은 할석재와 판석재를 깔고, 지대석을 놓은 뒤 외벽을 돌로 쌓고 그 뒷면을 잡석과 자갈 등으로 채우는 뒤채움을 한 후 성벽의 윗부분과 성벽 안쪽으로 흙을 경사지게 덮어 마무리한 내탁법으로 축조하였다.

　2단부터는 상부로 갈수록 작은 성돌을 사용하여 쌓은 조선시대 성곽의 특징을 잘 반영하고있다. 그리고 전 구간에 걸쳐 첫째 단의 성돌을 세워 쌓기한 점은 특징적이다. 서벽에서는 '구례시면(求禮始面)'이란 글자가 새겨진 성돌이 확인되었다. 석보성을 쌓을 때 내륙지역의 고을 주민들이 동원되었음을 알려주는 자료로서 주목되고 있다.

　석보성은 평지에 입지하고 있어 성 주위에 해자를 설치했다. 남문에서 동쪽으로 약간 비켜선 해자에는 출입을 위한 2×2칸의 교량시설이 확인되었다. 석보성의 서벽에서는 성내부의 연못으로부터 성벽 바깥쪽의 해자까지 이어진 배수로 및 수구 시설이 있어 당시의 축조수법을 잘 확인할 수 있다. 성 안의 물은 지대가 낮은 서벽 쪽에 치우쳐 있는 연못에 1차로 모이고, 물길을 땅 속으로 파서 보이지 않게 만든 암거형 배수로와 서벽 하단에 설치된 수구를 통해 성 밖의 해자로 배출하도록 처리하였다. 수구를 통과한 물은 지대석보다 낮은 위치의 물받이 시설에

여수 석보 적대와 해자

서 받아낸 후 윗부분이 트인 개거형의 배수로를 통해 해자로 흘러나가게 처리하는 한편, 해자로 들어오는 물 역시 경사를 낮추어 자연스럽게 물이 유입되도록 과학적·기술적으로 처리하고 있다.

평면형태와 부대시설의 배치, 축성기법에서 나타나는 석보성의 특징들은 15세기 중반의 성곽을 이해하는데 있어 가늠자가 될 수 있는 성곽사의 중요한 유적으로 평가된다. 아울러 전라도 육군이 외적 방어의 임무를 맡아 보는 대표적인 요충지에 축조된 관방시설로서 기능하기 시작하여 세금을 수납하여 보관하던 창성 및 장시 등의 사회·경제적인 기능으로의 변화 과정을 보여주어, 조선시대의 변화 모습을 잘 살필 수 있는 드문 유적으로 다양한 기능을 담당한 복합유적으로 평가된다.

위치 여수시 여천동 868
주석 석창은 서쪽 20리에 있다. 예전 여천 읍터인데 읍이 폐지된 뒤 창을 설치하여 조적을 맡아서 지금 그렇게 부른다[石倉◦西二十里 舊麗川邑基 廢邑後設倉糶糴 故今稱].

해마다 가뭄 장마 아무 걱정 없을 걸세

도랑은 꼬치처럼 끊김 없이 통해 있고	白渠決漑通如串
황토 두렁 대패 민 듯 평평하게 연해 있네	黃壤連阡平似鏟
언덕 습지 정리하여 우리 고을 최고이니	原濕畇畇冠一州
해마다 가뭄 장마 아무 걱정 없을 걸세	常年旱澇俱無患

석보평은 석창[석보] 주위의 들판이다. 농사를 지을 수 있는 들판은 인간의 생명줄이었다. 옛날에는 낮은 언덕은 깎고 얕은 바다는 막아서 농토를 일구어 사용했다. 석보들은 다행히 사방이 트여 있고 물길도 이용하기 유리하여 여수에서는 가장 넓은 생명의 땅이었다.

농사에서 가장 주요한 것 중의 하나가 관개시설이다. 백거(白渠)는 반듯하게 뻗어 있는 도랑이다. 석보들에는 물을 댈 수 있고 빼기에도 용이한 물길이 마치 꼬치처럼 끊이지 않고 연결되어 흐른다. 거기다가 지세가 높고 낮음이 없이 대패로 민 듯이 평탄하다. 원습(原濕)이 균균(畇畇)하게 정돈되어 있다. 농지정리

석보들(1914년, 국립중앙박물관)

가 잘 되어 있다는 말이다. 이 정도의 들이라면 농사짓기 그만 아닌가? 여기서 관(冠)은 최고라는 뜻으로 쓰였다.

『서경』에 이런 말이 있다. "왕이 사리 분별을 잘못하면 오래도록 비가 그치지 않으며, 무질서하면 오래도록 가뭄이 들고, 편안한 것만 누리면 덥기만 하고, 조급하게 처리하면 춥기만 하고, 도리를 분별하지 못하면 바람이 분다." 천재지변은 어쩔 수 없는 일인데, 옛날 사람들은 농사가 잘되는 것도, 못되는 것도 임금 하기 나름으로 여겼던 것 같다.

지역에서 농사가 잘못되면 임금을 대신한 수령도 책임을 져야 했다. 그래서 농민을 진무하는 일은 수령의 중요한 자치 행위였다. 오 군수는 석보들을 바라보며 농사 걱정을 하지 않았다. 관개시설이 잘되어 있고, 농지도 정리되었기 때문이었다. 무환(無患)이란 말 속에는 농민들의 고달픈 삶을 애달파하는 심정도 담겨 있으리라.

위치 여수시 여천동 여수석보 일대
주석 석보평은 서쪽 20리에 있다[石堡坪○西二十里].

음양 바위 짝을 하니 그 이름 기교하다

음양 바위 짝을 하니 그 이름 기교하다	陰陽巖對名稱巧
비구름 가리면 끌어안고 통정(通情)이라	雲雨情牽交合姣
여수 남해 진 머리요, 영호남의 경계인데	兩郡津頭際嶺湖
행인들은 손가락질, 언제나 쑥덕쑥덕	行人指點每多謁

『총쇄록』에 미두진이 좌수영으로부터 북쪽으로 20리에 있는데 남해를 건너다니는 나루라 했다. 지금은 그 이름을 찾을 수 없다. 혹시 여수산업단지 어디쯤이 아니었을까? 어쨌거나 그 나루에 남자와 여자를 상징한 바위가 여수와 남해 땅에 각각 있었던 모양이다. 작가는 이를 한 편의 절구로 남겼다. 점잖지는 않으니 재미가 있다.

음양암은 남자바위 여자바위를 함께 이른 말이다. 그 이름이 기교하다 했다. 무엇이라 불렀을까? 남자바위는 점잖게 남근석, 입암, 입석, 기자석(祈子石), 선바위, 총각바위, 돛대바위, 삿갓바위 등 여러 가지로 불렀다. 상스럽게는 '좆바', '좆바구'로도 부른다. 여자바위는 여근석, 여암, 암혈(巖穴), 암석, 삽바위이라 한다. 전국에는 사연을 가진 이런 바위들이 한둘이 아니다. 여수 미두진에서도 바다를 사이에 두고 마주보고 있는 음양바위를 볼 수 있었던 것 같다. 구름 끼고 비가 올 때는 서로 끌어안고 사랑을 나누었다고 했다. 오가는 사람들이 그 모습을 보고 참으로 민망했겠다.

여수와 남해 두 군 사이를 건너다니는 나루는 호남과 영남 경계이기도 하다. 오 군수는 이 나루 음양바위 때문에 두 지역의 많은 여자들이 사랑에 빠졌다고 첨삭하였다. 물론 민간에 떠도는 이야기였다. 이런 종류의 설화는 도처에 깔려 있다. 그 원천은 바위의 생김새로부터 자손 번영이나 종족 보존을 염원하는 신앙심이다. 그래서 이런 바위를 훼손하거나 욕해서는 안 되었다. 손가락질을 해서도 안 되었다.

시대의 변화에 따라 음양바위는 오가는 행인들이 손가락질하고 쑥덕거릴 정도로 신체(神體)로서의 기능이 옅어지고 금기도 사라져 갔다. 미두진 음양바위 역시 그랬다. 작가는 음양바위에 대하여 신앙심을 전혀 고려하지 않고 남녀 간의 사랑으로만 그렸다. 바다라는 장애물을 극복한 아름다운 남녀 간의 사랑 이야기 한 토막이다.

미두진(米頭津)은 북쪽으로 20리 지점에 있다. 남해로 통하는 나루가 있고, 나룻터가 두 갈래로 갈라져 음양(陰陽)의 바위가 있기 때문에 남해의 여자들이 흔히 여수의 기생이 된다고들 말한다. 『전라남도여수군읍지』에 나온다.

위치 여수시 북20리(미상)
주석 미두진은 북쪽 20리에 있다. 남해로 통하는 나루이고 나루머리가 갈라져 음양석이 있는 탓에 남해의 여자들이 많이 여수 기생이 된다고 한다[米頭津○北二十里 通南海 津 津頭交界 有陰陽石 故南海女多爲麗水妓云].

식구들이 든든하게 황어를 먹었으니

밤비가 남긴 자국 모래톱이 변했네	冥雨斂痕沙嘴變
찬 조수 날고 드니 나무토막 보이네	寒潮落漲木頭見
식구들이 든든하게 황어를 먹었으니	居人頓頓食黃魚
어림짐작 청전(靑錢)으로 얼마치나 되었을까	多小靑錢利獨擅

이 시는 국동 낚시터에서 읊었다. 이곳은 옛날에 국개 혹은 국포라 했다. 조선 초기에는 내례포만호가 자리했던 곳이기도 하다. 얼마나 많은 황어가 해안가로 밀려 왔기에 식구들이 든든하게 먹을 정도로 낚시를 했을까?

명우 감흔(冥雨斂痕)은 밤비 내린 자국이다. 사취(沙嘴)는 모래톱이나. 비가 와서 모래톱이 바뀌었다. 바닷물이 들고 나는 중에 나뭇가지 같은 부유물도 보인다. 밤새 낚시한 흔적들이다.

오 군수는 많은 식구를 거느렸을 것이다. 그들이 모두 낚시로 잡은 황어를 돈돈(頓頓)하게 먹었다. 든든하게 먹었다는 말이다. 그 정도로 국개 해안에는 황어

국포

가 많았을까? 황어는 강과 바다를 오가는 회유어로 날씨가 궂은 날에 오히려 더 높이 뛰고 더 많이 해안가로 밀려든다고 한다. 『자산어보』에는 이를 대사어(大斯魚)라 했고, 『조선왕조실록』에는 진상품으로 등장한다. 두보의 「희작배해체견민 2수(戲作俳諧體遣悶二首)」에도 '頓頓食黃魚' 구절이 보인다. 회로 즐기기도 하지만 주로 말리거나 젓갈을 담아 먹는다. 요즈음은 그렇게 귀한 대접을 받는 식품은 아니다.

이순신 장군은 난중에 몽어를 잡아먹었다고 했다. 오 군수는 국개에서 황어를 잡아다 식구들끼리 배부르도록 먹었다. 여수 국개는 120년 전까지도 고기 반 물 반이었다는 이야기다. 오 군수 식구들이 먹었던 황어는 당시 통용되던 청동전으로 얼마치나 되었을까? 그는 잡은 황어의 경제적 가치가 궁금했던 모양이다.

국포(菊浦)는 서쪽으로 10리에 있다. 내례포(內禮浦)의 옛터가 있고 돌산군과 통하는 나룻배가 있다. 『전라남도여수군읍지』에 나온다. 「여수잡영」에는 서남쪽 7리로 기록하고 있다. 어기는 낚시터, 고기잡는 곳이라는 의미이다.

위치 여수시 국동항
주석 국포어기는 서남쪽 7리에 있다[菊浦漁磯 ○ 西南七里].

절구질 소리에 산마을이 요란했네

이른 봄 햇살 쬐니 눈얼음 녹는구나	散曝新陽氷雪較
절구질 소리에 산마을이 요란했네	調勻亂杵洞山鬧
명분 없이 징세하고 재물도 앗아가고	無名徵稅橫誅求
지폐는 지금처럼 세금 같지 않았었지	楮貨如今不似稍

옛날 만흥동에서는 종이를 만들었다. 오 군수 재임 당시에는 이미 폐업 상태였다. 그래도 그는 새봄에 추위가 풀리고 햇살이 다스워지자 이곳에 들러 종이를 만들던 절구질 소리를 상상하면서 그 느낌을 여기에 담았다.

종이는 닥나무로 만들었나. 낙나무로 송이를 만드는 데는 오랜 시간과 많은 손이 간다. 늦가을에 닥나무를 토막 내 통에 넣고 찐다. 모시 줄기처럼 껍질을 벗겨내서 물에 담가 두면 부드러워지면서 겉껍질이 떨어지고 하얀 속껍질만 남는다. 이를 다시 솥에 넣고 나뭇재를 섞어 삶는다. 삶아진 속껍질을 깨끗한 물로 헹군 다음 흐물흐물해질 때까지 절구로 찧는다. 이후 통에 넣고 물을 부어 잘 섞고 풀

만흥사터

을 첨가하여 발에다 흩뿌려 말리면 종이가 완성된다.

　오 군수가 벼슬길로 나서기 이전이었다. 호랑이보다 더 무서운 현실이 일어나고 있었다. 지방의 서리가 명분 없는 세금을 마구 거둬들였다. 젖먹이 어린애까지 군적에 올려 군복으로 쓸 삼베나 무명을 앗아가는 관원도 있었다. 사망자에게도 무명을 세금으로 부과했다. 도망자나 행방불명자의 세금은 친족이나 이웃이 감당케 했다. 심지어 벼이삭까지 탈취해 갔다. 지방 수령이나 관리들도 갖은 구실로 주화나 재물을 가리지 않고 수탈하기에 혈안이 되어 있었다. 탐관오리들에게 지폐는 소용없는 물건이었다. 그저 의식(衣食)이 될 만한 포목이나 곡식이 최고였다. 민중들은 빚돈에 빚돈만 불어나는 길미만 늘어날 뿐이었다. 가렴주구의 세상이었다. 그래서 민란까지 일어났다.

　저화(楮貨)는 종이돈이다. 우리 나라에서는 1893년 태환권이 발행됨으로써 종이돈이 비로소 그 효용가치를 인정받는다. 오 군수는 종이 만드는 곳에서 그 동안 자행되어온 가렴주구와 종이돈을 상기하면서 민중들의 삶이 풀리는 봄날에 이 시를 썼다.

　전라좌수영의 지소는 흥국사를 중심으로 절에서 담당했기 때문에 만흥지소 역시 만흥사가 담당했을 것으로 본다.

위치 여수시 만흥동
주석 만흥지소는 북쪽 10리에 있다. 지금은 폐지되었다[萬興紙所ㅇ北十里 今廢].

모든 집의 쭉정이를 온오(蘊奧)하게 벗겨내네

하늘의 기두성(箕斗星)이 참신을 하는구나	一天箕斗參神造
모든 집의 쭉정이를 온오(蘊奧)하게 벗겨내네	萬室糠粃脫蘊奧
미평이란 이름은 진실로 이유 있어	得號米坪亶有由
모름지기 온전하게 대끼는데서 그랬겠지	宜須精鑿十分到

미평(米坪)은 지금의 미평(美坪)이다. 호랑산과 봉화산에서 발원한 물줄기는 합류하여 미평천을 이룬다. 옛날, 미평천변에 물레방아가 있었다.

천구의 적도 근처에는 모두 28수의 별자리가 있다. 그 중에는 기성(箕星)도 있고 두성(斗星)도 있다. 기성은 곡식을 까부는 키를 닮았고, 두성은 되는 말을 닮았다. 물레방아는 기성이 키를 까불 듯, 두성이 말을 되듯 연신 덜커덩거린다. 그 모습은 마치 제사상 머리에 엎드려 참신(參神)하는 것과 같다. 그러면서 겨를 벗겨내며 밥을 지을 수 있는 온오(蘊奧)한 알곡을 만든다. 온오하다는 기예가 깊고 오묘하다는 뜻이다.

미평천

미평(米坪)은 굳이 우리말을 붙이자면 쌀들이 된다. 호랑산 밑에 있는 들이라 해서 밑들이 미평으로 변했다는 유래도 있으나, 보나마나 쌀이 많이 생산되었고, 그 쌀을 처리하는 물레방아가 있었다는 것과 무관하지 않을 것이다.

어쨌거나, 미평이든 밑들이든 천변의 물레방아는 끊임없이 알곡을 찧었다. 정착(精鑿)은 곡식을 온전하게 대낀다는 뜻이니, 그렇게 되기까지는 적어도 열 번은 도정(搗精)해야 한다. 미평 쌀은 아마도 질 좋은 십분도(十分搗)로 유명했던 모양이다.

위치 여수시 미평동
주석 미평 물레방아는 북족 7리에 미천 곁에 있다[米坪水砧ㅇ北七里 米川傍].

도깨비도 감동하고 그냥 보지 않았다네

동과(冬瓜)를 일찍 알고 정성으로 가꾸더니	早識冬苽精力貫
도깨비도 감동하고 그냥 보지 않았다네	不將鬼火尋常看
인간의 백행 중에 효도가 근본이니	人於百行孝爲源
두 분의 진한 효심 누가 칭찬 않으리	感發誰無眞孝讚

전통사회에서 효도는 가장 중요한 인간의 도덕적 규범 중 하나였다. 그래서 조선에서 효자를 발굴하여 마을 입구에 정각을 세워 표창했다. 옛날 미평에도 세 효자문이 있었다. 강봉문효자문과 김씨쌍효문 그리고 이효자문이다. 작가는 이중 강김(姜金) 두 사람의 정각을 찬시(讚詩)했다.

오 군수는 강봉문(姜鳳文) 효자를 강규봉(姜奎鳳)으로 잘못 알았다. 강봉문은 중병이 든 아버지를 낫게 해달라며 단을 쌓고 하늘에 정성을 다해 기원하였다. 그러나 끝내 상을 당하자 3년 동안 시묘살이를 하면서 죽과 나물만 먹고 세수도 하지 않고 머리도 빗지 않았다. 그러자 강봉문의 효행에 감동한 호랑이가 밤이 되면 강봉문을 지켜주었다고 하며, 곡하던 자리에서는 풀이 자라지 않았다고 한다. 그의 효행이 알려져 동몽교관(童蒙教官)에 추증되고 정려가 내려졌다.

거문도 김지옥불망비

김해김씨 지혁·장혁 형제는 아버지가 병이 들자 무슨 병인지 알기 위하여 변맛을 보았다 한다. 상을 당하자 풀이 나지 않을 정도로 3년간 시묘를 살았다. 그러자 성묘할 때마다 도깨비불이 앞에서 인도를 했다고 한다.

효심이 깊으면 천지도 감동한다. 겨울철에 얼음장 밑에서 잉어가 나타나고(氷鯉) 눈밭에서 죽순이 솟아난다(雪筍). 한겨울에 탐스런 수박도 달린다(冬苽). 자식이 부모에게 지극 정성으로 효도를 다하면 이런 아름다운 기적이 일어난다는 것이다. 강, 김 두 효자도 그렇게 했기 때문에 나라에서 정려가 내려졌다. 민중 교화의 본보기로 삼고자 했던 제도였으리라.

위치 여수시 미평동

주석 강김양씨정려는 강규보이 겨울날에 과를 심어 어버이를 공양했고 김장혁이 시묘할 때는 산귀가 불을 들고 밝혀주었다. 이상은 여수면에 있다[姜金兩孝旌閭○姜奎鳳冬日種苽供親 金章奕侍墓時 山鬼擧火 以上麗水面].

번뜩 날아 우뚝하게 산머리에 앉았네

번뜩 날아 우뚝하게 산머리에 앉았네	飜疑突兀山頭坐
다시 보니 왔다갔다 구름 속을 노니네	更似翶翔雲裏過
도랑 따윈 시샘 말고 배부르면 떠나시게	且莫猜渠飽則揚
통발의 고기들도 살도 좀 쪄야지	草梁羣族政肥大

응봉은 상적마을 동남쪽에 있는 매봉산이다. 이는, 산의 모습이 꿩이 엎드리고 있는 형국이고, 이를 사냥하기 위해 매가 하늘을 날고 있다 해서 붙인 이름이라 한다. 여기에서 매봉과 응봉 두 가지 이름으로 불리고 있다. 오 군수는 매봉산 대신 그냥 응봉(鷹峯)이라 했다.

응봉은 매 형상이다. 번의(飜疑)는 순식간에 날아오름을, 돌올(突兀)은 우뚝하다는 뜻이다. 동작어와 형상어를 겹쳐서 순식간에 그 형국이 이루어지는 효과를 나타냈다. 고상(翶翔)은 매가 의미심장하게 나는 모습이다. 하늘에서 날개를 젓기도 하고 멈추기도 하면서 아래를 내려다본다. 먹이를 찾기 위해서이다.

작가는 매를 탐관오리로 생각했던 것일까? 마치 다산 정약용의 풍자시 같다. 백성을 주시하고 응시하면서 무엇이든 탈취하고자 하는 그들을 향해 다산은 신랄하게 비판했다. 바로 이런 식이다.

제비 한 마리 처음 날라 와
지지배배 그 소리 그치지 않네
말하는 뜻 분명히 알 수 없으나
집 없는 서러움을 호소하는 듯
누릅나무 홰나무엔 구멍 만드는데
어찌 하여 그곳에 깃들지 않니
제비 다시 지껄이며
사람에게 말 하듯이

누릅나무 구멍은 황새가 쪼고
홰나무 구멍은 뱀이 와서 뒤진다오.

이 두 시를 비교하자면, 매는 황새요 뱀이다. 그들은 착취를 일삼는 탐관오리들이다. 통발 잔고기들과 제비는 연약한 민중들이다.

오 군수가 다산처럼 당시의 사회적 모순을 깊이 깨닫고 시를 썼는지는 더 많은 작품을 대한 뒤에 결론을 내려야 할 것이다. 다만, 그의 다른 시에서도 간간히 애민의 뜻이 발견된 것을 보면 그는 민중 구원의 인덕을 갖춘 지역 현령이었다 할 수 있지 않을까?

위치 여수시 상적마을 매봉산
주석 응봉은 북쪽 25리에 있다[鷹峰○北二十五里].

주민들은 물을 대며 생활 형편 넉넉하니

양쪽 언덕 비 갠 사장 새 물결 넘쳐나고	兩岸晴沙新浪漲
집집마다 용마루엔 밝은 햇살 내려앉네	一條素棟明輝放
주민들은 물을 대며 생활 형편 넉넉하니	居人灌漑足生涯
부흥으로 이름삼음 헛되지 않았네	名以富興眞不妄

부흥천은 중흥천이다. 거위가 많았는지 아천(鵝川)이라고도 했다. 내는 영취산 서쪽에서 발원하여 흥국사 곁을 지나 바다로 들어간다. 지금이야 산업단지가 들어서는 바람에 농사짓는 절 밑 중흥들이 공단으로 완전히 변해 버렸지만 당시에 여기는 문자 그대로 부촌이었다.

양안은 옛 신평과 토산 사이의 제방을 말한다. 청사(晴沙)는 맑게 갠 백사장이다. 신랑(新浪)은 새로운 물결이다. 새로운 물결은 천수답을 관개농업으로 바꾼 과학적 영농방식이다. 이렇게 일군 농사 때문에 집집 용마루(一條素棟)에는 밝은 햇살이 내려앉았다. 관개시설을 갖춘 과학 영농으로 집집마다 주민들의 살림살

부흥천(중흥천)

이는 넉넉해졌다는 말이다.

부흥이나 중흥이나 그 뜻은 같다. 내가 흐르고, 그 내를 막아서 물을 가두고, 그 물을 이용하여 농사를 짓는다. 치수시설이 잘되었으니 당연히 농사가 잘 되었을 것이다. 농사가 잘 되었으면 그 동네는 부자였을 것이고--- 현재 중흥이란 말은 농토가 공단으로 바뀌면서 또 더없이 딱 어울리게 되었다. 부흥-중흥의 이름값을 여기서도 보게 된다.

엉뚱한 얘기 하나 할까? 김춘수 시인은 「꽃」에서 자신이 꽃을 꽃이라 불러주었을 때 자신에게로 와서 꽃이 되었다고 했다. 사물의 존재 의미는 어느 것에나 다 있다. 철학자는 인식론으로 그 의미를 캐내고, 시인은 감각적인 시어로 그 뜻을 아름답게 일군다. 어느 것이나 존재의 본질을 찾는 작업이다. 오 군수는 시인으로서 부흥천이라는 이름으로 그 본질을 아름다운 시어로 노래했다.

중흥천의 발원지는 여수시 둔덕동과 봉계동에 위치한 호랑산(虎狼山)과 상암동에 위치한 진례산(進禮山) 산록 일대이다. 호랑산 산록을 기점으로 유로를 형성하여 북쪽으로 흐르다가 중흥동을 지나 삼일동 광양만 해안으로 유입되는 지방 2급 하천이다.

위치 여수시 중흥동 중흥천
주석 부흥산은 북쪽 20리에 있다[富興川ㅇ北二十里].

피로한 말들이 삼천 두나 매어 있었네

넓은 들에 해가 뜨자 먼 길을 돌아드니	平原日出路長匝
새싹 돋는 봄은 깊고, 산은 사방 에워쌌네	細草春深山四合
큰 뜻 품고 당년에 남쪽땅 끝 더디 오니	壯志當年陸釖南
피로한 말들이 삼천 두나 매어 있었네	虛勞良馬三千搦

역참은 관원이 공무로 다닐 때에 숙식을 제공하고 빈객을 접대하기 위한 객사이다. 왕명과 공문서를 전달하거나 공공 물자의 운송 혹은 통행인 규찰 등을 위해 고을 곳곳에 이를 설치했다. 덕양 역참은 여수와 돌산으로 들어가기 위한 숙박시설이었다.

덕양은 동헌으로부터 30리 지점에 위치했다. 저녁 때 도착해서 하룻밤을 묵고 나니 아직도 가야할 길이 30리나 남았다. 더구나 봄철이라 마치 산이 가로 막는 듯하다. 누군가 무인이 되어 큰 뜻을 품고 벼슬길로 나섰다. 덕양 역참에 당도했

전라선과 여천선 철도 덕양역 – 조선시대 "덕양(德陽)"의 지명이 그대로 전해진다.

을 때는 3,000두의 말이 매어 있었다.

지역의 역참 관리는 역승(驛丞) 또는 찰방(察訪)이 맡았다. 역의 실무는 역리(驛吏) 등이 담당했는데, 이들은 신분을 세습하면서 역일에 종사했다. 그 대가로 얼마간의 역전(驛田)을 지급받고, 이를 경작하여 제반 경비에 충당하였다. 이들이 살았던 역촌은 촌락이 형성되어 큰 시장이 발달하기도 했다.

오 군수가 찾았을 때, 덕양역참은 이미 그 기능을 상실한 뒤였다. 갑오개혁을 계기로 역참제도가 폐지되었기 때문이다. 그래서 여기서는 시적 화자를 제3의 인물로 설정했다. 그 주인공은 이량 장군이나 이순신 장군도 될 수 있다. 그 선택은 독자들의 몫이다.

역은 고려 시대와 조선 시대의 국영 교통 시설이다. 덕양역은 서쪽으로 30리에 있었는데 폐지되었다. 『전라남도여수군읍지』에 나온다. 『세종실록지리지』(1454년, 단종 2)에 따르면 여수 지역에는 역원 기록이 없다. 『신증동국여지승람』(1530년)에 따르면 3개가 있었다고 나온다. 무상원은 임진왜란이 끝난 뒤 덕양역으로 이동한 것 같다. 덕양역은 오수역(獒樹驛) 관할로 리(吏) 222, 노(奴) 86, 비(婢) 47, 마(馬) 10필이 있었다. 1896년(고종 33) 5월 지리적 여건을 감안하여 여수, 소라, 삼일포, 율촌면 등 4개 면이 덕양역을 사용하게 하였다. 전라선과 여천선 철도가 건설되면서 덕양역이 생겨 지금까지도 '덕양(德陽)'지명은 전하고 있다.

위치 여수시 소라면 덕양리
주석 덕양역은 서쪽 30리에 있다[德陽驛 ○ 西三十里].

천상 소리 들리는 듯 나타났다 스러졌다

천상 소리 들리는 듯 나타났다 스러졌다	明滅如聞天象籟
용화 법회 본 듯해도 허무하고 쓸쓸해라	虛無若睹龍華會
가녀린 수죽들은 흰 구름 사이에서	可憐脩竹白雲間
맑은 바람 못 버리고 언제나 한들한들	不改淸風常自帶

옛날 안심산에 절이 있었다. 안심사였다. 오 군수 재직 때는 이미 절은 없어지고 그 터만 남아 있었다. 이후 중건했지만 다시 사라졌다. 오 군수는 안심사 빈터에서 맑은 바람을 쏘이며 이 시를 썼다.

작가는 산중에서 온갖 자연의 소리를 듣는다. 그 자연의 소리는 이어졌다 끊어졌다 한다. 그는 그 소리를 천상뢰(天象籟)라 하였다. 뢰(籟)는 통소인데 자연의 모든 소리를 두루 말한 것이다. 멋있는 대유이다. 그래서 자연의 소리를 듣고 절이 사라진 데 대한 허무함을 더욱 짙게 느낀다.

안심사 옛터

미륵보살은 용화수 아래에서 성불한 후에 중생을 제도하기 위하여 세 번의 법회를 열었다. 그 법회가 용화법회였다. 그러나 안심산에 법회를 열 법당이 없다. 그저 쓸쓸하고 허무하게 그 터만 남아 있다. 그 터엔 법당 대신 가늘고 긴 대나무만이 흰구름 사이에서 가녀리게 한들거리고 있다. 수죽은 몸짓이 그러해도 청풍은 버리지 못하였다. 청풍은 불심이 아니겠는가? 비록 절이 없고, 불상이 없어도 불심 같은 맑은 바람이 가슴 깊이 스며든다.

불자는 아니라도 누구에게나 불심은 있다. 불심은 다른 사람을 불쌍히 여겨 즐거움을 주고 괴로움을 덜어 주려는 부처의 마음인데, 이는 맹자의 측은지심과 통하지 않을까? 불교든 유교든 인간의 지고 지선(至高至善)을 갈구한다는 점에서는 같은 게 아닌가? 작가가 안심사 옛터에서 수죽이 버리지 못한 청풍을 맞으며 느꼈던 심사도 궁극에는 지선에의 희구였다 할 것이다.

위치 여수시 소호동 안심산
주석 안심사 옛터는 서쪽 20리 안심산에 있다. 산 위에 수죽이 있는데 옛 그대로이다[安心寺古基○西二十里 在安心山 山上有水竹依舊].

팔진도 진법처럼 돌무더기 오묘하다

팔진도 진법처럼 돌무더기 오묘하다	石叢如八陣圖妙
삼달도로 통하는 지세가 아주 좋다	地勢衝三達道要
꽃 지고 마음 상해 기생이 된 바위여	花落傷心女妓巖
꽃다운 그 이름 여기에 남았어라	只因留作芳名料

여기암은 덕양 북쪽 냇가에 있다. 임진왜란 때였다. 왜군들의 급습으로 덕양 소라포도 그들의 손아귀에 들어가고 말았다. 어떤 기녀가 왜군을 피해 포구 옆 바위로 몸을 피했다. 왜놈이 쫓아와 겁탈하려 하자 그녀는 바위 아래 깊은 물속으로 그만 몸을 던지고 말았다. 순절이었다. 그 후로 이 바위를 여기암(女妓巖)이라 일러 온다.

팔진도는 제갈량이 창안한 진법이다. 여러 가지 전쟁 상황에 대비하여 군사를 배치하여 작전을 펼치는데, 손권의 부하 육손을 곤경에 빠뜨리게 한 전과를 올린 것으로 유명하다. 작가는 여기암이 그런 모양을 갖추었다고 했다. 또, 여기암이 삼달도(三達道) 곧 지(智), 인(仁), 용(勇)과도 통하는 요새라 했다. 여기암은 오묘한 진법과 후덕한 덕을 갖춘 바위라는 것이다.

『강남악부』에 이를 소개한 시가 전한다.

여기암

높고 높은 바위

조수가 들어오니 물이 차오르네

몇 천 년 동안 물은 그득했는데

이 바위 앞에 서니 그녀가 생각나네

해가 지듯 바위 아래로 몸을 던져 물에 빠져 죽었으니

그녀의 마음은 무엇을 구하려 했던가

내 땅에서 죽으리라

설령 죽을지언정 적에게 몸을 더럽힐 수는 없네

그녀는 죽었어도 바위는 구르지 않아

아름다운 이름이 바위와 함께 길이 남아 있네

어찌 호남과 영남의 힘센 장사 수천만이 달려든다고 해서

이 바위를 진양성(晉陽城) 밖 강남주(江南州)로 옮겨놓을 수 있으랴

비록 기녀 신분이었지만, 그녀는 능욕 대신 죽음을 택했다. 그러자 그녀의 숭고한 결신(潔身)은 바위로 다시 태어났다. 그녀는 여수의 논개가 아닌가?

역의암과 동일한 장소이다. 원래는 인근에 덕양역이 있어 산의 이름이 역의산이며 이곳은 역의 바위라는 뜻으로 역의암이라고 불렀다. 1598년(무술년) 임진왜란 최후의 전투인 광양만전투가 9월부터 11월, 이순신장군이 순절하실 때까지 치열하게 전개된 곳으로 이후 임진왜란과 관련하여 여기암전설과 역의암 전설이 구성된 것 같다.

위치 여수시 소라면 덕양 북쪽
주석 여기암은 서북쪽 20리에 있다. 임진왜란 때 여기가 바위에서 떨어져 몸을 순결하게
했다[女妓巖○西北三十里 壬亂時 女妓墮巖潔身].

구름 속에 갇혀 있어 산길조차 외롭구려

석문은 홀몸으로 겨우 드나들 수 있고	石門僅得單身造
굴속은 모든 식구 다 모일 수 있었네	巖窟曾經渾室保
지금은 이 고을 형승이라 말하는데	形勝玆鄕誦至今
구름 속에 갇혀 있어 산길조차 외롭구려	閑雲空鎖孤山道

소라면 봉두 당촌 서북쪽에 있는 긴 골짜기에 작은 마을이 있다. 금대마을이다. 김씨가 처음으로 터를 잡았다 해서 김대마을, 이를 구개음화하여 짐대마을이라고도 했다. 여기에 굴이 있다. 이 굴을 금대굴(짐대굴) 혹은 황새봉굴이라 한다.

임란 때였다. 김씨가 난을 피해 이곳으로 숨어들었다. 입구는 겨우 한 사람이 드나들 정도의 석문으로 되어 있었고, 들어가서 보니 안쪽은 100여 명은 족히 들어앉을 수 있었다. 난을 피하기 안성맞춤이었다. 김씨는 잠시 여기에서 몸을 피했다. 전쟁이 끝나자 굴 밖으로 나와 이곳에 세거터를 마련하고 눌러 살게 되었다고 한다.

금대굴 정상은 황새봉이다. 관학산(鸛鶴山)이라는 이름도 하나 더 가졌다. 396m의 나지막한 산인데도 지세가 제법 험한 편이다. 정상에 오르면 광양만과 여자만이 아름답게 눈 아래 펼쳐진다. 구름이 산허리를 휘감아 돌고 있는 모습

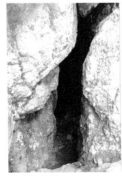

금대굴 입구   금대굴 내부

을 상상해 보라. 학이 나는 모습도 그려 보라. 더할 수 없는 형승이 안전에 펼쳐 지리라.

오 군수는 금대굴을 시의 소재로 삼고 황새봉의 아름다움까지 노래했다. 4구를 보면, 작가는 실제로 이곳에 올랐을 것으로 짐작된다. 그는 무인이면서도 금대굴의 전술적 가치를 생각하지 않고 산해(山海)가 어울려 연출한 아름다움에 취해 버렸다. 여수가 호남제일 형승이라는 『읍지』의 기록은 헛말이 아님을 이 작품도 논거로 삼기에 충분하다 할 것이다.

금대동(金帶洞)은 북쪽으로 50리에 있다. 석굴(石窟)이 있어, 백 사람은 수용할 수 있는데, 석굴의 문은 겨우 한 사람의 몸만 들어갈 수 있다. 임진난 때 김씨(金氏) 성을 가진 사람이 피난했다. 『전라남도여수군읍지』에 나온다.

위치 여수시 소라면 봉두 당촌 금대마을
주석 짐대동굴바위는 서북쪽 30리에 있다. 임진왜란 때 김씨성을 쓴 이가 난을 피한 곳이다. 바위굴은 넉넉히 백인을 수용할만한데 석문은 겨우 한사람만 허용할 정도이다 [金帶洞窟巖○西北三十里 壬亂金姓避亂處 巖窟可容百人 石門纔容一身].

지붕을 꾸몄으니 옥녀의 신행이네

휘장을 둘렀으니 대부의 가마이고	檐帷齊整大夫駕
지붕을 꾸몄으니 옥녀의 신행이네	架屋裝成玉女嫁
오랜 세월 행인들은 손가락질 하는데	長使行人指點頻
어느 날 저녁에 두 별이 떨어졌나 봐	雙星隕化在何夜

원문에는 쌍교암이 군의 서쪽 30리 지점 큰길 좌우에 있다고 첨기되어 있다. 그 곳이 어딜까? 여기저기 살펴도 확실한 곳을 찾을 길 없다. 위치는 몰라도 이 시를 감상하는 데는 별 어려움이 없다.

첨유(檐帷)는 가마에 두른 휘장이다. 그 휘장으로 보아 가마에 탄 사람은 선계에서 내려온 대부였을 것이다. 가마 지붕을 아름답게 꾸몄으니 옥녀 역시 선계의 여자 신선이었을 것이고--- 이 바위의 생김새는 선남선녀가 신부 집에서 대례를 마치고 시집으로 돌아가는 신행길을 연상하게 한다. 옛날, 신부가 처음으로 시집으로 들어가는 신행 행렬은 참 볼만한 구경거리였다. 동네 사람들이 동네 밖에

쌍교암이 있었던 굴전 마을

까지 모두 나와 신랑 신부 뒤를 따랐다. 신랑집에 도착하면 동네 사람들이 다 모인 가운데 시부모에게 구고례를 갖춘다. 신행은 온 동네 축제였다.

쌍교암은 바로 신행길 모습을 하고 있다. 대부가 앞서고 옥녀가 뒤따른다. 오가는 사람들은 구경꾼들이다. 쌍교암은 오랫동안 구경꾼들의 입에 오르내렸다.

쌍교암은 사람이 만든 조형물이 아니다. 어느 날 저녁에 천상에서 떨어져 그렇게 되었을 것이리라. 마치 백도의 전설처럼 옥황상제가 지구상으로 내려 보냈을 것이다. 기묘하고 불가사의한 자연 형상은 흥미 있게 이야기로 만들어져 오랫동안 전설의 이름으로 회자되어 왔다. 그런데 쌍교암은 없어졌다. 아쉽다. 어디에 있을까?

1899년 발간된 돌산의 역사서 『여산지(廬山志)』에 따르면 '평사리 굴전 마을 길가에 쌍교암이라는 바위가 있는데, 옛날 어느 노인이 지나면서 이 바위가 땅에 묻히면 쌍마교가 이 길로 출입할 것이라는 예언을 하였다. 그런데 그 뒤 갑오년(1894)에 큰비가 와서 산 흙이 무너져 이 바위가 땅에 묻히게 되었고, 그 예언대로 이 해에 돌산군이 설치(1896)되어 초대 군수가 승마 5필을 이끄는 쌍교를 타고 이 바위 앞을 지나게 된 뒤부터 쌍교암이라 부르게 되었다.'고 한다.

위치 여수시 돌산읍 평사리 굴전마을 쌍교암
주석 쌍교암은 서쪽 30리 대로 곁에 큰 바위가 길이 좌우로 나누어지는 곳에 있다[雙轎巖 ○西三十里 大路傍巨巖 分在路之左右].

모내기 수월하니 농부들 경사로세

천오(天吳)인들 어찌 다 물을 퍼낼 수 있겠으며   天吳驅徙何能竟
정위(精衛)인들 자만하고 바달 메울 수 있으리오   精衛含塡謾自病
그렇지만 실제로 제방 둑을 쌓았구려   實地無如界作隄
모내기 수월하니 농부들 경사로세   坐令禾稼農夫慶

거망해언은 가사리, 창무리, 현천리를 잇는 700m나 되는 큰 방천이다. 이곳을 걸망해제(傑望海堤)라 하는데, 이는 거망해제(巨望海堤)가 변한 말로 생각된다. 속칭 걸맹이방천이다. 지금의 관기마을 앞 걸맹이들은 옛날 관둔답이었다. 그래서 다른 곳보다 매우 중요하게 관리했을 것이다.

천오(天吳)는 수신(水神)이다. 사람 얼굴에 머리가 여덟이요, 다리와 꼬리도 여덟이다. 물을 다스릴 수 있기에 바닷물을 퍼내 그 자리를 산 흙으로 메워 농토를 만들려고 했다. 정위(精衛)는 조신(鳥神)이다. 그는 서산의 나무와 돌을 물어다가 동해를 평평하게 메우려고 했다. 『산해경(山海經)』에 나온다. 그러나 실제로

관기의 망해언

그것이 가능한 일이었겠는가?

『조선환여승람』에 의하면 여수에 제언(堤堰)이 여러 군데 있었다. 연등, 봉산, 석보, 해산, 걸망, 사곡, 대곡, 현천, 장전, 외진, 동교, 화치, 용주, 안포, 서촌, 옥적, 낙포, 묘도, 죽포, 가장, 도원, 소호 등이다. 모두 바닷물이 들지 못하도록 막아 놓은 방죽들이다. 이들은 다 천오나 정위가 바다를 메운 것이 아니라 주민들이 실제로 손수 둑을 쌓아 만들었다.

중국 북위(北魏) 효문제(孝文帝)는 '농사는 천하의 근본이니 이만큼 중요한 일은 달리 없다.'고 했다. 우리도 얼마 전까지 농사는 천하지대본이었다. 가물거나 홍수가 나면 기우제를 지냈고 용신에게 빌었다. 그러면서 수리 시설을 만들었다. 그러자 농사짓기가 훨씬 수월해졌다. 오 군수는 망해언을 보고 둑을 쌓은 민중들을 기렸다.

위치 여수시 소라면 가사리, 창무리, 현천리
주석 거망해언은 서쪽 30리에 있다. 관청의 둔답 제언이다[巨望海堰○西三十里 官屯畓堰].

승전 큰 공 새겨진 굳건한 빗돌이어라

과불적중(寡不敵衆) 위기에 까마귀 떼처럼 보였다네	寡惟敵衆烏林督
모사(謀事)는 재인(在人)이나 하늘이 도왔었지	調亦在人天水足
모든 사람 다투어 한 조각 바위라지만	萬口爭稱一片巖
승전 큰 공 새겨진 굳건한 빗돌이어라	元功猶勝貞珉屬

역의암은 덕양 북쪽 냇가에 있다. 여기암이라고도 한다. 이는 역의암은 같은 소리, 다른 뜻이다. 임진왜란이라는 시대적 배경은 같은데, 주인공이 다르다. 여기암 주인공은 기생이었으나 역의암 주인공은 충무공과 주민들이다. 오 군수는 주인공들의 가상한 이야기로 시를 남겼다.

임란 때였다. 갑자기 왜구들이 들이닥쳤다. 대적하자니 중과부적이었다. 충무공은 마을 사람들을 동원했다. 그리고는 푸른 옷과 붉은 옷을 입혀 군사들과 함께 계속해서 바위를 돌게 했다. 아군을 많게 보이도록 하기 위한 책략이었다. 군사들의 수효가 까마귀 떼처럼 많아 보였다. 이를 본 왜군들이 거꾸로 대적할 수 없겠다 판단하고 놀라 도망가 버렸다. 이래로, 이 바위 이름이 옷을 바꿔 입었다는 역의암이 되었다.

"작은 나라는 진실로 큰 나라를 대적할 수 없고, 적은 숫자로 진실로 많은 사람을 대적할 수 없으며, 약한 나라는 진실로 강한 나라를 대적할 수 없다." 맹자가 한 말이다. 과부적중(寡不敵衆), 중과부적(衆寡不敵)이 여기에서 나왔다. 그러나 충무공에게는 이 말도 허튼말이었다. 충무공은 적은 수의 수군들과 주민들로 왜군을 물리치고자 꾀를 냈다. 작전은 승리였다. 하늘이 도와 건널 수 없는 깊은 물길도 만들어 주었다. 모사재인(謀事在人)이요, 성사재천(成事在天)이었다.

지금은 역의암을 바라보면 방치되어 있는 바위일 뿐이다. 이 바위를 배경으로 언제 세웠는지 2기의 불망비가 나란히 앞을 가로 막고 있다. 오 군수는 역의암을 오히려 큰 전공을 세운 정민(貞珉)이라 하였다. 정민은 빗돌이다. 충분히 그럴만하다. 전술과 전략으로 멋진 한판 승리를 거두었기 때문이다.

전설은 단순히 흥미만 부추기는 허구가 아니다. 역의암 이야기처럼, 민족적 자존심이 용해되어 오래도록 회자되는 문화유산이다. 오 군수는 이를 「역의암」으로써 독자들에게 그대로 보여주었다.

역의암

역의암(易衣巖)은 북쪽으로 30리에 있다. 임진란 때 이충무공이 갑자기 많은 왜적을 만나자 백성과 병사들에게 명령하여 푸른 빛과 붉은 빛의 옷을 나누어 입고 어지럽게 서로 바꾸게 하니 왜놈들이 바라보고는 물러가 버렸다. 『전라남도여수군읍지』에 나온다.

위치 여수시 소라면 덕양 북쪽
주석 역의암은 선쪽 30리에 있다. 임진왜란때 충무공이 갑자기 왜적 무리와 마주치자 백성과 병사로 하여금 청홍의 옷을 나누어 입고 어지러이 서로 바꾸게 하니 적이 물러났대[易衣巖○西三十里 壬亂忠武公猝值倭衆 令民兵分着靑紅衣繽紛交換退敵].

다만 지금 이리 떼들 밤잠을 들었는지

불똥은 순식간에 천지로 퍼져갔고	飛火迅能傳宇宙
봉우리 정상에선 뭇별처럼 번뜩였지	層峰高可捫星宿
다만 지금 이리 떼들 밤잠을 들었는지	秖今狼子達宵眼
오로지 산꼭대기 흰 구름만 넘나드네	惟見白雲山上逗

봉수는 위급한 소식을 전하던 통신 수단이었다. 여수는 왜구들의 침략을 맨 처음 알리는 봉수의 기점이었다.

봉수는 낮에는 연기로, 밤에는 불빛으로 신호를 보낸다. 지정된 봉우리마다 봉수꾼들이 있어서 이 봉우리에서 불을 피우면 바로 저 봉우리에서 받는다. 백야곳에서 불이 오르면 봉화산이 받고 고흥 팔영산이 즉시 응했다. 여기저기 간봉에서도 봉우리마다 불빛이 번뜩였다. 그 길로 봉화는 순식간에 서울 목멱산에 닿았다. 그야말로 비화(飛火) 그대로였다.

낭자(狼子)는 이리떼다. 이리는 간사한 동물로 이름이 나 있다. 누구일까? 왜

우산(우측)

구이다. 미국 인류학자 루스 베네딕트는 일본의 문화 유형과 일본인의 의식구조를 파헤친『국화와 칼』을 펴냈다. 그는 이 책에서 일본은 국화를 사랑하면서도 칼을 숭상하는 이중성을 지녔다고 했다. 곱씹어 볼만한 날카로운 지적이다. 그래서 세계의 역작이 되었다.

사실, 오 군수 재임 시절 조정은 열강들의 각축장이었다. 특히 친일파들이 득세한 시기였다. 여수는 긴장하지 않을 수 없었을 것이다. 언제 저들이 한 손에 국화를 들고 다른 한 손에 칼을 들고 이리떼처럼 밀려들 줄 모르기 때문이었다.

그런데 봉화는 잠들었다. 우산 정상은 흰 구름만 넘나들었다. 허망했다. 작가는 그걸 태평시대의 상징으로 생각지는 않았을 것이다.

우산(牛山)은 서북 25리에 있다. 봉수(烽燧)가 있었는데 지금은 폐지됐다.『전라남도여수군읍지』에 나온다. 여기서 가까운 곳이 봉화산이다.

봉수는 낮에는 연기(燧 : 연기), 밤에는 횃불(烽 : 횃불)로 변경의 급보를 중앙과 해당 지역 영진에 알려 적의 침략에 대비했던 군사통신제도였다. 우역제(郵驛制)와 더불어 신식우편(新式郵便)과 전기통신이 창시되기 이전의 전근대국가에서는 가장 중요하고 보편적인 통신방법이었다.

위치 여수시 미평동
주석 우산봉수는 서북쪽 25리에 있다. 지금은 폐지되었다[牛山烽燧 ㅇ 西北二十五里 今廢].

어부는 왔다 갔다, 물살은 갈리는데

모래펄에 노닐던 조개들 밀려드니	沙際相交老蚌浸
물마루 없는데도 큰고래가 와서 먹네	潮頭不入長鯨飮
어부는 왔다 갔다, 물살은 갈리는데	漁家錯落水東西
때맞춰 삼성(三星)이 빠끔히 내다보네	時趁三星影裏闖

성원은 군으로부터 북쪽 40리라고는 하나 지금은 그 지명이 사라지고 없다. 토전(土箭)은 싸리나 가는 대를 울타리처럼 엮어 개울이나 바다에 둥그렇게 둘러 꽂고 그 가운데에 그물을 달아 물고기가 들어가면 빠져나가지 못하게 만든 고기 잡는 방식이다. 가두리 양식은 토전이 발전한 형태일 것이다.

사제(沙際)는 모래펄이 있는 갯가이다. 노방(老蚌)은 조개를 젊잖게 표현한 말이다. 갯가는 작은 바다 생물의 삶터인데 조개가 이곳으로 몰려들었다. 그러자 물이 들이차지 않았는데도 장경(長鯨) 곧 큰고래가 손쉽게 조개를 잡아먹고 있다. 어부는 조개를 잡을까, 고래를 잡을까 어쩔 줄 몰라 한다. 파도는 동서로 왔다 갔다 하는데--- 이 때였다. 삼성이 하늘에서 빠끔히 이 광경을 내려다보고 있다. 조개-고래-어부-삼성으로 이어지는 먹이사슬의 현장이다. 마치 『장자』의 매미-사마귀-참새-포수 이야기와 같다. 어느 날 장자가 사냥을 나갔을 때 까치가 날아와 밤나무에 앉았다. 화살을 겨누었는데 자세히 보니 참새가 풀잎에 앉은 사마귀를 잡으려 하고 있었고, 사마귀는 나무에서 울고 있는 매미를 노리고 있었다. 장자는 모두 이익 앞에 자신의 본모습을 잃는 것을 보고 느끼는 바가 있어 그곳을 빠져나왔다. 여기에서 당랑포선(螳螂捕蟬), 당랑규선(螳螂窺蟬) 등의 성어가 생겼다.

삼성(三星)은 오리온자리 중간에 늘어선 3형제별이다. 이 삼형제는 복신(福神), 녹신(祿神), 수신(壽神)을 상징한다. 우리나라를 대표하는 기업 삼성은 여기에 근거하여 이름지었을 것이다. 그런데 여기서 삼성은 복 주고 돈 주며 장수를 상징하는 별이 아니다. 바로 나라의 전부(田賦), 군정(軍政), 환곡(還穀) 등 삼정

(三政)을 담당한 벼슬아치들이다. 19세기 그들은 어살로 살아가는 어민에게도 과중하게 세금을 걷어갔다.

　오 군수는 무과로 벼슬길에 나선 후 잠시 군자감에 있었던 것을 제외하고는 일생을 지방관으로만 돌아다녔다. 당시 지방은 자신들의 욕심을 채우기 위해 매관매직과 수탈을 서슴지 않은 현장이었다. 오 군수는 이를 직접 목도한 것이다. 이 작품이 이를 증명한다. 이 시는 사회를 비판적으로 풍자한 다산 정약용의 사회시와도 비견된다.

위치 여수시 북 40리(미상)
주석 성원어살은 북쪽 40리에 있다[星院土箭○北四十里].

조화 부린 용광로가 귀신처럼 보이네

풀무질로 탄피우자 쇳물이 녹는구나	陰陽大炭陶鎔暗
조화 부린 용광로가 귀신처럼 보이네	造化洪爐神鬼瞰
곽종은 일찍이 대장 일로 부자됐지	郭縱曾因鐵冶興
모름지기 장사도 염고(廉賈)임을 아시게	須知廉賈價無濫

대포리 대장간을 읊었다. 농기구를 손수 만드는 대장간은 옛날에 마을 건너 하나쯤은 꼭 있었다. 대장장이는 높은 신분은 아니었지만 메질과 담금질로 기술을 부려 야장(冶匠)으로서 충분한 대우를 받았다. 돈도 벌었다. 지금은 쇠붙이를 다루는 철강산업의 발달로 대장간과 대장장이를 찾아 볼 수 없다.

대장간의 가장 기본이 되는 설비는 풀무와 화로였다. 풀무질은 음양(陰陽)의 이치로 작동한다. 작업은 홍로(洪爐) 곧 큰 화로에 불을 피워 쇠를 넣고 풀무질을 한 다음 쇠가 달구어지면 메질과 담금질 순서로 한다. 몇 번 반복하게 되면 농기구가 만들어진다. 작가에게 그 모습은 귀신의 조화로 보였다.

곽종(郭縱)은 중국 조(趙)나라 한단(邯鄲)의 대장장이었다. 그는 뛰어난 메질과 담금질로 돈을 벌어 왕과 어깨를 나란히 할 만큼 큰 부자가 되었다. 장사도 과

대포

도하게 이익만을 남기려 한다면 오히려 손해를 본다. 욕심 많은 장사꾼은 때를 기다리지 않고 물건을 마구 사고파는 까닭에 이익이 본전의 10분의 3을 넘지 못한다. 그러나 청렴한 장사꾼은 공정하게 장사를 하지만 신용을 얻는 까닭에 본전의 10분의 5까지 이윤을 남긴다. 여기에서 상인이 새겨야 할 탐고지삼(貪賈之三) 염고지오(廉賈之五)라는 말이 생겼다. 『사기』에 나와 있다.

상품은 질이 최상이요, 장사는 신용이 최고다. 값을 정하는 데 넘치면 안 된다. 농기구는 필수품이었으므로 어느 가정이나 꼭 필요했다. 수요가 공급을 앞지르면 값이 오르게 되어 있었다. 그래서 농기구를 만드는 대장장이는 돈을 벌 수 있었다. 오 군수는 이 시에서 대포 대장장이에게 농기구 값을 지나치게 받지 말라고 훈수하고 있다. 대장장이와 농민 둘 다 위하는 마음에서였을 것이다.

수철점은 무쇠(水鐵)를 다루는 곳이다. 금속을 다루던 야장(冶匠)은 유철장(鍮鐵匠), 주철장(鑄鐵匠), 수철장(水鐵匠)으로 나누고, 그 중 무쇠를 다루는 수철장은 대로야(大爐冶), 중로야(中爐冶), 소로야(小爐冶)로 나누어 각기 솔거인(率居人)을 거느렸다. 조선초기부터 수철장은 관에 등록되었고, 일정한 기간 동안 부역 체계에 따라 소집되어 사역하였다. 관청에 등록된 수철장은 관아에서 요구하는 각종 사업에 동원되었다. 동전을 만드는 일에도 동원되었다.

위치 여수시 소라면 대포리
주석 대포대장간은 서쪽 30리에 있다[大浦水鐵店○西三十里].

지나온 업적은 산에 물에 남아 있네

야사에도 정사에도 높고 높은 그 명성	高名野史兼邦乘
지나온 업적은 산에 물에 남아 있네	往蹟山殘復水剩
예스러운 사당 단청 여기도 엄연해라	古廟丹靑儼在玆
봄가을 올린 제향 지금까지 이어지네	春秋香火至今證

문절공은 운암(雲巖) 차원부(車原頫)의 시호이다. 문절공은 고려조 공민왕 때 급제하여 고려에서는 여러 벼슬을 거쳤으나 조선이 들어서자 공신 책록도 마다하며 모든 벼슬을 받아 드리지 않았다. 한때는 여수 구암마을에서 숨어 지내기도 했다. 이로 인해 마을에 별묘(別廟)가 들어섰다.

문절공은 왕위 계승 문제로 고뇌하던 태조의 부름을 받았다. 그는 태조와의 대면이 끝난 뒤에 다시 평산으로 돌아가는 길에서 자객에게 일행 80여 명과 함께 죽임을 당했다. 원통한 죽음이었다. 『대동운부군옥(大東韻府群玉)』에는 1456년 (세조 2) 박팽년 등이 그의 원한을 풀어주어야 한다는 「차원부설원기(車原頫雪冤記)」를 임금에게 올렸다는 기록이 있다. 그런데 이 기록의 진위 여부에 대한 논란이 있다. 그래서 였을까? 오 군수는 문절공의 명성은 야사에도 방승(邦乘) 곧 정사에도 기록되어 있다고 했다. 그러면서 그의 업적이 산수에 다 남아 있다고 찬사를 아끼지 않았다. 사실, 구암별묘는 오 군수 재임 직전에 세워진 건물이었다. 그 동안 그의 목판본 유사는 순천 오천서원에 있었는데, 1868년 서원이 철폐되자 1897년 구암마을에 별묘를 짓고 이곳으로 옮겨 보관해 왔다. 별묘에서는 춘추로 제향도 드렸다. 고묘(古廟)를 예스러운 사당으로 번역한 것은 이 때문이다.

『조선환여승람』에는 구암마을에 정자를 짓고 산수와 벗 삼으며 한가로운 생활을 했던 문절공의 시가 한 편 전한다. "강 위로 한 가닥 피리 소리 들리고 / 천리 밖 달빛 속에 배는 노니는데 / 백구조차 나를 알지 못하니 / 이 신세 외로이 물가에 앉아 있네" 그런데 현재 구암별묘는 여수비행장 활주로에 묻혀버렸다. 53점 「차문절공유사(車文節公遺事)」 목판도 광양에 있는 연안 차씨 문중에서 관리를

하고 있어서 여수와 인연은 멀어
졌다. 구암마을 현장에서 제향은
커녕 문절공의 시정을 느낄 수도
없고, 목판도 문화재도 문절공의
생애처럼 떠도는 신세가 되어 버
린 것이다. 문절공은 아직도 신원
되지 아니했는가?

차문절공유사 목판

　차문절공공묘는 여수시 율촌면 신풍리에 있었던 차원부의 사당이다. 여수비행
장 확장 공사로 헐렸다. 고려 공민왕 때의 학자인 차원부(1320~1407)의 자는 사
평(思平), 호는 운암거사, 본관은 연안이다. 공민왕 때 문과에 올라 간의대부, 보
문각 직제학 등을 역임하였으며 역학에도 밝았다. 조선을 개창한 태조 이성계는
개국 초 공신녹권을 주려했으나 고사하였고 또 정언 등의 벼슬을 내려도 나가지
않았다. 개국 공신 하륜 등과의 갈등으로 추살당하고 친인척 80여 명도 죽음을
당하였다. 세종 때 신원되어 시중으로 추증되고 문절(文節)이란 시호를 받았으며
그 뒤 운암사에 배향되었다.

　차원부는 만년에 현 율촌면 신풍리 구암 마을에 은거, 정자를 짓고 시율을 벗
삼아 살았는데 이것이 구암과의 인연이었다.

　사당에 있었던 차문절공유사 목판은 차원부의 유문(遺文)과 일대기를 엮은 것
으로 1791년에 제작된 것이다. 총 53판. 국가 기관인 운각(芸閣)에서 간행할 때 판
각으로 인쇄사적 가치가 크다. 1793년 설립한 오천서원(순천시 주암면 선평리)에
서 이를 관리했으나 1868년(고종 5)에 서원이 철폐되자 율촌에 구암별묘(龜岩別
廟)를 짓고 여기에 이를 보관했다. 구암별묘는 원래 정면 2칸, 측면 1칸집이었다.

　지금은 광양에 연안차씨 문중에서 소장하고 있다.

위치　여수시 율촌면 신풍리 668(구암마을)
주석　차문절공묘는 북쪽 30리 구암동에 있다. 본조[조선] 차문절공이 다다른 곳이다. 호는
　　　운암이다. 이상은 덕안면이다[車文節公廟○北三十里龜巖洞 本朝車文節公迪 號雲
　　　庵 以上德安面].

공중으로 솟아오른 저 비상의 모습이여

독수리 산에 들면 사계(沙界)가 고요하고	靈鷲入山沙界靜
황소가 고해(苦海) 들면 진심(塵心)을 안다네	闘牛歸海塵心憬
공중으로 솟아오른 저 비상의 모습이여	聳空雄互勢飛騰
때마침 앞길 향해 양 날개를 펴는구나	恰好前程雙羽逞

지금은 오히려 진달래로 더 잘 알려진 영취산, 알고 보면 흥국사 주산이요, 기우제 터가 있었던 영산이다. 산 정상은 영락없는 독수리 형상이다. 형상에 딱 맞는 이름이다.

영취는 신령스러운 독수리라는 뜻이다. 고대인도 마가다국의 성도 왕사성 동북쪽으로 기사굴산이 있었다. 그 산에는 독수리들이 많았다고 한다. 사람이 죽으면 독수리가 먹을 수 있도록 시신을 해체해 두는 장례문화 때문이었다. 이곳에서 석가는 독수리를 인간을 고요한 부처님 세상으로 안내하는 영물로 인식했다. 사계(沙界)는 헤아릴 수 없는 온 세상을 말한다. 독수리가 영취산 위를 나는 것은 인간이 고요한 부처님 세상으로 드는 것을 의미한다. 인간의 죽음 앞에서는 만물이 고요해 진다.

고삐 풀린 망아지라는 속담이 있다. 투우는 길들여지지 않는 소이다. 길들여지

영취산(靈鷲山)

지 않는 소는 아주 사납다. 주인도 모른 채 함부로 날뛰고 아무데고 제 마음대로 가버린다. 그러다가 바다에 빠지기도 하는 날에는 그제야 자신의 잘못을 깨닫는다. 여기서 투우는 깨닫지 못하고 본성을 잃어버린 채 날뛰는 인간을 비유한다. 깊고 끝없는 고통의 바다에 들어가는 순간, 그때야 인간은 속세에서 저지른 잘못, 곧 진심(塵心)을 깨닫게 된다.

이 시는 불가의 적멸상(寂滅相)과 심우도(尋牛圖)를 생각게 한다. 적멸상이란 번뇌를 모두 끊어 다시는 미혹한 생사를 계속하지 않는 고요한 경지를 가리킨다. 심우도는 방황하는 자신의 본성을 발견하고 깨달음에 이르기까지의 과정을 야생의 소를 길들이는 데 비유하여 10단계로 그린 그림이다. 작가도 남해를 응시하며 비상하는 독수리 형상의 영취산에 올라 적멸과 심우를 생각했을 것이다.

영취산은 상암동과 중흥동에 걸쳐 있는 산이다. 석가모니가 최후로 설법했던 인도의 영취산과 산의 모양이 같다고 하여 붙여진 이름이다. 영취산은 북쪽 30리에 있다. 산 아래 흥국사(興國寺)가 있고, 또 천왕봉(天王峰)이 있다. 기우단(祈雨壇)이 있는데, 매우 영험이 있다. 『전라남도여수군읍지』에 나온다. 「여수잡영」에서는 북쪽 20리에 있고 흥국사 주산이라 했다.

영취산은 예로부터 이 지역의 신령스런 산으로 기우제나 치성을 드렸던 산이다. 산 중턱에서부터 정상까지 5~20년생 진달래 군락지가 형성되어 있어, 봄철이면 진달래축제가 열린다. 진례봉과 영취봉을 주봉으로 동부 고지대를 형성한다. 『세종실록지리지』(순천)에 봉화처로 "진례(進禮)는 북쪽으로 광양 건대산(件臺山)에 응한다."는 기록에 등장해 그 전부터 진례산이라 불렸음을 알 수 있다. 그 뒤 『신증동국여지승람』(순천), 『신증승평지』 등에는 진례산만이 기록되다가, 『여지도서』(순천)에 진례산과 영취산을 구분하여 표기하였다. 『조선지지자료』(여수)에는 영취산만이 기재되어 있다. 『동여비고』(전라도)에 수영(水營)의 북산으로 진례산(進禮山)이 묘사되어 있다. 그 후 지도에는 주로 진례산과 영취산을 구분해 기재되었으나, 『조선지형도』에는 영취산으로만 표기되어 있다.

위치 여수시 상암동, 중흥동 일원
주석 영취산은 북쪽 20리에 있다. 흥국사 주산이다[靈鷲山○北二十里 興國寺主山].

산형은 수구에서 높이가 천 길이네

수문통은 한 뼘 넓이 거울처럼 밝은데	鏡面江頭明一掌
산형은 수구에서 높이가 천 길이네	山形水口高千丈
이 가운데 마을 있어 사람 살고 있으니	此中自有理生居
길이길이 그 분들께 상을 줘도 되겠구나	長使行人堪可賞

　오 군수는 부산을 군으로부터 북쪽으로 20리 지점에 있다고 주석을 달았다. 그런데 옛 자료를 뒤져도 부산이란 산 이름은 보이지 않는다. 다만, 『읍지』에 첨산(尖山)이 강머리에 있고, 높이가 천 길이 된다고 설명하고 있으니, 부산은 화치리 첨산이라고 전제해 두겠다.

　『여천마을유래지(1998년)』에 첨산 설명이 나온다. 신 이름은 산 정상이 뾰족해서 붙여진 이름이다. 높이는 163m이다. 산줄기가 아래로 뻗으면서 몇 개의 골이 형성되었는데, 그 중 광양을 바라보는 수문통만 열려 있고, 나머지는 바위가 천 길 높이로 솟아 있었다. 수문통 안에는 몇 채의 민가들이 척박한 땅을 일구며 살

첨산

았다. 그러다가 1908년 자료에는 첨산마을이 이름조차 보이지 않는다.

옛날에는 사람이 가꿀 수 있는 전답이 있거나 바다에 나가 해산물 취득이 가능했던 곳이면 어디든 마을이 들어섰다. 첨산마을은 좁은 계곡에 형성된 마을이었다. 척박한 전답이 있었을 것이고, 갯가에서 무질을 했을 것이다. 스스로 열심히 사는 이들의 모습이 대견하여 오 군수는 그들에게 상을 내려야겠다고 노래하고 있다.

오 군수가 1898년에 노래한 이 시제 부산이 1902년 회유소(會儒所)에서 발간한 『여수읍지』에 기록된 첨산이라고 쉽사리 결론짓기는 조심스럽다. 그러나 읍지에도 첨산은 "강머리에 서 있고, 높이가 천장(立於江頭 聳輩千丈)"이라 적시된 것을 보면 부산과 동일한 산 이름으로 보아도 될 듯싶다. 오 군수의 시 때문에 백년이 넘는 과거 여수 민중들의 삶의 모습 한 편을 현재에 상상하게 된다.

첨산(尖山)은 북쪽 30리의 삼일면에 있으니, 방어하는 문(門)으로 강의 머리에 서있다. 치솟은 산은 돌벽으로 천장이다. 광양의 나루와 통한다. 『전라남도여수군읍지』에 나온다. 『읍지』의 기록으로 봐서 부산은 첨산의 오기인 것 같다.

위치 여수시 삼일면 화치리 첨산
주석 부[첨]산은 북쪽 20리에 있다. 한쪽면이 방어하는 문인데 강머리에 서있는데 우뚝한 게 천장이다. 광양나루와 통한다[夫山○北二十里 一面捍門立於江頭 聳身千丈 通光陽津].

제2부 여수를 읊다 213

깊은 계곡 이리저리 비단 경치 펼쳐졌네

높다란 둥지 위로 새가 날며 노래하네	危巢異鳥飛鳴裊
깊은 계곡 이리저리 비단 경치 펼쳐졌네	橫割長溪錦膩滑
여수에 내려와서 향로 보듯 기뻐서	南來喜若見香爐
승경을 읊으려고 붓 한 자루 빼들었네	記勝吟毫試一拔

작산은 상암에 있다. 일명 까치산이다. 산 모양이 까치를 닮았다 해서 붙여진 이름이다. 산 아래로 산 이름을 딴 작산마을이 있다. 또 산 남쪽으로는 양지마을이, 북쪽으로는 음지마을이 있다.

1구는 까치산에 깃들어 살고 있는 새를 노래하였다. 산 이름과 관련된 형상화이다. 위소(危巢)는 높은 나무에 있는 새 둥지이다. 여기에서 까치가 아니라 이름 모를 새가 파닥거리며 노래를 하고 있다. 2구는 종횡으로 펼쳐진 아름다운 깊은 계곡을 읊었다. 이활(膩滑)은 결이 곱고 반들반들한 모양이다. 계곡이 그렇게 아름답다는 말이다.

작산

작가는 까치산을 향로로 연상했다. 향로는 분향할 때 향을 사르는 기구이다. 향을 피우는 풍습은 일찍이 신앙성에서 비롯되었다. 그래서 향로는 옥(玉)·석(石)·자(磁)·동(銅)·철(鐵) 등 귀한 재료로 성스럽고 아름답게 만든다. 까치산을 향로로 연상한 것은 오 군수에게 이 산이 그만큼 성스럽고 아름답게 보였다는 뜻이다. 그래서 시상을 주체하지 못하고 붓을 빼들어 위와 같이 노래하였다.

이 시는 앞부분에 자연 경관을 그렸고, 뒷부분에 자기의 감정과 정서를 담았다. 선경후정 구조이다. 상암마을에서 바라보면 영취산, 진례산, 제석산, 까치산이 종횡으로 눈앞에 펼쳐진다. 봄이면 진달래가 만발하고 가을에는 한반도 마지막 단풍을 볼 수 있다. 어느 때라도 이곳에 오면 아름다운 경관에 누구라도 저절로 시상이 떠오를 것이다.

위치 여수시 호명동 작음, 작양마을
주석 작산은 북쪽 30리에 있다[鵲山○北三十里].

마을사람 깊이 깨닫고 자유왕래 하는구나

공적에 요기(妖氣)가 스며들면 발초했고	功存芬稷能除撥
후덕에 정령(精靈)이 반해도 버틸 수는 있었네	厚反靈精仍賴活
오로지 흰 구름 있어 싫어할 줄 모르면서	惟有白雲無厭時
마을사람 깊이 깨닫고 자유왕래 하는구나	居人深得卷舒豁

운곡은 상적 남쪽, 영취산 밑에 있는 골짜기를 이른다. 계곡 깊이가 적량마을에서 5리나 떨어진 옴팍한 지형으로 늘 구름이 낀다. 그래서 구름실이라 부른다. 왕래하기 수월찮은데도 이곳에서 사람들이 살고 있었다. 오 군수는 이들에게 찬사를 보냈다.

이 시의 1구는 당나라 양개(良价) 스님의 구도 행각과 관련이 있다. 스님은 수행의 단계로 소위 공훈오위(功勳五位)를 설파한 적이 있다. 향(向)→봉(奉)→공(功)→공공(共功)→공공(功功)이 그것이다. 세 번째 공(功)은 불성을 깨달은 단계이다. 여기에서 분침(芬稷) 곧 요망한 기운이 스며들게 되면 도로아미타불이다. 그래서 스님은 가사를 걸치고 평생 당대의 내놓으라는 선지식들을 다 찾아다녔다고 한다. 이러한 선사의 구도 행각을 발초첨풍(撥草瞻風)이라 이른다. 발초는 풀을 뽑는다는 뜻인데, 이는 정진하여 새로운 경지를 열어가려면 먼저 잡초부터 걷어내야 한다는 뜻을 담고 있다.

아무리 후덕한 군자라도 만물의 근원이요 생명력의 원천을 이루는 불가사의한 천지의 기운에 반하게 되면 뇌활(賴活) 곧 목숨만 그저 부지할 수는 있다. 구름실 사람들은 덕이 두터운 깊숙한 골짜기에서 잘도 버텨내며 살았다. 백운 때문이었다. 그들은 백운을 왕래의 어려움을 극복하고 삶을 기쁨으로 승화시키는 정령으로 믿었다. 그래서 어려움에 집착하지 않고 자유자재로 출입할 수 있었다(卷舒). 공훈오위 중 마지막인 공공(功功)의 단계를 터득한 것이다.

"편안함은 수고로움에서 생기어 항상 기쁘고, 즐거움은 근심하는 데서 생기어 싫음이 없다. 편안하고 즐거운 자가 근심과 수고로움을 어찌 잊으랴(逸生於勞而

常休 樂生於憂而無厭 逸樂者 憂勞豈可忘乎)." 아무리 어려운 수고로움과 근심이 있어도 이를 극복하게 되면 도리어 그것은 편안하고 기쁜 생활로 귀착된다는 말이다. 『명심보감』에 나와 있다. 구름실 사람들에게 합당한 경구(警句)이다.

운곡(雲谷)은 북쪽으로 30리에 있다. 골짜기 안에 활인봉(活人峰)이 있다. 긴 골짜기 5리가 되니 천만(千萬) 사람을 수용할 수 있어 고인(古人)들이 피난하여 생명을 보전했다. 『전라남도여수군읍지』에 나온다.

위치 여수시 상암동 영취산 아래
주석 운곡은 북쪽 20리에 있다. 가운데에 활인봉이 있는데 골짜기 길이가 5리이다. 넉넉히 천만인을 수용할만해 옛사람들이 난을 피해 보전했다[雲谷○北二十里 中有活人峰 谷長五里 可容千萬人 古人避亂得全].

졸이느라 횟가마는 연기가 쉬지 않네

염전 갯벌 언제나 마르지 아니하고	舃鹵沙場波不渴
졸이느라 횟가마는 연기가 쉬지 않네	煎熬灰釜烟無歇
장한(張瀚)은 순갱노회(蓴羹鱸膾) 생각나 귀향했는데	吳人且莫詫蓴羹
부열(傅說)의 정승 대업은 여기에서 나왔구나	大業調梅從此發

중방염전은 월내마을에 있었다. 이곳에서는 특별히 구운 소금이 많이 나왔다고 한다. 지금도 구운 소금은 천일염보다 맛과 약리작용이 있다 해서 더 많이 애용된다. 여수 중방염전에서는 이미 120년 전에 소금을 구워 냈다고 하니 참 가상도 한 일이다.

석로(舃鹵)는 썰물일 때 나타나는 갯벌이다. 밀물과 썰물은 모래와 흙을 뒤섞여 간석지를 만드는 자연작용을 한다. 그것 때문에 갯벌이 마를 일이 없다. 또 갯벌 바닷물은 염분과 각종 미네랄을 포함하고 있어서 우리나라에서는 일찍부터 이를 이용하여 천일염을 만들어 이용하여 왔다. 이 천일염을 전오(煎熬) 곧 바싹 졸이면 불순물이 제거된 구운 소금이 된다. 옛날 중방염전에서는 구운 소금을 만드느라 연기가 끊이지 않았다.

오(吳)와 진(晉)나라에 걸쳐 살았던 장한(張瀚)이라는 사람이 있었다. 그는 진나라에서 벼슬을 했는데, 가을바람이 불기 시작하면 어렸을 때 고향에서 먹고 자랐던, 간이 잘된 순채국과 농어회가 생각났다. 그 자리에서 관직을 버리고 오나라 고향으로 돌아갔다. 『진서(晉書)』에 있다. 여기에서 순갱노회(蓴羹鱸膾)라는 고사가 생겼다. 이 말은 고향을 그리워하는 마음을 뜻한다.

조매(調梅)는 은나라 재상 부열(傅說)과 관련이 있다. 그는 공사장 일꾼에서 고종에게 발탁되어 재상까지 오른 인물이다. 고종은 그에게 여러 가지 국사에 대한 당부를 하면서 "만약 내가 술을 만들면 그대가 누룩이 되고, 내가 국을 끓이면 그대가 소금과 매실이 되어라."고 덧붙였다. 『서경』과 『사기』에 부열과 관련된 이야기가 전한다. 『장자』에는 그가 죽은 뒤에 별이 되었다고 적시되어 있다.

오 군수는 중방 염전에서 소금이 나오는 것을 보고 맛난 순챗국과 농어회가 생각나 고향으로 돌아간 오나라 장한과 국간을 맞추고 정승이 된 은나라 부열을 생각했다. 소금으로 인해 한 사람은 벼슬까지 버렸고, 다른 한 사람은 정승이 되었다. 여기서는 오 군수의 전고(典故)가 발휘되었다.

위치 여수시 월내마을
주석 중방염전은 북쪽 30리에 있다. 자염이 풍부하게 나온다[中方塩田 ○ 北三十里 煮塩 豊出].

어느 뉘 집 고분인가 쓸쓸히도 하여라

오솔길 찾아들다 지팡이를 멈추니	行尋微逕逗禪錫
저 멀리 석양 너머 피리소리 들리네	遠抹斜陽聽牧笛
산 아래 귀인은 비문을 읽는데	山下歸人讀古碑
어느 뉘 집 고분인가 쓸쓸히도 하여라	誰家馬鬣留空寂

우배산은 『여수읍지(1902)』에 군으로부터 30리 지점에 있다고 했다. 『여천시마을유래지(1998)』에는 화치마을 뒤편 첨산에서 흘러내려 소가 누워있는 형국을 우복산이라 한다 했다. 그 산이 이 산인지는 모르겠다. 오 군수는 우배산을 오르다 고분을 보고 이 시를 썼다.

미경(微逕)은 오솔길이다. 작가는 지팡이를 짚으며 오솔길을 올랐다. 선석(禪錫)은 석장(錫杖) 곧 지팡이다. 오르다 잠시 쉬었다. 저 멀리 석양은 뉘엿뉘엿 넘어가는데, 어디선가 목동의 피리소리가 들렸다.

산 아래를 내려다보니 고분이 보였다. 그 고분은 마렵(馬鬣) 곧 말갈기 같은 풀

우배산(우측)

이 무성하게 자라 있었다. 오 군수는 원문에서 이 고분이 박정승(朴政承)의 묘라 했다. 박정승이 누구일까 궁금하지만, 귀인(歸人)이 비문을 읽고 있다 함에, 그는 박정승일 것이다. 그가 비문을 읽고 있다는 것은 묘 앞에 비석이 서있는 모습의 형상화이다. 참신한 활유법이다.

이 고분이 박정승의 묘라 했지만, 작가는 4구에서 어느 뉘 집 것이냐 되묻고 있다. 오 군수도 박정승을 모르기 있었다는 뜻이다. 말갈기처럼 풀이 무성한 무덤이 시적 분위기를 허망하고 쓸쓸하게 자아낸다.

위치 여수시 화치마을
주석 우배산고묘는 북쪽 30리에 있다. 박정승묘가 있다[牛背山古墓○北三十里 有朴政承墓].

연년세세 그대로 곳간 채우며 살아가네

곤이(鯤鮞)가 홍수를 막아도 흉년은 들었었고	鯀堙洪水績無稔
한나라는 포하(匏河)에서 흉노에게 당했었지	漢塞匏河勞謢甚
우리 여수 순한 지형 그에 비해 어떠한가	何似吾州順地形
연년세세 그대로 곳간 채우며 살아가네	坐令歲歲儲豊廩

달한포는 월내 하촌마을 포구이름이다. 옛날에는 이곳에서 묘도를 오갔다. 현재는 여수산업단지 조성으로 흔적조차 찾을 수 없지만, 옛날에는 전답도 제법 있었기 때문에 해수도 막고 영취산에서 흘러내린 물을 농업용수로 이용하기 위하여 날한포에 제방을 쌓았다.

곤어(鯤魚)는 상상 속의 물고기이다. 『장자(莊子)』에 나온다. 그 크기가 몇 천리나 되는지 가늠조차 할 수 없을 정도로 큰데, 홍수를 자신의 몸으로 가로막았다고 한다. 그래도 물의 성질 때문에 홍수는 농사를 망치기 일쑤였다. 한나라는 유방이 진나라를 폐하고 세운 대국이었다. 북에는 지금의 깐수성 수려허강이라 불리는

달한포(묘도를 건너가는 선착장)

포하(匏河)를 사이에 두고 흉노가 주둔하고 있었다. 한나라는 대국이었지만 변방을 자주 침범하는 흉노의 굴욕적인 괴롭힘을 여러 차례 당해야 했다.

그런데 여수 지형은 이 두 가지 경우와 비교해서 어떠한가? 달한포 제방을 막아 바다로부터 밀려오는 파도의 괴롭힘을 피했고, 홍수에도 적절하게 대비를 잘했다. 그렇다고 이웃 나라가 성가시게 하지도 않는다. 농사는 천하의 대본이 아니었던가? 그래서 달한포 방천은 농토를 기름지게 했고 집집 곳간마다 많은 곡식을 쌓아 두게 만들었다.

아주 오랜 옛날에는 월내마을이 적량마을과 더불어 여수의 중심이었다. 작가가 달한포에서 시심이 인지 120년이 흘렀다. 지금은 이 지역이 농작물 대신 생활과 밀접한 화학제품 생산 단지로 완전하게 변했다. 만약 오 군수가 이 시대에 시를 지었어도, 이곳은 오래도록 생활을 여유롭게 하는구나 했을 것이다.

위치 여수시 월내 하촌마을
주석 달한포제언은 북쪽 30리에 있다. 백성들이 쌓은 제방이다[達汗浦堤堰○北三十里民堤].

이제야 깨달았네, 나라의 존귀함을

성스러운 독수리가 좌수영으로 날아들었네	靈鷲翶翔來鎭域
마귀가 나타나면 함께 쫓아냈지	魔龍現發俱求式
지눌스님 묘방은 본래부터 흥국이었지	禪師妙訣本於興
이제야 깨달았네, 나라의 존귀함을	證果今看尊帝國

흥국사는 호국과 불법을 위해 창건된 사찰이다. 고려 때 보조국사 지눌이 개창했는데, 실제로 임진왜란 등 나라가 누란의 위기에 처했을 때는 스님들이 승복을 전복 삼아 승병으로서 호국 행렬에 앞장섰다.

흥국사는 신령스러운 독수리 형상의 영취산을 주봉으로 삼았다. 고상(翶翔)은 독수리가 하늘 높이 빙빙 날아다니는 뜻이다. 진역(鎭域)은 전라좌수영이다. 성스러운 독수리가 경계병처럼 위수지역을 빙빙 돌고 있다. 마귀같은 왜구가 나타났다. 그럴 때는 모두가 승복을 벗고 구식(求式) 의례로 그들을 쫓아냈다. 구식은 변고가 있을 때 기도하는 의례이다. 여기서는 임진왜란이 일어났을 때 수군들과 함께 참전하여 전공을 세운 일로 받아들이면 되겠다.

고려시대에 젊은 학승이 있었다. 그는 흥국사에서 백일기도를 마친 뒤 기도의 회향축원문(廻向祝願文)에 흥국기원(興國祈願)은 빠뜨리고 성불축원(成佛祝願)만을 넣었다고 해서 이곳에서 벌을 받고 다른 절로 쫓겨났다고 한다. 지눌이 흥국사를 세울 때 '나라가 흥해야 절도 흥할 것'이라 했는데, 젊은 학승은 미처 이를 깨닫지 못한 것이다. 임진왜란 때는 기암대사가 왜적을 무찌르기 위해 이 절의 승려들과 함께 참전했다는 기록도 전한다. 신라 문무왕이 '불법을 숭상하고 나라를 지킨다.'고 했던 말을 생각게 한다.

이 시의 3구 마지막 운자가 흥(興)이요, 4구 마지막이 운자가 국(國)이다. 내려 읽으면 흥국이 된다. 그 구조가 기발하고 재미있다. 그런 가운데 흥국사는 불법과 호국을 동일시했던 도량이었다는 걸 깨닫게 된다. 애국은 시대를 초월하고 이념을 뛰어 넘는 가치관일 것이다. 오 군수도 유학자였지만 불당에서 이를 깨달았다.

흥국사는 대한불교조계종 제19교구 화엄사의 소속 사찰이다. 1196년(명종 26) 보조국사 지눌이 창건했다.

1560년(명종 15) 조선 초기부터의 불교 탄압과 왜구의 침입으로 폐허화된 것을 법수화상이 중창하였다. 임진왜란 때 기암대사가 이 절의 승려 300여 명을 이끌고 이순신을 도와 왜적을 무찌르는 데 공을 세웠으나, 절은 불에 탔다.

1624년(인조 2) 계특대사가 중건하였고, 1690년(숙종 16)에 통일이 대웅전·팔상전 등을 중건하였다. 1760년경에는 17방 14암에 승려 643명이 상주하던 큰 사찰이었다고 한다.

1780년(정조 4)에는 승군 300명이 힘을 모아 선당을 중수했으며, 1803년(순조

흥국사

흥국사 대웅전

3)에는 효암·충김·진순 등이 적묵당을 중건하였다. 1812년에는 승군이 심검당을 중수했는데, 조선 말기에 와서 흥국사에 주둔한 승군이 해산되었다. 이러한 연고로 흥국사의승수군유물전시관이 2003년에 문을 열었다. 괘불 등 성보를 비롯하여 의승수군 문서와 상량문 등이 있다.

1895년(고종 32) 경허가 무사전을 중창하였고, 1912~1925년에 칠성각·안양암 등을 중수하였다. 1985년 대웅전과 심검당을 해체 복원하고, 적묵당·봉황루·종각 등을 중건하였다. 최근에는 천불전·공복루·영성문 등을 지어 오늘에 이른다.

현존하는 당우로는 보물 제396호 대웅전을 비롯하여 1645년에 건립한 팔상전(八相殿)과 불조전(佛祖殿), 순조 때 건립한 전라남도 유형문화재 제45호 원통전(圓通殿), 그리고 응진전·무사전(無私殿)·첨성각(瞻星閣)·적묵당(寂默堂)·심검당(尋劍堂)·노전(爐殿)·백련사(白蓮舍)·법왕문(法王門)·봉황루(鳳凰樓)·천왕문(天王門)·영성문(迎聖門) 등이 있다.

대웅전에는 석가여래삼존불을 봉안하고 있으며, 대웅전의 후불탱화는 1693년(숙종 19)에 천신(天信)과 의천(義天)이 제작한 것으로 보물 제578호이다.

또한 팔상전에는 석가의 일대기를 묘사한 팔상탱화가 봉안되어 있고, 불조전에는 고승의 영정 9점이 봉안되어 있으며, 봉황루에는 범종과 흰 코끼리 위에 놓인 특이한 법고와 사찰의 연혁 및 신도활동 등을 알 수 있는 현판들이 있다.

그리고 보물 제563호로 지정된 홍교를 비롯하여 10점의 보물이 있고, 전라남도 유형문화재로 지정된 중수사적비와 경전 93권, 경판 236매, 법수대사탑·경면당탑·호봉당탑을 비롯한 승탑 13기 등이 있다.

홍교는 1639년 계특대사가 축조한 것으로 현재까지 알려진 홍예석교로는 가장 규모가 크다. 부속 암자로는 미륵암과 정수암이 있다. 절 일원이 전라남도 문화재자료 제38호이다.

『총쇄』 9책과 10책에 오 군수가 만난 흥국사 승려 각해당(覺海堂), 봉주(鳳柱) 등에게 준 시가 있다. 사월 초파일에는 향인들과 함께 있기도 했다. 16책에는 영선암 중수와 도솔암 개금에 권연하는 글이 있으며 17책에는 「흥국사 송(頌)」, 흥국사에서 나라의 태평과 백성의 안락, 관청의 무사함을 바라는 송도사(頌禱辭) 등이 있다.

위치 여수시 흥국사길 160 (중흥동 17)
주석 흥국사는 북쪽 20리에 영취산에 있다. 산중에 8암자가 있다[興國寺○北二十里 靈鷲山 山中有八庵子].

배우고 나오는데 용이 날아 오르데

이백은 바람 불어도 다시 오지 않지만	靑蓮不復回風帆
스님은 불법 강론하며 대대로 이어 왔지	白衲相傳講貝梵
무심히 배회하다 봉황루에 들어서서	徒倚無心凡鳥題
배우고 나오는데 용이 날아 오르데	我來還學元龍泛

봉황루는 흥국사 보제루(普濟樓)다. 보제루는 법당 대신 설법을 하거나 의식을 행하기 위하여 지은 누각이다. 흥국사 봉황루는 종루로도 사용되었던 것을 보면 널리 중생을 제도한다는 의미도 가졌다.

청련(靑蓮)은 당나라 시인 이백(李伯)이다. 이백은 바람 부는 대로 살았던 방랑자였고, 술과 시를 즐겼던 낭만주의자였다. 강에 비친 달그림자를 잡으려다가 동정호로 뛰어들어 익사했다는 나르시시스트였다. 그렇게 살았지만 이제는 아무리 바람이 불어도 다시 돌아올 수가 없다.

그러나 스님들의 불법은 영원히 전해진다. 백납(白衲)은 사람들이 쓰다 버린

봉황루

천 조각을 주어서 깨끗이 빨아 기워서 만든 승복이다. 이 말은 스님이라는 뜻으로도 쓰인다. 패범(貝梵)은 불법(佛法)과 같은 말이다. 가사를 걸친 스님들은 그 불법을 수행과 강론으로 후배 스님들과 중생들에게 전한다. 불법은 그래서 영원히 전해지는 것이다.

작가는 무심히 배회하다 흥국사 보제루에 올랐다. 현판은 봉(鳳)자가 쓰여 있었다. 봉(鳳)자를 파하여 나누면 범조(凡鳥)가 된다. 옛날, 혜강(嵇康)은 친구 여안(呂安)이 생각나면 장소와 때를 가리지 않고 그를 찾아 가곤 했다. 한번은 여안이 혜강을 방문했는데, 혜강은 없고 그의 형 혜희(嵇喜)가 그를 맞았다. 그러나 혜강은 집에 들어가지 않고 대문 위에다 봉(鳳)자를 써 놓고 돌아와 버렸다. 혜희는 봉(鳳)자의 뜻이 범조(凡鳥)임을 알아차리지 못하고 기뻐하였다고 한다. 『세설신어(世說新語)』에 있는 이야기이다. 그러나 여기에 쓰인 범조는 봉조와 그 뜻이 다르지 않다.

오 군수가 봉황루에 들어섰을 때, 불법을 강론하고 있었다. 강론을 다 듣고 나오는데, 날아오르는 용의 환상을 보았다. 불교에서 용은 불법과 중생의 수호자로 통한다. 작가는 설법을 듣고 용까지 보았다. 불교에 깨달음을 그렇게 표현했다.

봉황루는 흥국사에 있는 종루이다. 봉황루는 의식을 집행하는 누각으로 여기서 부처님께 예불과 제반 행사를 행한다. 1729년에 기록된 '봉황루중창상량문'에 따르면 팔도 도총섭 덕린 스님, 승통대장 찬민, 팔도 도총섭 자헌 스님 등 300명의 승군들에 의해 지어 졌다. 봉황대루라고 이름 지은 것으로 보아 매우 컸던 건물로 짐작 할 수 있으나 현 건물은 정면 5칸, 측면 3칸의 맞배지붕집이다.

위치 여수시 흥국사길 160 (중흥동 17)
주석 봉황루는 흥국사 종루이다[鳳凰樓○興國寺鍾樓].

등잔대에 떠받쳐 진리를 품고 있네

오랜 세월 견딘 불빛, 어둠이 사라졌네	耐久光能無晦朔
등잔대에 떠받쳐 진리를 품고 있네	擎高臺自抱珍璞
이 몸은 이승을 헤아리려 하오니	此身欲向度今生
원하건대 불법을 깨닫게 하옵소서	願指迷津寶筏覺

　장명등은 흥국사 대웅전 앞에 세워진 석등이다. 불교에서 등은 곧 어둠과 번뇌의 세상을 밝히는 진리로 통용된다. 그것은 또한 자비와 지혜를 깨닫게 하는 부처를 상징하기도 한다. 장명등은 곧 부처와 동일체이다.

　사전적으로 회삭(晦朔)은 그믐이며 초하루이다. 한 달간이라는 뜻도 있다. 또 어둠이라는 뜻도 동시에 가지고 있다. 그믐날과 초하루에는 달빛이 비치지 않는다. 그래서 어둡다. 흥국사 장명등은 어둠의 세상을 환하게 비춰주는 기능을 한다. 그 안의 불빛은 옥구슬 같은 진박(珍璞)이다. 진박은 진리이다. 작가는 장명등을 진리를 품고 있는 영적 생명체와 같다고 생각했다.

　종교적으로 볼 때 인간은 고통과 번뇌를 숙명적으로 안고 살아가는 미성숙한 존재이다. 미성숙하기에 고통과 번뇌로 가득한 미진(迷津)을 헤맨다. 이를 헤아려야 피안 세계에 다다를 수 있는데, 그 가장 좋은 방법은 불법 곧 보벌(寶筏)이다. 이 둘을 합치면 미진보벌이 된다. 미진보벌은 바로 불법을 깨닫는 일이다.

　난타(難陀)라는 여인이 있었다. 몹시 가난했던 그녀는 구걸하여 얻은 동전으로 기름을 사서 석가에게 등불을 공양했다. 수많은 등불 중에서 오직 가난한 그녀가 진심으로 켜놓은 것만 꺼지지 않았다. 석가는 이 불을 밝힌 난타를 '수미등광여래(須彌燈光如來)'라는 부처가 되게 하였다고 한다. 빈자일등(貧者一燈)이라는 말이 여기에서 유래했다. 깨달음은 지극한 정성을 들인 데서 이루어지는 것이다. 오군수는 장명등 앞에서 정성을 들여 불법을 깨닫게 해 달라 간절히 기원하고 있다.

　장명등은 흥국사 대웅전 앞마당에 있는 조선시대의 석등이다. 장명등은 절집이나 관가 건물 앞, 그리고 분묘 앞에 세워 불을 밝힐 수 있도록 돌로 만들어 세운 네모진 등으로 석등으로도 불리운다. 장명등은 받침대와 몸체 부분·지붕 부분으로 이루어져 있다. 받침대는 대부분 8각형 기둥 모양이거나 특별하게 동물 형태이며, 이 위에 등을 넣을 수 있도록 네모지게 만든 부분이 얹혀 있고, 몸체 부분 위에는 마치 정자의 지붕처럼 생긴 삿갓지붕을 조각하여 몸체 부분을 보호하도록 만들어 놓았다. 이 세 부분은 분리하여 축조한 경우도 있고, 하나로 연결하여 조각한 경우도 있다.

흥국사 장명등

귀부를 하대석으로 삼고 간주석·화사석·옥개석을 놓았다. 화사석의 각 모서리는 공양상을 배치하여 기둥으로 삼아 빈 여백이 자연스레 화창으로 사용되도록 하였다. 옥개석은 우진각 지붕형으로 하면에는 서까래목을 조출하고, 상면의 낙수면에는 기와골을 묘사하고 있다. 정상에는 연봉형의 보주를 놓았다. 이 석등은 귀부를 하대석으로 채용하였고, 화사석의 각 모퉁이에 공양상을 배치하고 있다는 점이 가장 큰 특징으로 볼 수 있다. 나아가 현존하는 한국 석등에서는 이와 같은 유례를 볼 수 없다는 점에서 귀중한 자료로 평가되고 있다.

위치 여수시 흥국사길 160(중흥동 17)
주석 장명등은 대웅전 앞 뜰에 있다[長明燈○在大雄殿前庭].

만들었던 그 해에 신의 은공 컸으리니

꼬리는 절벽에 꽂아 깊은 물길 버티네   尾揷洪崖撑泛灎

허리는 큰 계곡 가로질러 무지개 드리웠네   腰橫巨壑垂光焰

만들었던 그 해에 신의 은공 컸으리니   當年製造費神功

보제(普濟)와 자비(慈悲)가 부처 일념 아니던가   普濟慈悲是佛念

다리는 장애물을 건너기 위한 구조물이다. 장애물에는 자연적인 것도 있고, 인공적인 것도 있다. 자연 장애물은 물이나 협곡 등이고, 인간장애물은 세속이다. 절에 들어서기 위해서는 이 두 장애물을 건너야 한다. 애초에 흥국사 무지개다리는 그리기 위하여 만들어졌을 것이다.

이 시의 1구와 2구는 다리 모양을 서술하고 있다. 범염(泛灎)은 넓고 깊은 계곡 물이다. 이를 건너기 위하여 꼬리를 양쪽 절벽에 꽂았다. 허리는 같은 모양의 석재를 연결하여 거학(巨壑) 곧 넓고 깊은 계곡을 가로 질러 무지개처럼 만들었다. 이를 좀 요란스럽고 아름답게 광염(光焰)이라 하였다.

흥국사 홍교

여러 조각의 돌을 아치형으로 쌓아 올려 사람이나 우마가 건너도 허물어지지 않게 지탱할 수 있도록 한다는 것은 대단한 기술력이 아닐 수 없다. 거기다가 흥국사 홍교는 귀면상(鬼面像)을 조각하여 난간으로 삼았으니 뛰어난 조형예술가의 솜씨까지 곁들었다. 작가는 홍교의 기술력과 조형미에, 이는 신공(神功)으로 만들어졌다고 했다.

보제(普濟)는 널리 구제하다는 뜻이다. 자비(慈悲)는 크게 사랑하고 가엾게 여기는 마음이다. 석가모니는 태자의 지위를 버리고 출가한 뒤 일체의 번뇌를 끊고 무상(無上)의 진리를 깨달아 중생 교화에 나서 부처가 된다. 보제와 자비는 바로 부처가 추구하는 일념이었다. 오 군수는, 홍교가 단순히 자연장애물이 아니라 세속을 떠나 불법의 세계로 드는 가교임을 밝히며 부처의 자비심을 찬양하였다.

흥국사 홍교는 보물 제563호이다. 다리 높이 5.5m, 길이 40m, 너비 3.45m, 홍예(虹霓) 지름 11.3m. 부채꼴 모양의 화강석 86개를 맞추어 틀어 올린 홍예는 완전한 반원을 이루고 있다. 단아하고 시원스러운 홍예의 양옆에는 학이 날개를 펼친 듯 둥글둥글한 잡석으로 쌓아올린 벽이 길게 뻗쳐 조화를 이룬다.

측면의 석벽은 이른바 난적(亂積)쌓기로, 무질서하면서도 정제된 석축을 보여주는데 끝부분은 완만하게 경사를 이루어 곡선으로 대표되는 한국의 미를 보여준다. 잡석 위에는 시렁돌 네 개를 가로지르고 그 위에 다시 세로로 돌기둥을 올린 다음, 맨 위쪽에 흙을 덮어 자연스럽게 노면을 만들었다. 다리 밑에서 올려다보면 홍예 한복판에 양쪽으로 마룻돌[宗石]이 돌출되어 있고, 그 끝에 돌을새김한 용두(龍頭)가 다리 밑 급류를 굽어보고 있다. 다리 비로 밑에는 울퉁불퉁한 바위가 솟아 작은 소(沼)를 이루었고 물 속으로 보이는 바닥도 역시 너럭바위여서 홍교는 결국 암반 위에 세워진 셈이다.

흥국사의 홍교는 석축의 구성, 노면의 자연스러운 곡선, 굽이치는 계류와 바위가 혼연일체가 되어 아름다움을 상승시키고 있다.

위치 여수시 중흥동 산 191-3
주석 홍교는 흥구사 입구에 있는 돌다리이다[虹橋○興國寺洞口石橋].

조용하고 깊은 산속 옥같은 옥부도여

태어나고 죽는 것은 아무것도 아니지	世世生生無一物
한결같이 바랐던 건 부처님께 귀의한 것	心心念念歸千佛
조용하고 깊은 산속 옥같은 옥부도여	空餘山裏玉浮屠
그 모습 정말로 부처님과 비슷하여라	色相如眞覘髥髯

보조국사는 흥국사를 창건한 지눌스님 시호이다. 부도는 유골을 안치한 묘탑이다. 보조국사 부도는 원래 정수암 계곡 입구에 있었다. 보통 승려가 열반하면 다비하여 재를 산천에 뿌리지만, 고승들의 유골을 탑을 세워 안장한다. 그의 행적을 기리기 위해서이다.

세세생생(世世生生)은 태어나서 죽고 다시 태어나고 죽는, 환생(還生)과 윤회(輪廻)를 의미한다. 중생은 무엇 하나 가진 것이 없이 무일물(無一物)로 태어나고 죽는다. 이 말은 아무것에도 집착하지 않는 청정한 마음 상태를 비유하기도 한다. 심심념념(心心念念)은 한결같이 가슴속에 바라고 머릿속에 그리워했던 생각이다. 천불(千佛)은 지금까지 나타났던 온갖 부처이다. 작가는 보조국사가 오로지 부처가 되기를 바랐다고 했다.

흥국사에는 모두 12기의 부도가 있다. 그중에 보조국사부도가 있다. 진옥 스님의『흥국사』에는 이 부도를 이설할 때 사리장치가 없었다고 했다. 오 군수는 이설 이전에 산속 빈터에서 국사의 부도를 보았다. 그 부도는 깊은 산속에서 맑고 빛이 났다. 그래서 국사의 부도를 옥부도라 표현했다. 더불어 그 실체는 마치 불신(佛身)의 모습이었다고 감개했다.

오 군수는 유학자였다. 유학자라고 누구나 불교를 배척한 것은 아니었다. 19세기는 천주교와 동학과 같은 새로운 사상까지 전국적으로 퍼져나갔고, 민중의식 또한 저변에서부터 차츰 수면 위로 대두되던 시기였다. 이러한 시기에, 오 군수는 유학자였는데도 불심이 강했을 것으로 짐작된다. 적어도 이 작품으로 보면 그렇다.

흥국사 부도밭   보조국사 부도

보조국사 지눌은 여수와 인연이 깊어 흥국사와 금오도의 송광사, 돌산의 은적암 그리고 한산사를 창건하였다. 보조국사의 부도가 흥국사 부도밭의 가운데에 위치하고 있다. 보조국사 부도로 송광사에는 고려 시대 유물이 있다. 흥국사 부도의 형태 또한 고려시대의 것이 아니라 매우 이채롭다. 1986년 부도를 옮길 때 사리장치 등은 확인되지 않았다고 한다. 따라서 법수대사가 흥국사 중창 때 보조국사의 법을 이었다는 상징으로 건립한 것이 아닌가 보고 있다.

한편, 중흥당 법수대사의 탑에서는 사리함이 발견되었는데, 직경 9.2㎝, 높이 5.1㎝의 크기로 별 조각이 없이 단순했고, 내부에 세로 5.4㎝, 높이 1.6㎝의 석회석을 갈아 만든 직육면체가 들어 있었는데 그 윗면에 '불일중휘보조국사(佛日重輝普照國師)'라 적혀 있었다고 한다.

흥국사 부도는 조선시대에 만들어지던 종형의 부도가 많다. 원래 3곳에 따로 있었는데 1986년에 현 위치로 모두 옮겼다. 12기 가운데 11기는 탑명이 있어 주인공을 알 수 있다. 한월당(閑月堂), 중흥당 법수대사(中興堂 法修大師), 취해당(鷲海堂), 능하당대사(凌霞堂大師), 금계당(錦溪堂), 호봉당(虎峰堂), 보조국사(普照國師), 응암탑(應庵塔), 우룡당(雨龍堂), 응운당(應雲堂), 경서당탑(敬西堂塔) 따위이다. 부도는 근래들어 승탑(僧塔)이란 용어로 문화재 명칭을 통일했다.

위치 여수시 흥국사길 160 (중흥동 17)
주석 보조국사부도는 흥국사에 있다. 이상은 삼일면이다[普照國師浮屠○在興國寺 以上 三日面].

이름으로도 남쪽 진압 충분하게 하겠구나

뾰족한 봉우리는 장군 투구 모습이요	尖峰想像星侵匣
짙은 비취 산허리는 군사들의 갑옷이라	濃翠依俙日照甲
태수가 둘러 와서 벼랑 위에서 살펴보니	太守還從壁上觀
산 이름으로도 남쪽 진압 충분하게 하겠구나	山名亦足漢南壓

비장산은 화양 투구봉이다. 나진 북쪽에 있으며, 투구처럼 생겼고, 장군이 군사를 거느리고 있는 장군대좌형(將軍大坐形)의 산세를 지녔다. 일명 장군산이라고도 부른다. 산 아래 서쪽에는 병사가 숨어 있다는 복병골이 있다.

1구는 뾰족한 산머리를 별이 투구를 공격하는 형상을 그렸다. 갑(匣)의 원뜻은 궤(櫃)인데, 여기서는 투구를 말한다. 파자를 하면 옆 튼 '匸'에 병사를 의미하는 '甲'을 넣었다. 참 기발한 언어의 조탁이다. 2구는 해가 비치는 짙은 비취빛 산허리를 갑옷으로 비유하여 노래했다. 산 이름에서 연상되는 산의 모습을 그림 그리듯 이미지화했다.

투구봉

여기서 태수는 시적 화자이다. 그는 돌고 돌아서 벼랑위에서 사방을 살폈다. 산 이름은, 행동이 날렵하고 용맹과 과단성이 출중한 장군, 비장산이었다. 화자는 그 산이름만으로도 왜구를 진압하는데 전혀 문제가 없겠다고 하였다. 이는 곧 작가의 생각일 것이다.

한 편의 시를 놓고 본의를 파악하느라 시름하다 보면 가끔 정신이 혼몽해진다. 바로 이 작품이 그랬다. 작가가 표출한 시적 상상력과 언어를 작가 입장에서 바르게 해득했을까 자문해 본다. 췌언일지 모르겠으나, 그래도 이렇게 풀어놓았으니 독자들도 이 작품을 이해하는데 조언은 되었을 것이다.

위치 여수시 화양 나진터 투구봉
주석 비장산은 서쪽 40리에 있다[飛將山ㅇ西四十里].

진 앞엔 고깃배들 파도에 출렁이네

옛 성이 변했구나, 누가 밭으로 가꾸었나	古壘滄桑惟稼町
진 앞엔 고깃배들 파도에 출렁이네	前津浪絮皆漁艇
바야흐로 군지를 편찬하여 새로 수록함에	方修郡誌附新載
옛 산하 근거해서 창성 자취 넣었네	依舊山河昌運訂

화양 용주리 고내마을은 성안이라 불린다. 바로 이곳이 여말 선초에 수군 주둔지였던 고돌산진이었다.

고루(古壘)는 적을 막기 위하여 돌이나 흙으로 쌓았던 성첩이다. 창상(滄桑)은 싱진벽해기 된 지형이다. 옛 성터는 밭으로 변해 버렸다. 진 앞 용주 포구는 군선을 숨기기에 알맞게 깊숙하게 들어와 있다. 진 앞에 포구에서는 군선 대신 고깃배가 출렁거리고 있었다.

지금까지 발견된 가장 오래된 여수 종합향토지는 오 군수의 『총쇄록』이다. 오 군수가 진보(경북 청송), 익산, 평택 군수로 전보된 1902년에 회유소에서 발간한 『여수군지』가 그 다음이다. 여수 유림들이 군지를 발간하고자 할 때, 오 군수는 고돌산성 자취를 찾아서 창성했던 사실을 기록토록 했다. 실제로 1902년 판 『여수군지』에는 고돌산성이 군으로부터 서쪽 40리 지점에 있고, 별장(別將)이 우두머

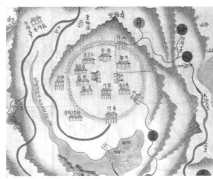

고돌산진성

리였다고 적시되어 있다.

고돌산성은 여말선초에 축성된 왜구방어용 성첩이었다. 지금은 거의 밭으로 변해버렸으나 용주리 일대에선 석성과 토성 흔적은 찾을 수 있고 동그란 대포알도 이따금 출토되기도 한다. 오 군수가 아니었다면 그 역사의 문화유산 현장이 영원히 묻힐 뻔했다.

고돌산진은 『태종실록』 8년 정월조에 돌산포만호의 이름이 있어 고려 말 조선 초에 설진되었을 것으로 보인다. 당시 여수에는 삼일면에 있었던 진례만호와 화양면 용주리에 있었던 돌산포만호가 왜구 방어의 임무를 띠고 있었다.

1423년(세종 5)에 진례만호는 내례포로 옮겨 내례만호가 되었고, 내례만호는 다시 1479년(성종 10)에 전라좌도수군절도사영으로 승격되어 돌산포만호진 역시 전라좌수영 관할이 되었다. 중종 때에 이르러서는 남해안에서 왜구의 노략질이 심해지자 수군진의 일부를 보강할 필요성을 느끼게 되었다. 따라서 돌산도 방답진을 새로 설진하여 돌산포의 군선을 이곳으로 옮기자 자연히 돌산포만호진을 폐진하기에 이르렀다. 따라서 이곳은 수군만호를 혁파하고 권관을 두었다가 뒤에 소모진으로 고치고 다시 별장으로 낮추었다.

임진왜란 뒤 남해안의 왜구 방어에 더욱 힘써 수군진을 증설 개편하였다. 1611년(광해군 3)에는 옛 돌산포만호진을 고돌산진으로 개칭하여 새로운 수군진으로 정비한다. 고돌산진 역시 1895년(고종 32)에 방답진과 함께 폐진되었다.

위치 여수시 화양면 용주리 고내마을
주석 고돌산진은 서쪽 30리 안탈봉 아래에 있다[古突山鎭 ◦ 西三十里 在鞍脫峰下].

벌판 가득 풀잎에선 벌 나비가 날고 있네

한나라 병영 밖에서 꽃잎을 보았네	漢家營外看花葉
별똥별 빛을 내며 쏜살같이 달려가네	房宿光中騁射獵
정자 섰던 빈터에는 마원(馬援) 장군 있지 않고	一自亭空無馬曹
벌판 가득 풀잎에선 벌 나비가 날고 있네	滿原芳草飛蝴蝶

복파정은 고돌산진 밖 목장성 내에 있었다. 지금의 고외마을로, 이 마을은 고돌산진성 입구였다. 정자는 오 군수 재직 당시에는 없었다. 오 군수는 정자가 없어진 빈터에서 이 시를 남겼다.

이 시를 감상하기 위해서는 먼저 복파(伏波)에 대한 이해가 필요하다. 복파(伏波)는 파도를 잠재운다는 뜻으로 중국에서 장군의 호칭으로 쓰였다. 후한(後漢) 광무제 때 마원(馬援)도 복파장군의 칭호를 얻었다. 신(新)나라를 멸망시키고 화남지방 태수로서 전공을 세웠기 때문이었다. 마원은 죽은 다음 중국 남부의 광시지방에서는 파도를 잠재우는 해신으로 받들어졌다.

첫 시어 한가(漢家)는 바로 후한을 가리킨다. 후한은 남쪽으로 베트남 북부까지 영토를 확장하여 200년 동안 성대한 나라가 된다. 화엽(花葉)은 화려했던 한나라의 역사다. 오 군수는 정자가 섰던 자리에서 한나라의 화려한 역사를 상기하

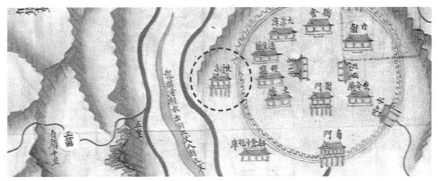

복파정

고 이를 1구로 삼았다. 2구는 복파정에서 바라본 저녁 하늘을 그렸다. 방수(房宿)는 이십팔수에서 넷째 별자리로, 외곽에 있는 궁전을 상징하기도 한다. 복파정은 고돌산성 밖에 있었으니 이와 일치된다. 저녁하늘을 보니 별똥별이 쏜살같이 하늘을 가로질러 날아간다. 그 모습은 마원장군이 활시위를 당기는 것을 연상하게 한다.

그런데 실제로 정자가 섰던 자리에는 마원장군은 있지 않다. 대신에 그 자리에는 방초(芳草)들이 무성하다. 비록 복파정은 허물어졌을지라도 꽃들은 향기를 뿜어내고 있고 그 위로 벌과 나비들이 태평스럽게 날고 있다. 민초들의 향기 나는 생활 모습을 비유한 것이 아닌지 모르겠다.

복파정(伏波亭)은 고돌산진성 밖, 현재 화양면 용주리 고외 마을에 있던 정자이다. 고돌산진성은 전라도와 경상도를 잇는 뱃길의 길목에 위치한 진영이다. 지금의 여수시 화양면 용주리 일대에 해당한다.

위치 여수시 화양면 용주리 고외마을
주석 복파정은 서쪽 30리 목장성 안에 있다[伏波亭○西三十里 在牧場城內].

돌아서며 비어방략(備禦方略) 쓸데없이 헤아렸네

방목에는 잘하고 못한 사람 없음이라	隨宜放牧無長短
일용직 임용하여 많고 적게 새경 줬지	任用逸駑酬急緩
지금은 성안에 말 한 마리 없는데	秖今石壘馬羣空
돌아서며 비어방략(備禦方略) 쓸데없이 헤아렸네	備禦終歸謾費筭

어목문은 곡화목장 정문이었다. 조선시대 화양 창무마을 일대는 군마 사육장이었다. 곡화목장은 오 군수가 여수에 부임하기 3년 전인 1895년에 폐장되었다. 오 군수는 목장을 방문하고 정문에서 이 시를 남겼다.

방목은 문자 그대로 가축을 초지에 놓아기르는 사육법이다. 충분한 활동, 신선한 공기와 먹이로 가축은 건강하게 자란다. 사육하는 데는 특별한 기술이나 일손이 필요 없다. 그래서 감목관은 급하면 급한 대로 여유가 있으면 여유가 있는 대로 아무나 데려다 쓰고 일한 만큼 새경으로 돈이나 곡식을 주웠을 것이다.

지금도 창무마을 뒤 비봉산 아랫녘에서 가지런하게 쌓은 목장 경계석을 간간히 볼 수 있다. 120년 전까지는 돌로 쌓은 석루(石壘)가 완연하게 있었을 것이다. 작가는 말 한 마리 없는 목장을 바라보다 뒤돌아서서 비어방략(備禦方略)을 생각했다. 비어방략은 유비무환과 통하는 말이다.

어목문(禦牧門)

아무리 유비무환이라고는 하지만, 오 군수는 이미 처분해 버린 말을 가져다 다시 방목할 수는 없는 노릇이었을 것이다. 이미 지나가 버린 일을 헤아리는 것도 공연한 수고로움이 아니었을까? 그래서 만비산(謾費筭)이라 했을 것이다. '筭'은 '산(算)'과 통용된다. 계산하다, 추측하다로 풀이한다. 작가는 폐허된 목장성에서 자신의 허망한 감정을 노래하였다.

어목문(禦牧門)은 전라좌수영에서 서쪽으로 30리 즉 여수시 화양면 창무마을 입구에 있던, 목장(曲華牧場)과 경계가 되는 문이다. 현재도 이곳을 '문구지(門舊地)', '뭉꾸지'라고 부른다. 어목문루(禦牧門樓)는 돌산 사방산 일대에 있었던 말 목장을 출입하는 문누정이었다.

이 일대 목장에는 목장성이 있었는데, 그 유구는 현재 소호동 소제마을로 부터 소라면 관기마을까지 약 3㎞에 걸쳐서 거의 일직선상으로 남아 있다. 곡화목장의 경계를 구분짓고 말이 달아나지 못하게 쌓은 분계성(分界城) 흔적이 곳곳에 보인다. 곡화목장은 조선중기에 말 1,027필, 목자(牧子) 446명이었다. 2014년에 곡화목장 둘레길이 열렸다. 화양면을 종주할 수 있고 총 길이 14.8㎞에 이르며 5개 코스로 구성됐다. 가막만의 아름다운 풍광을 볼 수 있다.

위치 여수시 화양면 용주리 창무마을
주석 어목문은 서쪽 30리 목장에 있다. 지금은 폐지되었다[禦牧門ㅇ西三十里 牧場 今廢].

나진항 장삿배에 짠물 비가 스며드네

주막 깃발 펄럭이며 바람에 술이 깨고	酒旗向日腥風颭
나진항 장삿배에 짠물 비가 스며드네	商舶當津鹹雨染
갈매기 흩어지며 웃으며 지저귀고	散盡烏鴉笑語溫
소금전 어물전엔 뜯어간 이 없구나	塩廛魚肆無橫斂

나지포장시는 지금의 화양 나진(羅陳)시장이었다. 나진은 옛날에 나지, 나지개, 나지개포 등으로 불렸다. 이곳은 포구가 내륙까지 들어온 수산물 집산지였다. 그래서 시장이 섰고, 사람들이 몰려들어 화양의 중심이 되었다.

시상하면 주막이 떠오른다. 옛날에 주막 표시는 문짝에다 '주(酒)'자를 써 붙이거나 창호지로 두른 등을 달기도 했다. 긴 장대에 종이로 만든 용수를 달아 처마에 매 두기도 했다. 1구를 보면 나지포시장 주막에도 깃발을 달아 두었음을 알 수 있다. 그 깃발이 마치 바람에 술기운이 깨듯 날린다. 그런가 하면 당진(當津) 곧 나진항에 매어 있는 상선에선 비가 내려도 짠물에 출렁거린다. 기발한 감상이다.

나지포(나진)

오아(烏鴉)는 갈가마귀이다. 그래도 여기서는 갈매기라 하였다. 나진 시장에 갈매기가 더 잘 어울리기 때문이다. 시장 가까이에 있는 갈매기도 배불렀을까? 흩어지고 모으면서 웃고 지저귀고 --- 갈매기는 시장에 나온 민중들이다. 마치 민중들이 한없이 즐거워하는 모습을 보는 듯하다.

시장은 자릿세라는 게 있다. 아마 소금가게나 어물전의 자릿세가 가장 비쌌을 것이다. 자릿세는 터줏대감들을 등에 업은 건달패거리들이 걷어갔다. 그런데 작가의 눈에는 그런 건달들이 보이지 않았다. 나진시장은 민중들의 평화로운 문화 공간이요, 안락한 생활공간이었다.

나지포장시(羅支浦場市)는 서쪽 10리 안정리 고돌산으로 통하는 길에 있던 정기 시장이다. 나진이라는 지명이 남아 있다. 장타령이 전하는 데, 이들 장시와 관련된 것으로 전한다.

여수 장타령

얼시고나	절시고
장으로 장으로	넘어간다
쭉늘어졌다	나지개장
낮아서도	못 보고
휘칭휘칭	갱긴장
닷줄이 잘라	못 보고
삥삥 돌았다	돌산장
어지러워서	못 보고
뚝닥뚝닥	석보장
뺨 맞느라고	못 보고
구경 좋은	여수장
부인네장이라	못 보고

위치 여수시 화양면 나진시장
주석 나지포장시는 서쪽 40리 안정리에 있다. 고돌산진으로 통한다[羅支浦場市 ○ 西四十里 在安靜里 通古突山津].

넓은 하늘 푸른 바다 깊숙하게 들어 있네

특별하게 두 봉우리 나란히 솟아있고	特地雙峰高幷立
넓은 하늘 푸른 바다 깊숙하게 들어 있네	齊天滄海平長入
그윽한 지경을 가르쳐주지 않았는데	不敎幽景彰人間
감춰진 용문암이 드디어 드러났네	藏在庵區須供給

용문암은 화양 창무리와 옥적리 사이 마거산 아래 말거리재에 있는 사찰이다. 신라 효소왕 원년에 당 고승 도증법사가 창건했다는 이야기도 있고, 원효대사가 창건했다는 전설도 있다. 그러나 이를 고증할 자료는 없다.

1구와 2구는 용문암이 위치한 주위의 배경을 읊었다. 용문암이 있는 곳은 서쪽으로는 높다란 비봉산으로 막혀 있고 동쪽으로는 트여 있다. 좌우측으로 비슷한 높이의 두 봉우리가 청룡과 백호로 각각 자리하고 있다. 그 사이는 그래도 평탄한 편이다. 작가는 이를 넓은 하늘과 푸른 바다가 깊숙한 곳까지 들어와 있다고 묘사했다.

용문사

유경(幽景)은 심산유곡에 있는 알려지지 않는 승경을 말한다. 이곳은 인간에게 드러나지 않은 그윽하며 조용한 곳이었다. 여기에 용문암이 감추어져 있었다.

이 시는 「흥국사」처럼 특별히 불교적이라거나 작자의 서정이 깃들어 있는 작품은 아니다. 용문암을 배경으로 한 서경시이다.

1902년에 발간된 『여수읍지』는 "군의 서쪽 30리 지점의 마거산(馬距山) 아래에 있다"고 용문사의 위치를 밝히고 있고, 1949년 발행된 『여수지』에서는 "군의 서쪽 30리 지점의 마거산에 있으니 신라 갑자(甲子)에 창건되었다고 전하나 연대를 밝힌 글이 없어 알기 힘들다"고 전한다. 1981년에 발간된 『여수여천 향토지』에서는 "여천군 용주리 마거산에 있다. 신라 효소왕 원년에 당 고승 도증법사가 창건했다고 하나 문헌이 없어 확인이 불가능하다. 전설에는 원효대사가 창건했다는 설도 있다"고 기술하고 있다.

위치 여수시 화양면 창무리 말거리재
주석 용문암은 서쪽 30리 기봉 아래에 있다. 이상은 화양면이다(龍門庵○西三十里 在麒峰下 以上華陽面).

해룡 율촌 발을 딛고 고요히 앉아 있네

순천 여수 나누며 날갯짓은 멈추었고	區分天水停搖撼
해룡 율촌 발을 딛고 고요히 앉아 있네	地接龍栗依靜㤠
어느 해에 젖은 날개 그걸 털고 날아갈까	霑羽何年飛灑之
산의 모습 그대로니 신이 되려 알겠지	山容如舊神猶感

앵무산(鸚武山)은 앵무산(鸚鵡山)이다. 여수의 가장 북쪽에 위치하며 순천과 경계를 이룬다. 『여수읍지』에는 여수반도의 주맥(主脈)이라 하였다. 또, 산 정상에는 비가 와도 넘치지 않고 가물어도 마르지 않는 샘이 있고, 천제단(天祭壇)도 있다 하였다.

천수(天水)는 순천과 여수를 줄인 말이다. 요감(搖撼)은 흔들림이다. 앵무새는 순천과 여수 경계를 나누며 날개를 파닥거리지 않고 멈춰있다. 용률(龍栗)은 해룡과 율촌이다. 앵무새는 또 발을 해룡면 용적마을과 율촌면 산수리 율등에 딛고 정담(靜㤠)하게 고요히 앉아 있다.

점우(霑羽)는 젖은 날개를 뜻한다. 앵무새는 천수(天水)에 젖어 있으니 날 수가 있겠는가? 그걸 털어야만 날 수가 있다. 산은 언제나 옛 모습 그대로 그 자리에

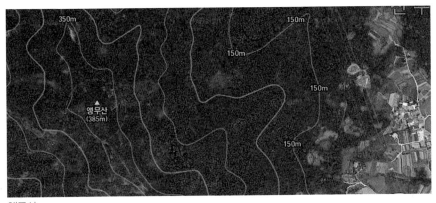

앵무산

있다. 그런데 앵무산은 날고 싶어 한다. 그래도 날 수가 없다. 앵무산을 여수의 주맥으로 삼은 산신만은 그것을 알고 있을 터이다.

이 시는 산의 모양을 지명과 결합하는 재치가 놀랍다. 천수(天水)와 용율(龍栗)이 그렇다. 오 군수의 언어 조탁 감각을 볼 수 있는 대목이다. 그러면서도 앵무산을 잘도 묘사했다. 한 장면의 그림을 보는 듯하다.

앵무산은 여수시 율촌면 산수리와 순천시 해룡면 해창리에 걸쳐 있는 산이다. 여수반도의 영산(靈山), 조산(祖山), 주맥(主脈)으로 불리며 여수의 주산으로 여겨져 왔다. 예로부터 열 두 산하를 거느린 산이라는 의미로 '앵무산 12머리'라 하였는데 12머리란 새머리(봉두마을)·뱀머리(외청마을)·누에머리(외천마을)·학머리(김대마을)·여우머리(호두마을) 따위를 가리킨다.

『전라남도여수군읍지』에 '북쪽으로 60리에 있고 군계(郡界)의 주맥(主脈)이 된다. 산 위에 연지(硯池)가 있는데, 비가 와도 불어나지 않고 가물어도 줄어 들지 않는다. 지변(池邊)에 한그루 고목이 있는데 그 길이가 한발 남짓 된다. 북쪽 가지는 말라 버렸고 남쪽 가지는 잎이 있다. 만약 가문 해를 만나면 남쪽 가지도 잎이 나지 않는다. 이 때문에 항상 여기서 기우제를 지낸다.'고 하였다.

오 군수는 앵무산 아래 봉두동(鳳頭洞)의 문학인 양진교(梁振敎)를 만나고 토지가 비옥하고 사람이 뛰어난 곳이라 하면서 또 한 가지 기사(奇事)가 있다는 내용으로 시를 남긴다. 마을 뒤에 있던 나무가 을축년에 큰 바람을 맞아 고사되었는데 몇 년 지나 홀연히 살아나 사람들이 이상히 여겼다는 것이다.

위치 여수시 율촌면 산수리
주석 앵무산은 북쪽으로 60리에 있고 순천과 갈라지는 경계이다[鸚武山○北六十里 順天交界].

한 가닥 젓대소리 이산저산 퍼지네

신선은 아득히 안개구름 지키며	仙人常護烟雲杳
미녀는 저 멀리 바다에 임해 있네	螺黛逈臨洋海漾
혹여나 군산 노인 나타날까 두려워라	或恐君山老父來
한 가닥 젓대소리 이산저산 퍼지네	一聲長吠橫山嶂

취적산은 율촌에 있다. 적대산이라고도 한다. 그 이름에 느낌이 있다. 국사봉 줄기가 동으로 뻗어 등묘산과 적대산을 형성했다. 등묘산은 징을 치고, 적대산은 피리를 부는 형국에서 이름을 그렇게 취했다 한다. 산의 이름을 짓는 데도 호사가들의 착상이 작용했던 것일까?

취적산은 그리 높지 않은데, 정상에 오르면 광양만이 눈 아래 호수처럼 펼쳐진 광경을 볼 수 있다. 산 위의 연무와 바다 위의 해무가 어울리면 한 점 동양화을 연출한다. 화가의 솜씨가 아니라 선인의 솜씨다. 나대(螺黛)의 본뜻은 소라가루를 풀어 만든 눈썹을 그리는 도구이다. 여기서는 화장한 미녀란 뜻으로 쓰였다. 그녀는 저 멀리 바닷가에 모습을 드러내고 있다. 대유법이다.

옛날, 당나라에 여향균(呂鄕筠)이라는 상인이 있었다. 그는 동정호 호숫가에서 피리를 불고 있다가 한 노인을 만난다. 노인은 세 개의 피리를 보여주며, 인간 앞에서 그것을 불면 큰 재앙이 온다고 경계하며 말한다. 피리 하나를 불자 과연 들짐승, 날짐승이 울부짖고 달빛이 어두워지며 물길이 거세졌다. 노인은 다음해 가을에 만나자고 하고 사라져 버린다. 여향균은 이듬해 가을 처음 만났던, 동정호 한가운데 있는 군산(君山) 밑에서 열흘이나 기다렸다. 군산으로 숨어 들어간 그 노인은 나타나지 않았다. 이 이야기는 『박이지(博異志)』에 전한다.

오 군수가 취적산에 올랐을 때, 한 가닥 길게 뽑아내는 피리소리가 길게 산을 가로 질러 울려 퍼졌다. 군산 노인이 나타날까 두려웠다. 그러나 다행히 그 노인은 나타나지 않았다. 그 대신 아름다운 젓대소리가 이산에서 저산으로 울려 퍼져 나갔다. 자연이 주는 신기한 음악선물이었다. 그 느낌이 이 작품이 주는 감동이다.

조선후기 면리 명칭을 기록한 관찬지지인 『호구총수(戶口總數)』(1789년) 순천 도후부 소라포면(召羅捕面) 하도(下道)에 "취적산(吹笛山)"이 나온다. 이 기록의 취적산은 마을 이름으로 오래전부터 사람이 살았음을 알 수 있다. 1912년 기록에서는 '구산면 취적리'로 나온다. 1914년에 구산면의 취적리 등 10개 마을과 율촌면 조화리 일부가 합해져 율촌면 취적리가 된다. 산 이름이 그대로 마을 이름이 되어 전하고 있다.

위치 여수시 율촌면 취적리
주석 취적산은 북쪽 40리에 있다. 이상 율촌면이다[吹笛山○北四十里 以上栗村面].

색인

麗水雜詠

得尋常撫躬恨豈不欲賙歸又茲新務困登皋一叙晴雨

賴不盈寸聽茲水竹堂素壁新功歇墨鴉不敢塗水魚欲

反遜曰有俞畫師揮毫解整頓湖南後小痴見之何相晚

出示山陽著為我筆勢健衆差圖排樹疆理田劃畎廣宅

圖中出梧月無價劵中有角巾翁飽卧黃精飯門柳翠烟

鎖園花紅雨褪一一颰味好蘸菓何甘嫩時回學卧遊勛

却六塵蔓圖亦不無助此中得隱遯莫移北山文猿鶴無

我愆。

麗水雜詠一百六截

舍舊圖新謹取終棄桑敦俗底于棗三槐九棘分朝始偏

叢瑣 册九

荷

莊嚴非謂靈霜衡撫字聊同雨露濃新額煌煌真可愛名

言茲在念茲從

一生萬動量無雙三紀六平律有膛警身思武惟余用鼎

食從看此海邦

秋月光中看吏儀春風煖處待民資蒼生憂樂惟方寸每

問身心毋自欺

制笏元未備失違隨紳常自正儀威休職官樓還挂煩西

山爽氣越朝暉

掃却挹清詠武餘躊新滌舊莅衡初烟濤山爽登臨美更

右麗水攷堂〇麗水非但是郡名於此政上亦有可取故揭爲常目

右簡甫堂〇大廳內〇郎舊還籌軒名號取臨民以簡御史以甫之義

不著故今政取

右鳴閣〇郎舊次勝臺今則不著故取主山名足之以鳴字

右察眉軒〇郎政堂前軒用東方朔憂見其眉事可察之語

右愁眉軒云

右挂笏樓〇郎舊緩輕懷今

右挂笏樓攺取王維挂笏看山之義

有琴書佐起居　右把清新○卽舊詠武

澄心如鑑點塵無卽節凌霜蔓玉俱竹風水月真余素不　右令取濯都把清之義

近者存故念吾　右水竹窈蒙新舊把令仍存之

望　關高樓傍海隅頁檻砥柱擎天齊存心報　國何時　卽內東

了覓紙新詩謾自題　右望海樓○客舍門樓○

共關作伴鶴形骸與老相隨琴與懷山水清音氣以得邪

中真樂逈無涯　右燃處起然閣○書題而幽關軒戟　○舊各君子亭卽署新所令非故以是改扁

門路有由日徃未影形難逢俗塵埃照得人心誠來易聊

將鏡字揭扁裁　右鏡明門○內三門以郡名麗水而門者持心如鏡之明云　取出八門門

萬弩何年跡已陳鎮南今日運回新天將絶壑邊城固積

水無風要路濱　城右鎭南門　○

天官直射扶桑昕地界橫連南浦雲毆我民躋仁壽城春

末翁且看耕耘　城右挹仁門　○　、

千里關山護海門一城風月動詩魂西成物色权藏地統

義漬知墨法存　城右統義門　西門　○　、

憶昔等臺後代看至今遊鹿夕陽殘欲言興廢多悽悵把

酒猶堪一笑歡　右姑蘇臺　山祠之南今廢　○　在難

何人鍊武濟時艱遠客題詩愧等閒壯志臨風故延佇山

空水碧杳雲間　右鍊武閣　門外郎將臺　○　東

刻木為舟古制傳倣龜取象新模宜指揮能事回天力氛

氣消磨此閣前

右美蛹亭〇南門
外一名伏波亭

射將觀德讓功超禮有序實存款邀邊塞祇今無戰氣空

右觀德亭〇西門
外蓮澄川傍今廢

遞知晉代衲僧包今見麗天倚鳳鞏鍾後何人能警惕禪

邇遺址長林梢

右寒山寺〇在郡西十
里歸鳳山東南際海

總惟有鑽蜂敲

石間泉冽寺因號院址臺空名愈高窹寐真如超上界梵

右石泉寺〇在東門外五里屬末山下
石泉傍有李忠武公祠屋而今廢之

音鍾韻涉風騷

右石泉寺

名垂邦籙紀功過德在民心墮淚多報　國殞身無限

右忠武公碑閣〇在
西門外又有墮淚碑

意惟公遺恨海千波

右忠武公碑閣

古祠寂甬樹林遮遺像儼然歲月賒黃鸝碧草空追想祇

여수잡영 麗水雜詠 원문

【6】

合千秋香火加　右志武公影堂〇在郡西南五里

銅鍾觸物感鳴霜驚鼓應聲助發陽湅處中央為主頭環　堂頭津崖將畢澄主型諸將配享

居民俗化多方　右鍾鳴山〇郡也主山形如卦鍾故名云

震木立身丈尺應辰砂點眼小星憑登臨滄海無邊極喜

着開明目月升　右尺山〇在東門外海際

乾頭坤足像為名悟月竹風景作精郡中才子開書塾長

倚高岡待鳳鳴　右歸鳳山〇酉三里

丁隸奇着代木形民歲堅搬湅金靈鍾山取義如鱗擊警

象醒昏惟汝聽　右隸嚴山〇南三里

民氣成山傍海周坤精為馬待人权蜿蜒千里追風足來

作忠祠界止闕　右馬末山（北五里）

●

輕弩惟巖護竹林聲雷常警響潮心將軍島號良由以況

復當年戰氣侵　右將軍島惠海冠等〇一各靳鰈島南海口古有李將軍石爲島扒邑爲佩印砂産箭竹

惟利是趨苦亦甘其營也風過猶耻舟商本自宗於浦涉

險何憂虎穴探　右宗浦山下浦口船湊泊處〇東三里尺

將軍古蹟尚威嚴太守微恍極誦瞻過了劫塵餘自在散

爲漁火八恩沾　右火臺〇戰船湊集處石臺設火之所

敍情難新復末咸欲問無聞徒事絨緬想功成人去盡至

今卓立有何監　右石人〇九七軀　七戰船府繫處

公廨比簷私第棟祿資主鎖中廚甕苦令家累聿秉捷難

여수잡영 麗水雜詠 원문

與淵明擬伯仲　右內衙　連簷複道　在水竹

開如寶鏡見纖芥栽合團荷承沆瀁上有危樓百尺高主

翁凜若臨淵戒　右挂筭樓方池。　石等在樓南廐。

內扁水竹堂瞻供外揭鏡明闇決甕中一迎和闢向南陽

春聊與吾民共　右迎和門。　水竹堂前門水　竹清寒故欲以和氣濟之

正由有限知行穩司警為常明事本試問顧名思義誰通

未門路多招損。　右開門樓　外三門

開　殿瞻宸仙仗盡焚香稽首朝衣引鎮南宇義正煌煌

聖化遠濱玆有隕。　右鎮南館

平心中禮威儀近正巳和容進退謹必也周旋君子爭取

名郷射由其蘊 右郷射堂△舊中營而

尊為 令重修為郷長處所

后土無能擬粒我烝民莫匪爾有儼新壇建此邦

春秋歲歲肇種祀 右社禝壇△在 歸鳳山三里

士杵功成神所與靈祠頌甫禮斯舉輦我新州冥佑垂人

烟蘊籍靖邊國 右城隍壇△在 雛山

羨命祠官儀禮採 右厲祭壇△在 鍾鼓山

六氣裖消年度改九黎世遠 昌辰追堂壇日吉告新成

貞觀四海惟風動國子五經羣弟總 杜禮同尊不屋壇

豊如當座巍然董 右郷校△在 西門外

禮俗要無鄒魯關道原恐墜唐虞降賢闢首善係斯堂樂

育英才昕皷撞　右校宮講堂。明倫堂。

峩峩地埶傾分解　鯸鰔才名皆模楷　關洪事業兆將來

化裏青襟言諭灑　右會儒衙〇在頭　南樓東舊別硫廳

高牙倚勢虜塵跧　包裹統戎兵陣甫　滿地江湖環一堂　虔

杳長使羣心眽　右蘓臺堂〇在　姑蘓臺西

山圍墨石周遭置　水擁粟樓渺渺至　四徹如今絶戰爭　右城堞〇郡城周三千三百二十六尺〇女堞三百四十二把坤城九處　城　高十三尺〇

高巓惟見臺廳新　郡還仍鍾皷　右北將臺廳〇在　在世事如碁翻覆多　柅

今依樣烟雲築　右鍾皷山令廳　鍾皷山令廳

地穿一脈精靈氣　神嗜三盃清净味　莫遣西施不潔蒙　呵

嚴老柳當門尉

右柳木泉。在鍾鼓山不淨入。至則水消處禱者必沈此為用。

亭址荒涼無地護鯨濤吞吐為

右挽河亭公廢。在南門外公廢。

磨風兩身形其

誰怨只有滄津七石人消

梅擬營基兵擬牖海為城塹鹽為皐從未多小備艱虞盡

右鹽山。在姁穉臺西。

使委翰無所苟

記得羊公源淨潛縈無郭氏遺銘報前人偉蹟見於斯自

右遺愛碑。在東西兩水碑。

顧身心明是眼

使右中軍通伯御史等碑

入稱忠孝行惟勘心對氷霜常自辯名在人間草木香炳

右忠孝烈旋閭。在南門西門外

琅千古三綱典

魚鼇弓彈遠河港磊石砳成蓮燈項利涉何勞架木功鏡

中來徃任儋傳
右遵燈石矼。在觀德亭浦等石矼成矼。

伍濤雄勢齊山崑影宇孤形依石塊未了濟時恨奈何至

今臨渡恩公偉
右堂頭華。島西通突山郡。將軍

望窮島嶼量無底心駭汐潮時有濟際着委翰駕晏清新

鯨何日兵塵洗
右斬鯨島海。南門外海昬是也

吳江鐵鎖融將黯泰界石門瘈或犯護險最神在水中潮

星落化成蹄似虎雷蒙圓得懸如鼓苔蘚不在雙藤痕將
右斬鯨渡古城。將軍島東項古有石寄今刓缺難讀城隨潮隱見上有事蹟碑

時有減城無减

軍遺蹟兹由取
右將軍巖。在歸鳳山東鳳崗前

象祿虹蛸無兩霽洪基河帟與山礪一片能當萬里長勞

民遷笑秦皇帝 右萬里城〇在鎭戲山〇

灞陵橋有消魂客麗水巖存別離席試問緣何管送衍短

亭五里垂楊陌 右離別巖〇在五里亭巖下〇在

壓氣海門堪固鎖納凉村客消悲火也知救養在於人輸

用為材無不可 在東門外巖〇

梧桐根海孤高聳半竹梢風交戛名物齊稱鳳可棲維

新一體 邦休重 右梧桐島〇將臺 又東海中產竹〇

齊物闌珊編爾雅遺壔空寂傍蘭若于嗟當日愍斯忠惟

見神腸羣噪下 右忠愍桐舊址〇在昌 未山下石泉寺傍

乳鍾離道連山譽菊水徒聞甘谷語我來益地遇名泉忠

憨祠前巖屹處　右石泉。忠憨祠後巨巖下

蒙泉養正功初建智水盈科委漸逶一勻之多竟就深淵

淵浩浩斂方寸　右放海齋。右通印房書齋。

豊霜氣感延才俊韶石音諧中退進待甬鍧成假善鳴騶

然大放厥聲振　右鍾鳴齋。右書齋在鍾嶽山下郡東部

梧桐莘莘周休運鳥獸蹌蹌舞雅韻見則安寧有道邦光

生芽子何須問　右鳳鳴齋。鳳山下以上在郡東西西部書齋字內

戰鳳傳燈佛界悉淄泉發脉藏天出旆須能解湯千人靈

異自無盈科溢　右戰鳳山。北二十五里有戰鳳庵舊基又有巨巖天泉脉流下石鼻無盡

雲間似我心惟潔山好如人顔自愧厚重無邊靜有帝舞

形高展着奇絕　像如仙人舞袖高舉　右舞仙山。二十里

石倉古郡餘城郭金礦新程方牧壽地産留特待脒明秘

仝民菜無窮樂　右石倉。西二十里舊麗川邑後設倉糶糴故仝稱

自渠決瀦通如串黃壤連阡平似鏟原濕昀昀冠一州常

年旱澇俱無患　右石堡坪。西二十里

陰陽巖對名稱巧雲雨情專交合妓兩郡津頭際嶺湖行

人指點每多詶　右米頭津。北二十里通南海津津頭支界有陰陽石故南海女多爲麗水妓云

其雨斂痕沙嘴變寒潮落漲木頭見居入頓頓食黃魚多

小青戠利獨擅　右菊浦漁磯。西南七里

散曝新陽水靈載調勻亂杵洞山關無名徵稅檔詠求楮

貨如今不似稍　右萬興紙所。北十里今廢。

一天箕斗参神造萬室糠粃脱蘊奧得號米坪眞有由宜　右米坪水砧。北七里米川傍。

頃精鑒十分到

早識冬荒精力貫不將鬼火尋常着人於百行孝為源感

發誰無真孝讚　右姜金兩孝旌閭。姜奎侍墓時山鬼擧火以上麗水面

魏魏兀兀山頭坐更似朝翔雲裏過且莫猜渠餒則揚草

梁擧族政肥大　右鷹峰山。北二十五里

兩厓晴沙新浪漲一條素練明輝放居入灌漑足止涯名

以富興真不安　右昌興川。北二十里

平原日出路長西細草春深山四合壮志當年陸釣南畝

令禾稼農夫慶　右旦望海堰○西三十里官屯畓堰

寡惟厥象烏林督調亦在人天水足萬口爭桶一片歲元

功猶勝貞珉屬　右易衣歲○西三十里主亂忠武公粹値倭象分民兵分著青紅衣續紛交換退獻惟

飛大迅能傳宇宙層峰高可捫星宿秪今狼子達霄眠惟

見白雲山上逗　北右卄山烽燧○西二十五里今廢

沙隙相交老蚌浸潮頭不八長鯨歇漁家錯落水東西時

趙三星影裏闢　右星院土箭○北四十里

陰陽大炭陶鎔暗造化洪爐神甿職郭㮣曾因鐵冶興領

知廬賈價無澄　右大浦水鐵店○西三十里

高名野史無　邦乘徃蹟山殘復水剝古廟丹青儼在玆

春秋香火至今證　右車丈節公廟。北三十里、龜巖洞本朝車丈節公迪號雲庵以上德安面

靈鷲八山沙界靜闢牛歸海塵心懷聳空雄豆勢飛騰恰　右靈鷲山。北二十里興國寺主山

好前程雙羽逞

鏡面江頭明一掌山形水口高千丈此中自有理生居長　右夫山。北二十里一面捍門於江頭聳身千丈通光陽津

危巢異鳥飛鳴戞橫割長溪錦膩滑南耒喜若見香爐記

使行人堪可賞立　右靈鷲山。北二

勝吟毫武一技　右鵲山。北三十里

功存芬祿能除撥厚反靈精仍賴活惟有白雲無厭時居

人深得卷舒器長五里可容千萬人古人避亂得全　右雲谷。北二十里中有活人峰谷人深

渴齒沙場波不渴煎熬灰釜烟無歇吳人且莫詑尊義大

業謁梅從此發　右中方鹽田○北三十里煮鹽豐出

行尋微運逗禪錫遠抹斜陽聽牧笛山下歸入讀古碑誰

家馬鬃留空寂　右牛背山古墓○北三十里有朴政承墓

蘇堤洪水積無稽漢塞甃河勞護甚何似吾州順地形坐

令歲歲儲豐廩　右達汙浦堤堰○北三十里民堰

靈龜翱翔來鎮域魔龍現發俱求式禪師妙訣本於興證

果令省尊　帝國　右興國寺○北二十里靈鷲山山中有八庵子

青蓮不復回風帆白衲相傳講貝梵徒侍無心凡島題我

末遷學元龍泛　右鳳凰樓與國寺鐘樓

耐久光能無晦朝擎高臺自抱瑤璞此身欲向度今生願

指迷津寶筏覺　右長明燈○在
大雄殿前庭

尾掃洪崖撐沒灩腰橫巨鏊垂光焰當年製造費神功普

濟慈悲是佛念　右虹橋○興國
寺洞口石橋

世世生生無一物心心念念歸千佛坐餘山裏玉浮屠色

相如真觀髣髴　右普照國師浮屠
興國寺以上三日畫　○在

尖峰想像星侵匣濃翠依俙日照甲太守遷從壁上觀山

名亦足漢南壓　右龍將山○
西四十里

古壘滄桑惟稼町前津浪絮皆漁艇方修郡誌附新鐵依

舊山河昌運訏　右店突山鎮○西三
十里在鞍腕峰下

漢家營外者花葉房屌光中騁射獵一自亭空無馬曹滿

原芳草飛蝴蝶 十右伏波亭。西三里在牧場城內

隨宜放收無長短任用逸駕愈惠緩私今石墨馬羣空備

籞終歸護費等 十右籞牧門。西三牧場今廢

酒旗向日腥風颭商舶當津鹹雨梁散盡烏鴉笑語溫堛

鱷魚肆無橫歛 里右在羅支浦市。西四十安靜里通古突山津

特地雙峰高插立齊天滄海平長八不教幽景彰入間藏

在庵區傾供餉 右龍門庵。西三十里以上華陽面

區分天水停搖撼地接龍粟依靜俟露羽何年飛瀧乂山

容如舊神猶感 右鸚武山。北六十里順天交界

仙入常護烟霧杳螺鬟迤邐臨洋海滿或恐君山老父耒一

聲長吹橫山嶋　右吹笛山○北四十里以上栗村面

夜坐無聊集古人冬夜詩揍得一截

青燈影冷話碁朋紅火爐溫合酒盃坐覺飛霜鳴瓦屋天

如寒礧月如氷

水竹堂縱筆

知我前身香國人一生花癖四時春桃源襪茉詩編冊叢

苑繁華手種頻一自今年驚世故靡邊着美已多旬居處

惟恩坡老竹歸心空貟李鷹尊强理琴龜移就殘前瞭墻

角突階脣園容迫促枝條勢眼界零星蛺蝶身無寧占取

自家境隙地怵怵改等新蒋詡更開倩竹還篘天添得祿

右麗水攸堂○麗水非但是郡名
於行政上亦有可取故揭爲常目

荷邦恩一視同

莊嚴非謂靈霜衡撫字聊同雨露濃新額煌煌真可愛名

右簡南堂○大廳內卽舊選篝軒名號
取臨民以簡御吏以南之義

言茲在念茲從

右簡南堂故今改取主山名足之以鳴宇

一生萬動量無雙三紀六平律有腔警身思武惟余用鼎

右鍾鳴閣○卽舊決勝壹今則

食從看此海邦

右鍾鳴閣不著故取故取主山名足之以鳴宇

秋月光中看吏儀春風煖處待民資蒼生憂樂惟方寸每

右察眉軒○卽政堂前軒用東方朔事可察之謂

問身心毋自欺

右察眉軒册○生軒憂察見其眉事可察之語

制笏元未備失遵隨神常自正儀威休職官樓還挂頰西

右拄笏樓○卽舊緩輕權今

山爽氣趍朝暉

右拄笏樓攺取王補挂笏看山之義

掃刧抱清詠武餘蹟新滌舊茌衙初煙濤山爽登臨美更

有琴書佐起居　右挹清軒○卽舊詠武

澄心如鑑點塵無　軒今取濯都挹清之義

恁者存故恁吾　右水軒堂○卽內東　軒舊揭今存之

貞節凌霜臺玉俱竹風水月真余素不

望　關高樓傍海隅頁檁砥柱擎天齊存心報　國何時

了覓紙新詩謾自題　右望海樓○　客舍門樓○

共闢作伴鶴形骸與老相隨琴與懷山水清音無以得熱

中真樂迥無涯　右燕處超然閣○　右題而幽關新嶽
○舊名君子亭卽署射所今非　故以是改扁

門路有由日徙来影形難逃俗塵埃照得人心誠未易聊

將鏡字揭扁裁　右鏡明門○　取出八旭門○内三門以郡名麗水而
者持心如鏡之明云

萬弩何年跡已陳鎮南今日運回新天將絶塹邊城固積

水無風要路濱　城右鎭南門○

天宮直射扶桑昕地界橫連南浦雲敞我民膽仁壽城春

末翁且看耕耘　城右拱仁門○、

千里關山護海門一城風日動詩魂西戍物色权藏地統

義湏知墨法存　城右統義門○

憶昔等臺後代看至今遊鹿夕陽殘欲言興廢多惆悵把

酒猶堪一笑歡　右姑蘇之南令廢　在難

何入鍊武濟時艱遠客題詩愧等閑壯志臨風故延佇山

空水碧杳雲間　右鍊武閣外卽將臺　東

刳木爲舟古制傳倣龜取象新模宜指揮能事回天力兪

氣消磨此閭前
右美龜亭○南門
外一名伏波亭

射將觀德讓功起禮有序實存款遶邊塞祗今無戰氣空 ●

留遺址長林梢
右觀德亭○西門
外通澄川傍今廢

遞知晉代神僧包今見麗天倚鳳巢鍾後何人能警惕禪

總惟有鑽峰敲
右寒山寺○在郡西十
里歸鳳山東南際海

石間泉冽寺因號院址臺空名愈高寤寐真如超上界梵

音鍾韻涉風騷
右石泉寺○在東門
外五里馬來山下
石泉傍有李忠武
公祠屋而今廢之

名垂 邦籙紀功過德在民心墮淚多報 國殞身無限

意惟公遺恨海千波
右忠洞公碑閣○在
西門外又有墮淚碑

古祠寄宇樹林遽遺像儼然歲月賖黃麗碧草空追想祗

合千秋香火加　右志武公影臺○在郡西南五里　堂頭津崔將畢遷主壁諸將配享

銅鍾觸物感鳴霜驚鼓應陽瑊處中央為主鎮環　右鍾鳴山○郡也主　山形如卦鍾故名云

居民俗化多方　右山形如卦鍾故名云

震木立身丈尺應辰砂點眼小星憑登臨滄海無邊極喜

着開明日月升　右尺山○在東門外海際

乾頭坤足像為名梧月竹風景作精郡中才子開書塾長　右歸鳳山○西三里

倚高岡待鳳鳴　右○西三里

丁隸奇看代木形民巖堅擬鍊金靈鍾山取義如鯨擊警　右隸嚴山○

象醒昏惟汝輔　右南三里

艮氣成山傍海周坤精為馬待人权蜿蜒千里追風足來

作忠祠界止髑〔右焉来山心〕
北五里 ●

輕弩惟藏護竹林擎雷常警響潮心將軍島號良由以況

復當年戰氣侵〔右將軍輝昴等石高島孫邑商佩印砂產箭竹〕一名斬鯨島南海口古有李將

惟利是趨苦亦甘其營也凧過猶恥舟商本自宗於浦涉

險何憂虎穴探〔右宗浦下浦口船湊泊處〕東三里尺

為漁大八恩沾〔右火臺戰船湊集處石臺設火之所〕

將軍古蹟尚威嚴太守微恍極誦瞻過了却塵餘自在散

叙情難新復末咸欲問無聞從事絨緬想功成人去盡至

今卓立有何監〔右石人○九七軀戰船府繫處〕

公廨比簹私第棟祿資主領中厨甕苦令家累聿来捿難

與淵明擬伯仲　右內衙。堂東連舍複道。在水竹

開如寶鏡見纖芥栽合團荷承沆瀣上有危樓百尺高主

翁凜若臨淵戒　石等挂筍樓方池。　在樓南歟

內扁水竹堂瞻供外撝鏡明闢決壅中一迎和闢向南陽

春聊與吾民共　竹右迎和門。水竹堂前門水　清寒故欲以和氣濟义

正由有限知行穩司警為常明事本試問顧名思義誰通

未門路多招損　右開門樓　右外三門

開殿瞻宸仙仗畫爇香稽首朝衣引鎮南守義正煌煌

聖化遐濱茲有隉　右鎮南館　右客舍

平心中禮威儀近正巳和容進退謹必也周旋君子爭取

名鄉射由其蘊 右鄉射堂◦舊中營兩今重修為鄉長麽野

尊為　后土無能攬粒我烝民莫匪爾有儼新壇建此郊

春秋歲歲肇禋杞 右社禝壇◦在 歸鳳山三重 在

土杵功成神兆與靈祠頌甫禮斯舉肇我新州冥佑垂人 右城隍壇◦在雞山

烟蘊藉靖邊圉 右屬祭壇◦在鱉敕山

六氣裸消乘度改九黎世遠　昌辰追堂壇日吉告新成

羹命祠官儀禮採 右厲祭壇◦在鱉敕山

貞觀四海惟風動國子五經羣弟總　杜禮同尊不屋壇

豈如當座巍然董 右鄉校◦在西門外

禮俗要無鄒魯闕道原恐墜唐虞降賢闕首善係斯堂樂

育英才昕鼓撞　右明倫堂。校宮譜堂

峩峩地望領分解皲皲才名皆模楷闢洪事業兆將來

化裏青襟言澈灑　右會儒呼。在鎮南樓東舊別砲聽

高牙倚勢厭塵蹟包嚢統戎兵陣甫滿地江湖環一堂廢

杳長使舉心眠　右蓮縣堂。在蓮臺西

山圍壘石周遺置水擁粟樓泚湧至四徹如今絶戰爭城

門不聞眠烽燧　右城堞。高十三尺女堞三百十二把申城九處　郡城周三千三百二十六尺

高巔惟見亭臺廢新郡遷仍鍾鼓在世事如棊翻覆多秪

今依樣烟雲栗　右北將臺廢。在鍾鼓山今廢

地穿一脈精靈氣神嗜三盃清净味莫遣西施不潔蒙呵

嚴老柳當門尉

右柳木泉△在健皷山不净入△

至則水渇處禱者必沈池為用

亭址荒凉無地護鯨濤呑吐為誰怒只有滄津七石入消

磨風雨身形具　右挽河亭△在南門外公廨△在

梅擬營基兵擬牖海為城壟鹽為阜從来多小備艱虞盡

使委輸無所苟　右塩山△在始鰲臺西

記得羊公淚潜熒無郭氏遺銘報前人偉蹟見於斯自

顧身心明是眼　右遺愛碑△在東西兩水使中中畢連伯御史等碑

入稱忠孝行惟勘心對氷霜常自辨名在人間草木香炳

琅千古三綱典　右忠孝烈旌閭△在南門外

魚鰲弓擊遠河港磊石砑成蓮燈項利渉何勞架木功鏡

中来徃任儋傳　右遊燈石矼○在觀
傄亭愉等石矼成矼

伍濤雄勢齊山晨影宇孤形依石塊未了濟時恨奈何至

望窮鳥嶼量無底心駿汐潮時有濟際着委輸駕晏清斬

今臨渡思公偉　右石堂頭薩○將軍
島西通突山郡

鯨何日兵塵洗　右斬鯨島海○南
門外海皆是也

吳江鐵鎖融將黯泰界石門凌或犯誡險最神在水中潮
時有减城無减　右斬鯨渡古城○將
軍島東項古有石寺
城隨潮隱見上有事蹟碑今刓缺難讀

星落化成蹄似虎雷蒙圓得懸如鼓苔蘚不吞雙膝痕將

軍遺蹟兹由取　右將軍巖○在歸
風山東鳳崗前

象穢虹蛸無兩霽洪基河帯與山礒一片能當萬里長勞

民還笑秦皇帝 右萬里城。在縹巇山。•

灞陵橋有消魂客麗水巖存別離席試問緣何管送行短

亭五里垂楊陌 右離別巖。在五里亭巇下。在

壓氣海門堪固鑰納涼村客消悲火也知收養在於人輸

用為材無不可 右將臺巇。在東門外。

梧桐根海孤高聳竿竹梢風交裏擁名物齊稱鳳可棲維

新一體 邦休重 右梧桐島。將臺之東海中產竹

齊物闕珊編爾雅遺墟空寂傷蘭若于嗟當日愍斯忠惟

見神鵶群噪下 右愍忠桐舊址。在島末山下石泉寺傍

乳鍾離道連山譽菊水徒聞甘谷語我來益地遇名泉忠

慇祠前巖屹處　右石泉○忠慇祠後曰巖下

蒙泉養正功初建智水盈科委漸遠一勺之多竟就濚淵

淵浩浩斂方寸　右放海齋○通卬房書齋○

豐霜氣感延才俊韶石音諧中退進待甬韜成假善鳴鵐

然大放厥聲振　右蓮鳴齋○郡東部　書齋在蓮魤山下

梧桐莘莘周休運烏歑蹄蹄舞雅韻見則安寧有道邦先

生弟子何須問　右鳳鳴齋○郡西部書齋在歸　鳳山下以上在東西部書字內

戰鳳傳燈佛界恣溜泉發脉巖天出所須能解渴千人靈

異自無盈科溢　右戰鳳山○北二十五里有戰鳳庵舊基又有曰巖天泉脉流下石鼻無溢

雲間似我心惟潔山好如人顏自慌厚重無遷靜有帝舞

形高展着奇絶
像如仙人舞袖高擧
右舞仙山。二十里

石倉古郡餘城郭
金礦新程方牧壽
地産留將待脈明秖

仝民菜無窮樂
基廢
右石倉。西二十里舊麗川邑後設倉罷罷故今稱

自渠決漑通如串
黃壤連阡平似畦
原濕明明冠一州常

早旱澇俱無患
右石堡坪。西二十里

陰陽嶽對名稱巧
雲雨情專交合妓
兩郡津頭際嶺湖行

人指點每多詭
界有陰陽石故南海女多爲麗水妓云
右米頭津。北二十里通南海津津頭支

其雨斂痕沙嘴變
寒潮落漲木頭見
居人頓頓食黃魚多

小青弑利猗擅
右菊浦漁磯。西南七里

散曝新陽水霊
載調勻亂杵洞山
鬧無名徵稅橘誅求楮

貸如今不似稍

右萬興洑沔。北十里公廢。

一天箕斗叅神連萬室糠粃脫蘊奧得號米坪亶有由宜

右米坪洑砠。北七里米川傍。

頡精鑿十分到

早識冬菇精力貫不將虎火尋常着入於百行孝為源感

右姜金兩孝旌閭。姜釜鳳冬日種菇供養時山虎舉火以上麗水面

發誰無真孝讚親金章炅情

覿規突兀山頭坐更似翔翔雲裏過且莫猜渠餒則揚草

梁擧族政肥大

右鷹峰山北二十五里

兩虎晴沙新浪漲一條素練明輝放居入灘瀨足此淮名

以富與眞不妄

右昌興川。北二十里。

平原日出路長西細草春深山四合廿志當年陸釣南塵

勞良馬三千揭 右德陽驛。西三十里

明滅如聞天象嶺塵盞若睹龍華會可憐脩竹自雲間不

改清風常自帶 右安心寺古基。西二十里山上有水竹依舊

石叢如八陣圖妙地勢衝三達道要花落儔鄉女妓巖尺

因留作芳名 右亂時古女妓。西北三十里女妓墮巖潔身

石門僅得單身逞巖竇曾經渾室體形勝益鄉誦至今閑

雲空嶺孤山道 右金帶洞擢巖。西北三十里避亂處巖癲可容百人石門纔容一身

槍帷齊整大夫駕屨褰裳王女嫁長使府人指點頻雙 右士亂金姓

星隕化在何夜 右雙轎巖。西三十里大路傍巨巖分在路之左右

天吳驪從何能竟精衛含填護自病實地盞如界作堠坐

令禾稼農夫慶　右昌望海堰○西三十里官屯畓堰

寮惟敵衆烏林督調亦在人天水足萬口爭稱一片歲元

功猶勝貞珉屬　右易衣歲○西三十里主亂忠武公猝值倭衆分著青紅衣續紛交換還敵

飛大迅能傳宇宙層峰高可捫星宿秘今狼子達霄眠惟

見白雲山上逗　右牛山烽燧今廢○西二十五里

趯三星影裏闚　右星院土窟○北四十里

沙隄相交老蚌浸潮頭不八長鯨歇漁家錯落水東西時

陰陽大炭陶鎔暗連化洪爐神鬼職郭縱曾因鐵冶興頹

知廚賈價無澄　右大浦水鹹店○西三十里

高名野史無郇乘徒蹟山殘復水剩古廟丹青儼在玆

春秋香火至今證　右車丈節公廟。北三十里。龜巖洞本
朝車丈節公迪號雲庵以上德安面

靈驚八山沙界靜闢牛歸海塵心懷簣空雄亘勢飛騰怡

好前程雙羽逞　右靈驚山。北二
十里興國寺主山

鏡面江頭明一掌山形水口高千丈此中自有理生居長

右夫山。北二十里。一面捍門立於江頭貸身千丈通光陽津

危巢異鳥飛鳴戞橫割長溪錦膩滑南禾喜若見香爐記

使行人堪可賞

勝吟毫試一拔　右鵲山。北三十里

功存芬稷能除撥厚反靈精仍賴活惟有白雲無厭時居

人深得卷舒諮　右雲谷。北二十里中有活人峰谷長五里可容千萬人古人避亂得全

潟鹵沙場波不渴煎熬灰釜烟無歇吳人且莫詑尊義大

業蜀梅從此發

右中方塩田。北三十里煮塩出

行尋微逕逗禪錫遠抹斜陽驅牧窩山下歸人讀古碑誰

家馬鬐留空寂

右牛背山古墓。北三十里有朴政承墓

縣埋洪水績無稔漢塞貌河勞護甚何似吾州順地形坐

今歲藏儲豐廩

右達汀浦堤堰。北三十里民堰

靈鷲翺翔來鎮域魔龍現發俱求式禪師妙訣本於興證

果今省尊　帝國

右興國寺。北二十里靈鷲山山中有八庵子

靑蓮不復回風帆白衲相傳講貝梵徒侍無心凡鳥題我

末遙學元龍浚

右鳳凰樓。與國寺鍾樓

耐久光能無晦朔擎高臺自抱玙璠此身欲向度今生願

指迷津寶筏覺　右長明燈。在大雄殿前庭

尾掀洪崖撑泛灔腰橫巨螯光焰當年製造費神功普

濟慈悲是佛念　右虹橋。興國寺洞口石橋。興國

世世生生無一物心心念念歸千佛室餘山裏玉浮屠色

相如真覲劈髻　右普照國師浮屠。興國寺以上三日畫

尖峰想像显侵匣濃翠依俙日照甲太守還從壁上觀山

名亦足漢南壓　右飛將山。西四十里

古壘滄桑惟稼町前津浪絮皆漁艇方修郡誌附新鐵依

舊山河　昌運訂　右古突山鎮。西三十里在鞍晼峰下

漢家營外看花葉房宿光中騁射獵一自亭空無馬蒭

原芳草飛蝴蝶十里　右伏波亭　○西三里在牧場城內

隨豆放牧無長短任用逸驥酬意緩秋　今石墨馬羣空備

籥終歸護費等　右籥牧門　○西三十里牧場　今廢

酒旗向日腥風颭商舶當津鹹雨漾散盡烏鵲笑語溫鹽

蜃魚肆無橫斂里　右羅支浦牧場市　○西四十里　在安靜里通古突山津

特地雙峰高矸立齊天滄海平長八不教幽景彰人間藏

在庵區復供餉　右蘚峰下以上華陽畵

匜分天水停搖撼地接龍栗依靜侯露羽何年飛瀧乂山　右龍門庵　○西三十里

容如舊神猶感　右鸚武山　○北六十里順天交界

仙入常護烟靄杳螺黛逈臨洋海㴱或恐君山老父耒一

聲長吹橫山嵂　<small>右吹笛山在北四</small>
<small>十里以上栗村面</small>

夜坐無聊集古人冬夜詩撰得一截

青燈影冷話羣朋
紅火爐溫合酒丞
坐覺飛霜鳴瓦屋天

如寒蟾月如氷

水竹堂縱筆

知我前身香國人
一此花癬四時春桃源樣業詩編冨葉

苑繁華手穜頻
一自今年驚世故糜遷者矣已多旬居處

惟恩坡老竹歸心
空員李鷹尊強理琴龜移就熰前瞭墻

角突階脣園容
迫促枝條勢眼界零星蝴蝶身無寧占取

自家境隘地恢恢
改等新將翙更開脩竹邊築天添得祿

제3부

「여수잡영」원문

오횡묵의 「여수잡영」
120년 전 여수를 읊다

초판1쇄 찍은 날 2018년 11월 30일
초판2쇄 펴낸 날 2019년 12월 13일

지은이 김준옥·김병호·김희태
펴낸이 송광룡
펴낸곳 도서출판 심미안
등록 2003년 3월 13일 제05-01-0268호
주소 61489 광주광역시 동구 천변우로 487(학동) 2층
전화 062-651-6968
팩스 062-651-9690
전자우편 simmian21@hanmail.net
블로그 blog.naver.com/munhakdlesimmian

값 18,000원
ISBN 978-89-6381-274-8 03900